HEYNE BÜCHER

D1873510

SCIENCE FICTION

Herausgegeben
von Wolfgang Jeschke

JOAN HUNTER HOLLY

DER GRÜNE PLANET

Science Fiction Roman

Deutsche Erstausgabe

WILHELM HEYNE VERLAG
MÜNCHEN

HEYNE SCIENCE FICTION & FANTASY
Band 06/4364

Titel der amerikanischen Originalausgabe
THE GREEN PLANET
Deutsche Übersetzung von Marcel Bieger
Das Umschlagbild schuf Anton Bauer

Redaktion: Rainer Michael Rahn
Copyright © 1960 by Joan Hunter Holly
Copyright © 1987 der deutschen Übersetzung
by Wilhelm Heyne Verlag GmbH & Co. KG, München
Printed in Germany 1987
Umschlaggestaltung: Atelier Ingrid Schütz, München
Satz: Schaber, Wels
Druck und Bindung: Elsnerdruck, Berlin

ISBN 3-453-00443-4

KAPITEL EINS

Klorath erwartete sie in Sichtweite, aber der Planet blieb ihnen verborgen. Undurchdringliches Metall versperrte ihren Blick, und so konnten sie ihn nicht sehen. Ihnen blieb nur übrig zu warten und zu zittern. Die Vergangenheit und die Zukunft verschmolzen in Kloraths rundem Gesicht, zeigten sich jedoch beide unklar, die eine als Vergessen, die andere als Rätsel. Aber für die hinter dem Metall war nur das Jetzt von Bedeutung.

Dann ertönte der Ruf. Die Stimme sprach durch das Interkom des Schiffes, und die Tür wurde ihnen geöffnet, zum ersten Mal seit drei Monaten. Sie traten auf den Gang hinaus und begaben sich zur vorderen Luftschleuse und zum Shuttle. Dreizehn Personen zählten sie, und sie waren einander nun in ihrer ängstlichen Erwartung näher als je zuvor.

Jason Tolliver ging zusammen mit Kathy. Fest hielt er ihre schlanke Hand, versuchte, das Zucken in ihr zu besänftigen, und wünschte, er könnte etwas von seiner inneren Ruhe auf sie übertragen. Aber diese Ruhe gründete sich nur auf das Wissen, daß sein Vater ihn auf Klorath erwarten würde. Kathy hingegen besaß nichts, was ihr in diesem Augenblick helfen konnte.

»Bald ist das hier vorüber«, flüsterte er ihr zu. »Versuche, solange durchzuhalten.«

Sie warf einen Blick auf seine große, schlanke Gestalt, um sich an seiner Kraft aufzurichten. »Meine Angst ist eigentlich nicht sehr groß, Jason. Wir beide sind zusammen, und zusammen werden wir es schaffen.«

Hinter einer Biegung in der großen Metallhalle erwartete sie der Captain. Er stand neben der im Schatten liegenden Tür zum Shuttle-Hangar und war ganz in die Papiere vertieft, die er in den Händen hielt. Sein Kopf mit den grauen Haaren ruckte jedes Mal hoch, wenn er einen Namen aufrief. Seine Stimme klang zu laut für die ruhige Halle. »Jason Tolliver?«

»Hier«, antwortete Jason und wartete dann mit wachsender Nervosität ab, wie die anderen Namen aufgerufen wurden. John Bentol, ein blasser, unruhiger Mann; Randy und Karen Solder mit dem kleinen Chip an ihrer Seite, sein Gesicht zeigte große Aufregung; Anna und Frank Keller, beide alt und verwirrt; Ben Traub, aus dem noch keiner von ihnen schlau geworden war; Helen und Gus Rantel mit der siebenjährigen Beth, deren Finger sich fest an die Hände ihrer Mutter klammerten; Hager Crutz, derjenige unter ihnen, dem das alles am wenigsten ausmachte; Kathy Carpenter, deren Hand noch immer fest in der von Jason ruhte.

»Nun denn, wir sind alle heil angekommen, nicht wahr?« sagte der Captain mit einem verunglückten Lächeln. Er wirkte bedrückt, und Jason spürte, daß ihm seine Aufgabe, Exilanten zu transportieren, nicht sehr behagte. »Meine Damen und Herren, Sie haben nun drei Monate auf meinem Schiff verbracht, und dennoch weiß ich so gut wie nichts über Sie. Sie verstehen sicher die Gründe dafür, Sie unter Quarantäne zu halten ...«

»Damit wir keinen von Ihren Jungs anstecken könnten«, unterbrach ihn Hager Crutz.

»Genau aus diesem Grund«, bestätigte der Captain. »Ebenso sind auch beim Shuttle gewisse Vorsichtsmaßnahmen getroffen worden ... aus den gleichen Gründen.« Er marschierte steif auf das Shuttle zu und spürte ihre fragenden Blicke in seinem Rücken. »Die Schirme und Monitore sind entfernt worden, damit keine Bilder von der Oberfläche Kloraths übertragen werden können. Wir wollen nicht wissen, wie es dort unten aussieht und was dort vor sich geht.« Er ließ einen Augenblick ab von seiner vorgefertigten Rede. Jason bemerkte Widerwillen in seinen Augen. »Vielleicht ist es Ihren Freunden gelungen, dort ihre wunderbare neue Welt aufzubauen, vielleicht aber auch nicht ... Sei es, wie es ist, wir wollen es nicht wissen. Aus den eben genannten Gründen begleitet Sie auch kein Pilot auf dieser Reise. Das Shuttle ist robotgesteuert.«

»Kein Pilot?« fragte Ben Traub. »Ist das denn auch sicher genug?«

»Das Shuttle ist seit Jahren immer wieder sicher an der gleichen Stelle gelandet ... seit Personen Ihrer Denkart hierher befördert werden.«

»Dann sind wir wirklich allein auf dieser Reise.« Jasons Worte waren mehr eine Feststellung als eine Frage.

»Jawohl, allein«, wiederholte der Captain. »Wir können das Risiko nicht eingehen, unsere Männer mit Ihnen zusammenzubringen. Es gibt da eine Geschichte, daß sich vor einigen Jahren die Mannschaft eines Schiffes vollkommen von einer Gruppe Exilanten beeinflussen ließ. Es hat damals Monate an Intensivrekonditionierung gebraucht, um sie wieder zu Verstand zu bringen. Wir können nicht zulassen, daß so etwas noch einmal vorkommt.«

»Kann ich mir nicht vorstellen«, spottete Jason.

»Die Geschichte ist aber wahr.«

»Um noch einmal auf die eigentliche Frage zurückzukommen«, unterbrach Hager Crutz wieder den Captain, »sind Sie sicher, daß die Landung problemlos verläuft?«

»Absolut«, versuchte der Captain, ihn zu beruhigen. »Wir haben noch nie einen Exilanten verloren. Ihre Sicherheit und Bequemlichkeit garantiert die Liga in fürsorglicher Weise. Man könnte fast meinen, Sie seien etwas Besonderes – und nicht Ausgestoßene.« Er wandte den Blick ab, und stellte dann noch die Frage, die ihm auf der Seele brannte. »Was ich nicht verstehen kann, ist das *Warum?* Warum haben Sie das getan? Was hat Sie dazu gebracht, sich gegen die Liga zu wenden?«

»Die Liga ist korrupt«, erklärte Jason entschieden, und die Köpfe der Umstehenden nickten zustimmend. »Sie gründet ihre Existenz auf Propaganda und Medienmanipulation, aber nicht auf eine ihr innewohnende Rechtschaffenheit, wie es den Bürgern eingeredet wird. Wir konnten nicht länger die Hände in den Schoß legen und tatenlos zusehen.«

Der Captain machte ein langes Gesicht und wirkte sonderbar niedergeschlagen. »Ich habe diese Antwort so oft gehört, und auch fast immer in den gleichen Worten. Sie haben sich selbst so lange getäuscht, bis Sie daran glaubten.« Er lächelte wissend und gewann plötzlich seine Sicherheit wieder. »Sie sollten dankbar für die Strafe sein, die diese ›korrupte‹ Liga Ihnen auferlegt hat. Vor der Zeit der Liga wären Sie hingerichtet worden, als Verräter! Statt dessen erhalten Sie nun die Chance zu einem Neubeginn, können Ihr weiteres Leben gestalten, wie es Ihnen behagt. Warum die Liga ihre Feinde auch noch verhätschelt, werde ich wohl nie begreifen. Aber mit der Liga ist soviel Größe verbunden, daß ein Einzelner gar nicht alles erfassen kann.«

»Nur, wenn man nicht nach den Gründen dafür fragt«, entgegnete Jason.

»Ihr Name ist Tolliver, nicht wahr?« Der Captain sah ihn überlegend an. »Ich hatte schon einmal einen Tolliver an Bord ...«

»Ja, vor einem Jahr. Meinen Vater.«

»Ich kann mich noch an ihn erinnern. Damals tat es meiner Seele weh, daß aus einem solchen Mann ein Verräter geworden ist. Aus ihm hätte ein Vorbild für unser Volk werden können. Was mag wohl aus ihm auf Klorath geworden sein?«

»Wir stehen hier eigentlich nur, um das herauszufinden«, ertönte Hagers Stimme knurrig.

»Natürlich.« Der Captain riß sich aus seinen Gedanken. »Ich will Sie auch nicht länger aufhalten. Also: Sobald Sie unten sind, verlassen Sie bitte augenblicklich das Shuttle. Wir ordern es unverzüglich zurück. Ich denke, wenn Sie an der Landestelle warten, kommen über kurz oder lang Ihre Freunde aus ihrer Ansiedlung und holen Sie ab. Ihre Gesinnungsgenossen müßten mittlerweile den Zeitplan der Transporte kennen.«

Er zeigte auf das Shuttle, und sie stiegen ein. Jeder suchte sich seinen Platz an der ovalen Wand und ließ sich auf dem gepolsterten Sitz nieder. Sie legten ihre Sicherheitsgurte an und warteten.

»Nun denn«, murmelte der Captain, »ich wünsche Ihnen alles Gute ...« Er schüttelte den Kopf und verschloß mit einem Seufzer die Tür. Mit einem metallischen Klacken ging sie zu und schloß die dreizehn in völliger Stille ein.

Das Shuttle befand sich bereits auf halbem Weg nach Klorath, bevor der erste von ihnen seine Sprache wiederfand. Die Anspannung in ihnen war fast greifbar und zerrte an ihren Nerven. Sie konnten nicht nach draußen sehen und wußten doch, daß sie rasend schnell ihrer neuen Heimat näherkamen.

Chip Solder brach als erster das Schweigen. Seine Frage drückte die Ängste aller aus. »Ist es grün auf Klorath?«

Sein Vater nahm ihn bei der Hand. »Aber natürlich, mein Sohn. Dort sieht es genauso aus wie auf der Erde. Klorath ist eine wunderschöne Welt.«

»Gibt es dort auch andere Kinder?« wollte Beth Randel mit ihrer hohen Kinderstimme wissen. Ihre langen Locken wackelten mit jeder Bewegung des Kopfes. Helen Rantel drehte ihr Gesicht zur Seite, aber Gus zwang sich dazu, vertrauensvoll zu klingen. »Sehr viele Kinder gibt es dort, Bethy.« Er legte einen starken Arm um sie. Gus hatte sein Leben lang hart gearbeitet. Er war ein gewöhnlicher Mann mit gewöhnlichen Ansichten, aber wenn es um sein Kind ging, wuchs er über sich hinaus.

Frank Keller fügte in dem offensichtlichen Versuch, sich selbst zu überzeugen, hinzu: »Wird schon alles gut sein, dort unten. Wir alle packen zusammen an und können dann ganz von vorn anfangen.«

Ganz von vorn anfangen, dachte Jason. Was für eine zusammengewürfelte Gruppe für einen Neubeginn. In den drei Monaten, die sie zusammen auf dem Schiff verbracht hatten, waren sie ihm alle etwas vertrauter geworden, in ihren Ansichten, ihren Motiven und in ihrem Innenleben. Jeder von ihnen hatte sich aus einem anderen Grund den Rebellen angeschlossen: die Kellers, weil sie Intellektuelle waren und Intellektuelle unter einem strengen Regiment nicht glücklich werden können; John Bentol, weil er ein Taugenichts war und in der Gruppe endlich einmal Bedeutung erlangen konnte; Ben Traub, weil er nur in der Gruppe seine neurotische Angst vor der Einsamkeit überwinden konnte; Hager Crutz, weil er nach Macht strebte. Wie viele von ihnen glaubten wirklich an ihre Ziele und die Arbeit, die sie dafür leisteten? Wie viele von ihnen hätten sich den Rebellen angeschlossen, wenn die Liga dafür die Todesstrafe angedroht hätte?

Gus Rantel hätte sicher mitgemacht, aber nicht Helen. Sie hatte viel zu große Angst und dachte viel zu sehr an ihre Tochter Beth. Karen und Randy Solder wären sicher auch eingetreten. Und ebenso Kathy. Jason hatte nie einen aufrichtigeren Menschen kennengelernt als Kathy. Er selbst wäre auch den Rebellen beigetreten, wie vorher schon sein Vater. Aber diese Gruppe insgesamt als Keimzelle einer neuen Welt? Fünf von dreizehn, denen wirklich bewußt war, worum es ging. Wie sollte aus Klorath bei solchen Prozentsätzen jemals eine fundamental neue Gesellschaft entstehen?

Er drehte sich zu Kathy um, aber sie war ganz in ihre Gedanken versunken, sah nur die Bilder vor ihrem geistigen Auge. Kathy, mit den glänzenden, pechschwarzen Haaren und der seidenweichen Haut. Kathy gehörte nicht in eine Wildnis. Sie war jung und lebhaft und gehörte in die Welt der Pelze und der Satins. Seidenstoffe sollten ihre langen schlanken Beine bedecken und Juwelen ihren Hals. Aber dazu hatte sie keine Chance mehr, genauso wenig, wie er eine Chance hatte.

Leise fragte er sie: »Woran denkst du?«

»An deinen Vater. Er muß gewartet haben, Jason, die ganze Zeit gewartet, weil er die ganze Zeit wußte, daß du eines Tages kommen würdest. Im Endeffekt fangen sie uns alle, nicht wahr?«

»Das gehört doch zu ihrem Plan. Die Liga will uns ... deshalb ist dafür ja auch so eine attraktive Strafe ausgesetzt. Es ist viel einfacher, Leute zu fangen, die es sich erlauben können, unachtsam zu sein, weil sie nichts zu verlieren haben. Einen nach dem anderen nehmen sie uns fest und schicken uns dann dahin, wo wir ihnen nicht mehr gefährlich werden können.«

»Vielleicht ist das doch auch das Motiv für unseren Kampf«, meinte sie. »Vielleicht *wollen* wir ja alle nach Klorath, um dort eine bessere Welt zu errichten.« Rasch wechselte sie das Thema und schien nach etwas zu suchen, woran sie sich festklammern konnte. »Wie ist eigentlich dein Vater, Jason?«

»Wie soll ich eine solche Frage beantworten können? Er ist ein gütiger Mensch, ein freundlicher Mensch, und ja, er besitzt sehr viel Stärke.« Jason wollte nicht über seinen Vater sprechen, denn die Gedanken an ihn brachten ihm nicht die innere Kraft, nach der er suchte. Im Gegenteil, sie riefen Zweifel in ihm hervor, Zweifel, von denen er geglaubt hatte, sie seien längst begraben. Er durfte sie nicht an Boden gewinnen lassen. Er mußte sich davon überzeugen, daß der Kampf richtig und notwendig gewesen war.

Jason richtete sich an der Stärke seines Vaters auf, wie er das sein ganzes Leben lang getan hatte, und hoffte, so seine eigene Unsicherheit überwinden zu können. »Mein Vater zweifelte nie an dem, was er tat«, erklärte er Kathy. »Er konnte nicht dabei zusehen, wie die Liga ohne Gegenwehr alles dem Menschen Angeborene erstickte. Also hat er dagegen angekämpft.«

Er erinnerte sich daran, wie die hohe Gestalt seines Vaters groß und ehrfurchtgebietend über ihm aufgeragt war. Zuerst war das natürlich die Sichtweise eines Kindes gewesen, aber dann, während die Jahre vergingen und das Haar seines Vaters grauer wurde, blieben Jasons Liebe und Respekt bestehen. Und sein Vater hatte immer noch die gleiche Würde ausgestrahlt, als er seinem Sohn von der Liga erzählt hatte und davon, wie alle Hoffnungen auf ein besseres Leben unter ihrem Zugriff erstarb.

Alles geschah schlichtweg und vollständig zum Wohl der Liga, obwohl sie doch nicht müde wurde, in ihren Parolen zu verkünden: »Die Liga ist ständig für euch da«, »Eine Idee – Ein Wille – Ein Volk« oder »Alles für Jeden«. Unter dem Deckmantel dieser Losungen verbarg sich jedoch das wahre Ziel der Liga, alle aus der Norm Fallenden, ob sie nun unter oder über dem Durchschnitt lagen, loszuwerden, bis nur noch ein Volk aus gleichgeschalteten Nichtsen übrigblieb.

»Korruption!« schimpfte Jason. »Mein Vater hat sie gesehen und sie gehaßt und gegen sie angekämpft. Aber er konnte natürlich nicht viel ausrichten. Die Liga hat ein zu großes Agentennetz aufgebaut. Wir saßen für die Mächtigen wie auf dem Präsentierteller.« Ein Schimmer von Frustration trat in seine Augen. »Aber wir haben immer noch unsere Chance. Aus Klorath machen wir die Welt, die wir uns immer erträumt haben. Dieser Planet ist noch jungfräulich, ist noch nicht beschmutzt und korrumpiert von Ideen, die mittlerweile einen schalen Beigeschmack haben. Und eines weiß ich ganz bestimmt: Wenn mein Vater hier ist, dann wird es uns auch gelingen.«

»Dein Vater ist sicher eine starke Persönlichkeit, an der gemessen wir sehr schwach sind«, sagte Kathy zögernd. »Ich hoffe, ich komme gut mit ihm aus.«

»Darüber brauchst du dir wirklich keine Sorgen zu machen.« Er nahm ihre Hand in seine. »An dir ist alles in Ordnung, Kathy. Das wird auch ihm nicht verborgen bleiben, schon beim ersten Mal nicht, wo er dich sieht.«

»Das hoffe ich, ich wünschte nur, ich hätte ihn bereits früher kennengelernt. Jetzt bleibt ihm keine große Wahl mehr. Er muß mit mir auskommen, ob er will oder nicht.«

Jason wußte nicht zu sagen, ob Kathy das ernst meinte. Zum ersten Mal hatte sie damit Zweifel an ihrer anstehenden Heirat und ihrem künftigen Zusammenleben geäußert.

»Ich habe dir doch erklärt, daß er dich mögen wird«, sagte Jason erbost. »Und selbst wenn nicht, was würde das schon ausmachen? Bin ich dir denn nicht genug?«

Sie lachte kurz und sanft. »Doch, du reichst mir schon.«

Dann setzte das Shuttle mit einem leichten Ruck auf. Das rote Licht leuchtete auf und pulsierte drängend. Sie waren gelandet!

Die dreizehn Menschen erstarrten und sahen sich mit großen Augen an. Wie angewurzelt blieben sie auf ihren Sitzen und waren nicht in der Lage, den ersten und gleichzeitig letzten Schritt fort von allem zu tun, das bisher ihre Welt ausgemacht hatte.

Jason zog das Schnappschloß seines Sicherheitsgurts zurück und erhob sich. Einer mußte den Anfang machen. »Der Captain hat gesagt, wir sollen sofort aus dem Shuttle hinaus. Wollen wir es hinter uns bringen.«

Er ging zur Luftschleuse, zwang sich dazu, nicht nachzudenken, und drückte den grünen Schalter hinunter. Weit schwang die Tür auf. Jason verharrte, zögerte vor dem großen Moment, der eine so einschneidende Veränderung mit sich brachte.

Sonnenlicht strömte in den abgeblendeten Raum, vermischt mit grünem Schein und dem scharfen Geruch nach Leben. Jason atmete ihn tief ein und streckte plötzlich eine verlangende Hand nach Kathy aus.

Die Endgültigkeit des Schritts nach draußen wurde von der Welt überstrahlt, die zur Begrüßung in ihr Shuttle strömte. Klorath war eine wunderschöne Welt.

Golden und warm leuchtete die Sonne von einem klaren Himmel, der intensiver blau als der irdische war, und riesige Bäume erhoben sich rings um die dreizehn Menschen. Bäume, die an die auf der Erde erinnerten, die unberührt wie ein Urwald waren. Vogelgezwitscher und Insektengebrumm hingen in der Luft, das Gras und die roten Blumen sonderten einen würzigen Geruch ab, und über allem breitete sich eine Atmosphäre aus, deren Reinheit die Lungen der Erdmenschen nie geschmeckt hatten.

Jason setzte ein breites, erleichtertes Lächeln auf und schämte sich nicht des plötzlichen Brennens in den Augen. Alle Furcht war nun vergangen, war aus ihren Herzen gespült. Auch die nervenbelastende Unruhe war vorbei. Jason hatte mit Klorath eine wunderbare Welt betreten. Ihre Heimat und ihre Zukunft – Klorath war ein reicher, lebendiger und grüner Planet.

Sie trugen ihre kleinen Bündel mit den wenigen Habseligkeiten hinaus in die Sonne. Dreizehn Menschen mit dreizehn Bündeln Erinnerungen an die Erde in der Hand. Das Shuttle war kaum ausgeräumt, als sein Antrieb schon wieder zu summen begann. Sie sahen ihm nach, wie es zum Himmel aufstieg. Helen Rantel unterdrückte ihr Schluchzen, und Gus zog sie fest an sich heran, verbarg seine eigenen Gefühle unter der Sorge um sie. Anna und Frank Keller schüttelten traurig die Köpfe, und John Bentol atmete scharf ein.

»Und was unternehmen wir nun?« unterbrach Hager Crutz das Schweigen. »Ich kann kein Begrüßungskomitee entdecken.«

Die Lichtung wirkte merkwürdig leer, jetzt, wo das Shuttle verschwunden war. Jason hatte die Ohren gespitzt und wartete auf einen Willkommensgruß, aber der kam nicht. »Ich denke«, antwortete er Hager, »wir warten noch etwas. Sicher kommen sie bald.«

Etwas anderes blieb ihnen ohnehin kaum übrig. Sie legten ihre Bündel auf einen Haufen und begannen ihr neues Leben in der Wildnis damit, sich auf den Boden zu setzen. Die Anspannung der letzten Zeit hatte sie müde gemacht, und der Boden Kloraths war weich und angenehm. Nur Chip und Beth besaßen noch ein Übermaß an Energie. Sie durchforschten die Lichtung, sobald Beth sich vom besorgten Auge ihrer Mutter fortstehlen konnte.

Sie warteten. Keiner sprach ein Wort, weil niemand wußte, was er hätte sagen sollen. Minuten verstrichen, und die Schatten veränderten sich. Dann war eine Stunde vergangen. Sie waren immer noch allein. Klorath schien sie zu ignorieren.

Schließlich hielt Helen es nicht mehr länger aus. Sie räusperte sich und fragte in ihrem normalen ängstlichen Tonfall: »Sie *kommen* doch noch, oder? Sie wollen uns doch wohl nicht hier vergessen?«

»Wir müssen ihnen noch etwas Zeit lassen«, versicherte ihr Jason. »Sicher ist es ein weiter Weg von der Siedlung bis hierher.«

»Vielleicht aber auch nicht. Wer von uns will das schon wissen?« fragte Hager provozierend. »Ich meine, wir sollten etwas Initiative entwickeln und uns hier umsehen. Wenn sie uns schon nicht finden, dann finden vielleicht wir sie.«

»Und verlaufen uns dabei«, erklärte Jason. »Habt noch etwas Geduld. Wir haben drei Monate gewartet, da können wir es auch noch ein paar Minuten länger.«

Die anderen stimmten ihm zu. Hager setzte sich wieder hin. Jason beobachtete ihn müßig. Nie war es ihm gelungen, diesem Mann Sympathie oder Freundschaft entgegenzubringen. Hager war ein Riese, hatte einen großen und breiten Körper mit einem viereckigen Kopf und kleinen Augen. Er war Mitglied bei den Rebellen geworden, hätte aber genausogut bei den Schergen der Liga landen können. Die neue Siedlung konnte Hagers Muskeln sicher gut gebrauchen, weniger jedoch seine Launen.

Karen Solder ergriff die Initiative und begann mit den anderen ein Gespräch. Sie lenkte sie vorwärts und weg von der jetzigen Lage, indem sie mit ihnen über das diskutierte, was jeder einzelne zum Bau der neuen Welt beitragen konnte. Jason hörte ihr befriedigt zu. Er kannte die Solders seit fünf Jahren, und mittlerweile gehörten sie für ihn fast schon zur Familie. Karen, Randy und der kleine Chip – alle blond, kräftig und vernünftig – waren eine wertvolle Bereicherung für jede Gruppe und für jedes Vorhaben.

Aber selbst bei diesen Ablenkungsgesprächen vergingen die Minuten, bis wiederum eine Stunde vorüber war. Und noch immer hatte niemand Kontakt mit ihnen aufgenommen. Es schien fast so, als seien sie allein auf dieser Welt und alles andere Leben ein Universum weit entfernt.

Als die Unruhe in seine Gedanken zurückkehrte, stimmte Jason schließlich Hagers Meinung zu. Sie mußten jetzt wirklich damit beginnen, sich umzusehen. Wenn bis zum Abend niemand erschienen war, mußten sie auch nach Wasser und einem Schutz für die Nacht suchen. Jason erhob sich, lief auf und ab und legte sich einen Plan zurecht. Die Lichtung gab einen guten Ausgangs- und Sammelpunkt ab. An der Nordseite befand sich ein ziemlich hoher Steinhaufen, ein Orientierungspunkt für die Shuttles. Er war kilometerweit zu sehen, selbst dann noch, wenn man im Wald steckte. Wenn sie sich an ihm orientierten, konnten sie sich kaum verlaufen.

Die Gruppe beschloß, vier Männer auszusenden: Jason mit Randy Solder und Hager mit Ben Traub. Jason wollte nach Norden, denn er hatte dort eine baumbestandene Höhe entdeckt, die auf Wasser schließen ließ. Er ließ sein kleines Bündel bei Kathy zurück, ohne ihr den Grund dafür zu nennen, und marschierte mit Randy los, direkt auf den Steinhaufen zu, den er als Ausgangspunkt benutzen wollte.

»Was hältst du davon?« fragte Randy, als sie außer Hörweite der anderen gelangt waren. »Warum ist niemand erschienen, um uns abzuholen?«

»Ich wünschte, ich wüßte, was ich davon halten soll«, antwortete Jason. »Irgendwie stimmt das alles nicht. Aber irgendwann werden sie schon auftauchen, spätestens morgen.«

»Ich bin da nicht so sicher.« Randy klang nicht sehr hoffnungsvoll. »Karen macht sich Sorgen, und wenn sie sich Sorgen macht, dann ich auch.«

»Kathy ergeht es ebenso. Sie sagte, sie hätte so ein komisches Gefühl, so als sei hier etwas faul.«

»Und du selbst?«

»Ich habe mein möglichstes getan, um es zu unterdrücken, aber es ging nicht, ich habe ein ähnliches Gefühl«, gab Jason zu. »Ich weiß nicht, was ich hier vorzufinden glaubte ... jedenfalls habe ich es nicht gefunden.«

»Und du hast dieses ... dieses ›Gefühl‹ immer noch?« Randy wehrte sich offensichtlich gegen dieses Wort.

»Es ist eher eine Art Vorahnung, und die macht mich ganz kribbelig. Uns hätte ganz einfach jemand abholen müssen.«

Sie erreichten den Steinhaufen und marschierten bis zu seiner Nordseite um ihn herum. Alles wirkte noch genauso friedlich wie in dem Augenblick, als sie das Shuttle verlassen hatten.

An der Nordecke des Haufens wandten sie sich nach links ... und hielten mitten im Schritt inne. Randy ruderte mit den Armen in der Luft, bis seine Finger sich in Jasons Schultern festkrallten. Jason selbst hörte, wie seine eigene Stimme erschrocken und überrascht nur noch unzusammenhängend brabbelte.

An der Rückseite des Felshaufens, von der Lichtung aus nicht zu sehen, befand sich ein weiterer Haufen ... ein Berg sauber abgenagter, haut- und augenloser menschlicher Skelette.

KAPITEL ZWEI

Jasons Gedanken überschlugen sich bei diesem Anblick. Er hätte am liebsten aufgeschrien und wäre davongelaufen, aber dann zwang er sich zu einer nüchternen Überlegung. Jason starrte so lange auf den Haufen, bis sein Verstand ihn deutlich erkannte und er Einzelheiten ausmachen konnte.

Der Haufen war viel zu groß, als daß es sich um einen Unfall hätte handeln können. Mindestens sechzig Skelette lagen hier. Fetzen und Metallstückchen waren über sie verstreut – die letzten Reste ihrer Kleidung –, und an einer Stelle lagen mehr Schädel als anderswo. Offensichtlich waren die Knochen hierhergetragen und aufgeschichtet worden.

Rund um die Lichtung fanden sich in Senken, an Bäumen oder im Gras weitere Kleidungsfetzen und Metallstückchen. Wer auch immer die Knochen eingesammelt hatte, er hatte sie nicht weit tragen müssen.

»O mein Gott«, flüsterte Randy. »Großer Gott!« Seine blauen Augen sahen auf Jason. Nackte Furcht stand in ihnen. Nicht eigentlich Furcht um sich selbst, sondern Angst um Karen und auch um Chip. »Meinst du, das sind unsere Leute?« fragte er in einem kaum verständlichen Murmeln.

Jason nickte und wünschte sich gleichzeitig mit jeder Faser seines Körpers, es nicht eingestehen zu müssen. Doch dies war die Wahrheit, konnte nicht verleugnet werden.

»Aber, aber wie ist das denn möglich? Warum sind diese Leute nicht in der Siedlung?«

»Es sieht alles so aus, als seien sie nie über die Lichtung hinausgekommen. Ich fürchte, sie sind gleich hier gestorben.« Jason rieb sich über die Stirn, versuchte so, sich von dem Schock zu befreien. »Nur ... ich weiß einfach keinen Grund dafür.«

Der Haufen war erschütternd hoch. In ihm lagen die Knochen von einem Großteil aller Rebellen, die in den acht Gruppen vor ihnen nach Klorath gekommen waren. Jason versuchte, sich abzuwenden. Er wollte nichts mehr davon wissen. Doch nun war das Kribbeln in seinen Nerven verschwunden. Er hatte eine Vorahnung gehabt, und jetzt hatte er den Grund dafür gefunden.

Ein Schädel ragte über die anderen hinaus. Man hatte ihn am anderen Ende des Haufens auf einen Stab aufgespießt. Grinsend überblickte er die anderen. Er faszinierte Jason, und es kam ihm so vor, als stecke er nicht ohne Grund dort, sei mit einem besonderen Zweck dort aufgespießt. Jason starrte ihn lange, schweigende Minuten an.

Randy riß ihn aus seiner Verwunderung. »Jason, hier steht etwas, auf dem Hinterkopf.«

Widerwillig streckte Jason den Arm aus, um den Schädel zu drehen. Randy hatte recht. Dort stand etwas. Jemand hatte dort etwas in den Knochen geschnitzt, etwas mit unendlicher Geduld dort hineingeritzt. Es war nur eine kurze Botschaft, und leider eine zu deutliche.

»KEINE SIEDLUNG – KEINE CHANCE«

Die Worte fraßen sich in Jasons Bewußtsein, und er haßte sich dafür, daß er anfing, an diese Botschaft zu glauben.

»Ich verstehe es nicht.« Randys Stimme schwankte und zitterte. »Natürlich muß hier irgendwo eine Siedlung sein.«

»Warum?« war alles, was Jason darauf sagen konnte.

»Weil Klorath so eine wunderbare Welt ist. Das Klima bleibt konstant, die Luft ist ungewöhnlich rein, es gibt hier weder Raubtiere noch intelligentes Leben, und ...«

»Gebrauch doch endlich einmal deinen Kopf«, unterbrach Jason die auswendig gelernten Worte. »Du plapperst nur nach, was man uns erzählt hat. Diese Schädel hingegen sprechen eine andere Sprache. Sie sagen, es gibt weder eine Siedlung noch eine Überlebenschance.«

»Und du glaubst ihnen?«

»Ich muß gar nicht daran glauben, ich kann es doch mit eigenen Augen *sehen!*« Jason wünschte sich mit aller Macht, er könnte hier etwas finden, das zum Zweifel berechtigte, wünschte, daß sich das Gefühl der Vorahnung wieder bei ihm einstellen würde. Aber es war nicht mehr da. So als hätte er in irgendeinem Winkel seines Gehirns gewußt, was sie hier erwarten würde, und jetzt, wo er es gefunden hatte, könnte er nur noch eine gewisse Erleichterung verspüren, weil die Ungewißheit vorüber war. »Dieser Knochenhaufen ist Beweis genug. So viele ...«

»Aber was ist denn schief gelaufen? Was hat sie umgebracht?« Randy war noch nicht bereit, diese schreckliche Wahrheit zu akzeptieren.

Jason bückte sich und zerrte einen Oberschenkelknochen aus dem Haufen. »Ist dir das schon aufgefallen?« Er zeigte auf kleine Vertiefungen, die von oben bis unten auf dem Knochen vorhanden waren. Kleine Vertiefungen wie Blatternarben, so als sei er mit Säure übergossen worden. Die meisten anderen Knochen in dem Haufen wiesen ebenfalls diese Veränderungen auf. Es hätte ein wichtiger Hinweis sein können, wenn nicht einige der Knochen überhaupt keine Vertiefungen aufgewiesen hätten.

»Eine Seuche?« fragte Randy. »Hältst du das für die Ursache?«

»Das wäre eine Erklärung, aber im Grunde ist jede andere Erklärung auch nicht von der Hand zu weisen, solange man überhaupt keinen konkreten Anhaltspunkt besitzt. Ich kann einfach nicht glauben, daß sie bewußt hier geblieben und aus einem anderen Grund gestorben sind. Sie müssen krank gewesen sein, so krank, daß sie nicht mehr weiterkonnten. Diese Leute besaßen Kraft, Randy. Sie hätten zumindest versucht, sich gegenseitig zu helfen. Aber in diesem Fall hier konnte es wohl keine Hilfe mehr geben.«

Randys Gedanken beschäftigten sich nicht mit den möglichen Ursachen. Er konnte im Moment nicht weiter als bis zu den unmittelbaren, direkten Folgen sehen. Sanft und vorsichtig sagte er: »Weißt du eigentlich, was deine Worte bedeuten? Wenn sie wahr sein sollten, weißt du dann auch, was sie für dich persönlich bedeuten?«

Jason konnte ihm nicht folgen. Sein Verstand wehrte sich dagegen, den Sinn hinter den Worten seines Freundes zu erkennen.

»Dein Vater, Jason. Wenn es keine Siedlung gibt, dann ... könnte dein Vater hier liegen, unter diesem ...« Randy wandte sich rasch ab und biß sich auf die Lippen.

»... dann wäre er eines von diesen Skeletten«, führte Jason den Satz zu Ende. Der Knochen in seiner Hand fühlte sich plötzlich sehr merkwürdig an, schwerer und garstiger. Jason warf ihn in den Haufen zurück und wischte sich die Hände am Hemd ab.

Diese Knochen hier waren unleugbare Tatsachen, die sie nur akzeptieren konnten. Irgend jemand hatte Stunden damit verbracht, die Botschaft in den Knochen zu ritzen. Möglicherweise schmerzvolle Stunden, in denen seine Lebenskraft dahinschmolz und die Seuche seine Knochen zerfraß. Irgend jemand, der vor ihnen nach Klorath gelangt war und das gleiche durchgemacht hatte: die Zweifel, die Ängste, den Unglauben. Irgend jemand, der versucht hatte, die Nachkommenden mit diesen vier Worten vor dem gleichen Schicksal zu bewahren. Keine Siedlung – keine Chance. Eine zu schwerwiegende Mitteilung für eine Lüge, auch zu schwerwiegend für einen Scherz. Der Schädel war real, und das Gefühl der Knochen war real. Welche Hoffnung blieb ihnen noch?

Er wandte sein Gesicht von dieser Ruhestätte ab und beobachtete den Himmel. Kleine weiße Wolken trieben über ihm, genauso ziellos, wie er jetzt war. Er mußte aber ein Ziel, eine Richtung finden, ganz gleich, welche Konsequenzen sie mit sich brachte, ganz gleich, welche Schrecken oder Schmerzen sie enthielt. Er erinnerte sich an die Worte seines Vaters: *»Hoffnung ist das einzige Reale, das der Mensch besitzt, Jason. Gib sie niemals auf, und gehe sicher, daß sie nicht trügerisch ist. Stelle dich der Wirklichkeit, baue deine Hoffnungen auf solide Grundlagen und bleib ihnen dann dein Leben lang treu.«*

Er warf die Schultern zurück und stellte sich vor Randy hin. »Ich kann nicht über das diskutieren, was ich deutlich vor mir sehe, so sehr ich mich auch bemühe. Mein Vater ist wahrscheinlich tot. Alle sind sie wahrscheinlich tot. Alles war nur eine einzige, riesengroße Lüge.« Die Worte klangen hohl und leer, aber in ihnen schwang auch eine endgültige Wahrheit mit. »Wie konnten wir nur so dumm sein und glauben, die Liga würde uns freundlich behandeln? Sie behandelt ihre eigenen Leute schon nicht freundlich, warum sollte sie es dann mit ihren Feinden tun? Die Strafe hörte sich harmlos und leicht an, aber auch das war eine Lüge. Auf Klorath erwartet uns der Tod. Wir sind zum Sterben hierher geschickt worden. Das ist die ganze, simple Wahrheit.«

»Das kann nicht sein.« Randys Stimme klang lauter als gewöhnlich.

»Warum wehrst du dich immer noch dagegen?« gab Jason ebenfalls barsch zurück. Randys Reaktion würde sich elfmal bei den anderen wiederholen, und dabei war Randy noch eine von den stärkeren Persönlichkeiten. Jason mußte es durchstehen.

»Ich muß mich wehren, muß kämpfen, verstehst du denn das nicht? Wie könnte ich zulassen, Chip in den sicheren Tod geführt zu haben? Karen und ich sind eine Sache. Wir wußten, was wir taten, als wir begannen, gegen die Liga zu kämpfen. Aber Chip hat damit nichts zu tun. Wir konnten ihn doch nicht einfach auf der Erde lassen. Warum sollte er zusammen mit uns sterben!«

»Das ist ein wesentlicher Bestandteil dieser großen Lüge. Wenn die Liga anordnen würde, die Kinder müßten zurückbleiben, würden doch zu viele auf die Idee kommen, mit Klorath könne etwas nicht stimmen.«

Randy ließ geschlagen die Hände sinken. »Wie bringen wir das den anderen bei?«

»Es gibt nur eine Möglichkeit: Wir müssen es ihnen offen und ungeschminkt sagen. Wenn es uns nicht umgehauen hat, wird es auch sie nicht zusammenbrechen lassen.« Jason hielt unbehaglich inne. »Du kehrst jetzt zurück, und ich folge dir im Abstand von einer Minute, einverstanden?«

Randy marschierte ohne ein weiteres Wort los. Jason hob den Schädel von der Stange und wiegte ihn in den Händen. Es war nicht der seines Vaters. Er fühlte sich viel zu fremd an, und an dem Knochenbau war nichts, das er wiedererkannt hätte. Jason drehte sich urplötzlich um und marschierte zurück um den Steinhaufen herum. Er wollte jetzt noch nicht den letzten Gruß sprechen. Erst wenn er einen Weg gefunden hatte, die Lügen der Liga in Wahrheit zu verwandeln, würde er sich von seinem Vater verabschieden. Erst wenn er einen Weg gefunden hatte, aus Klorath die Welt zu machen, die man ihnen versprochen hatte.

Sie saßen eng beieinander und warteten auf sie. Die Ungewißheit bereitete ihnen Angst. Jason hoffte, das Wissen um die Wahrheit würde sie im Endeffekt beruhigen, genauso, wie es bei ihm gewesen war. Ihr größter Feind war der Schock. Sie durften nun auf gar keinen Fall aufgeben und sich zum Sterben hinlegen.

Jason trat mitten in den Kreis und sah auf die unterschiedlichen Gesichter. Er wußte nicht, wo er beginnen sollte. Aber Randy hatte seinen Weg schon vorbereitet, und in ihren Gesichtern lag soviel schreckliche Erwartung, daß Jason nun nichts zurückhalten durfte. Er atmete tief ein und fing an. Er erzählte ihnen alles, was er wußte, und auch das, was er vermutete. Sein Beweis dafür war der Schädel. Die Botschaft stand deutlich auf ihm zu lesen.

Die meisten von ihnen nahmen die Neuigkeit stumpf hin. Helen Rantel hielt sich so lange unter Kontrolle, bis er seinen Bericht abgeschlossen hatte. Dann brach alles aus ihr heraus. Die Angst drohte, sie um den Verstand zu bringen, ihr dünner Körper zitterte, und mit den Fingern zerzauste sie sich das krause Haar. Gus schüttelte sie durch, bis ihre Schreie erstarben. Aber ihre Furcht war ansteckend, und innerhalb weniger Sekunden hörte keiner mehr zu. Bei allen hatte sich Panik breitgemacht.

»Wir sind in eine Falle gegangen!«

»Es gibt für uns keine Rettung mehr!«

»Wir sind nur hier, um den Knochenhaufen noch etwas höher zu machen!«

Helen löste sich aus der Gruppe und zerrte an Jasons Armen, so als wollte sie Hilfe aus ihnen schöpfen. »Du mußt uns sagen, was wir jetzt tun sollen. Denk doch auch an Bethy. Du kannst dich nicht einfach hierherstellen und erklären, es gäbe keine Siedlung ... Und du kannst dich erst recht nicht hierherstellen und behaupten, es gäbe keine Chance mehr für uns ...«

Jason schob sie zu Gus zurück. Um die Erwachsenen machte er sich keine Sorgen. Sie würden schon damit fertig werden. Aber er konnte es nicht ertragen, den Kindern ins Gesicht zu sehen, wie sie so klein, so still und so erwartungsvoll dastanden.

Dann tauchte Hager Crutz vor ihm auf, düster, wütend und angriffsbereit. »Du denkst, du hast alles herausgefunden, was? Und jetzt willst du uns das als letzte Wahrheit verkaufen. Was macht dich nur so verdammt sicher, das alles aus einem Haufen Knochen ersehen zu können?«

»Weil es die Wahrheit ist und wir nicht an ihr vorbeikönnen«, antwortete Randy für Jason. »Eigentlich hätte es uns nicht überraschen dürfen. Wir alle hatten so ein komisches Gefühl im Magen ... und hätten darauf gefaßt sein müssen.«

Seine Stimme ging in den Protesten der anderen unter. Alle waren wütend und wollten ihre Furcht durch einen Zornesausbruch bezwingen. Jason wünschte sich das sogar. Es wäre die einzige Möglichkeit für sie, mit allem erst einmal fertigzuwerden. Er wollte ihnen einen Hoffnungsfunken geben. »Unsere Lage ist nicht völlig hoffnungslos! Beklagt euch nicht bei einem nicht greifbaren, unfreundlichen Schicksal.« Er sprach laut genug, um Helens Schluchzen zu übertönen. »Nur eine Macht hat uns das zugefügt, eine sehr *reale* Macht: die Liga! Die Liga hat uns hierhergeschickt, damit wir auf dieser Welt ums Leben kommen!«

»Er hat recht«, meldete sich Ben Traub zu Wort und bewies damit die innere Kraft, die Jason in ihm immer gesucht hatte. »Es war lediglich der letzte Zug der Liga in ihrem Spiel.«

»Aber ich wollte doch nie gegen sie ankämpfen«, schrie Helen. »Das habe ich euch immer erklärt. Man hat mich zu den Rebellen gezwungen. Niemals hätte ich geglaubt, die Liga sei wirklich so schlecht, wie Gus immer behauptet hat.«

»Aber jetzt würdest du gegen sie kämpfen wollen, oder?« wollte Jason von ihr wissen. »Jetzt, wo du erfahren hast, was das für Menschen sind, nicht wahr?«

Sie zögerte, und ihr Gesicht verzerrte sich in ihrer Verwirrung. Jason wollte jetzt nicht aufhören, wo er sie einmal in eine Defensivhaltung gedrängt hatte. »Willst du zulassen, daß sie auf diese Weise Beth das Leben rauben? Oder willst du aufstehen und kämpfen? Hast du den Mut, um dein Kind zu kämpfen?«

Sie gab ihm keine Antwort, und ein neuer Zug der Hartnäckigkeit trat in ihr Gesicht, während sie Beth beschützend zu sich heranzog. Auch die anderen verloren allmählich ihre Panik und wurden nüchterner und entschiedener. Selbst Hager setzte sich wieder hin.

Nur John Bentol hatte immer noch Zweifel. »Ich nehme an, du willst jetzt vorschlagen, wir sollten so tun, als sei nichts geschehen. Aber was ist mit diesen blatternarbigen Skeletten? Und was mit dieser Seuche? Vielleicht ist sie ja schon in uns und macht sich über unsere Knochen her.«

»Was willst du denn lieber tun? Dich ergeben, bevor du überhaupt weißt, gegen wen du kämpfen mußt? Eigentlich hätte ich diese Haltung von dir erwarten sollen. Du hattest doch gar keinen Grund, um bei den Rebellen mitzumachen, nicht wahr? Ich meine, keinen politischen Grund. Du hast bei uns nur eine Entschuldigung für deine eigene Existenz gesucht.«

»Jason!« unterbrach ihn Kathy. »Du kannst niemanden von uns der Feigheit bezichtigen. Keiner von uns wäre hier, wenn er ein Feigling wäre.«

»Da hat sie wenigstens einmal recht«, fügte Hager hinzu. »Bevor du anfängst, uns zu beschimpfen, mußt du erst einmal mit dir selbst ins reine kommen. Du darfst den Zorn und die Trauer über deinen Vater nicht an uns auslassen.«

»Ich versuche doch nur, euch klarzumachen, daß wir jetzt nicht aufgeben dürfen!« beharrte Jason. »Und jeder, der aufgeben will, zieht uns andere mit nach unten. Wir sind alles, was wir noch haben – dreizehn schwache Menschen auf einer fremden Welt. Wir müssen ihre Gefahren ausmachen und sie ausschalten; denn es gibt für uns keinen Weg mehr zurück. Entweder geben wir an diesem Punkt auf, oder wir arbeiten von hier aus weiter. Das ist die einzige Wahl, die uns bleibt.«

John Bentol sah ihn mitleiderregend an. Seine Haltung war deutlich. Bentol hatte nicht mehr die Kraft zum Weitermachen. Er nahm sein Bündel auf, trat auf den Wald zu und sagte nur noch: »Ich muß nachdenken. Laßt mir bitte etwas Zeit.«

Sie ließen ihn ziehen. Jason hätte sie alle ziehen lassen, wenn sie das gewollt hätten. Er war nicht ihr Anführer und wollte das auch gar nicht sein. Jason sah vor seinem geistigen Auge, welche Aufgaben sie erwarteten und wie ihr Weg in Zukunft aussehen würde. Die Verantwortung dafür wollte er jedoch nicht übernehmen.

Die Gruppe zerfiel schließlich wieder in ihre Einzelteile. Wie alle Menschen suchten auch sie Halt an dem, was sie liebten, und versuchten, Erkenntnis über die neue Welt zu finden. Kathy blieb bei Jason. Sie sagte kein Wort, aber ihre dunklen Augen strahlten Wärme und Verständnis aus. Und die besondere, zärtliche Berührung ihrer Hand sagte ihm, daß sie ihm Trost spenden wollte, um gemeinsam mit ihm den Verlust des Vaters zu tragen. Jason war nicht davon überrascht, daß sie die Lage so akzeptierte, wie sie war. Kathy hatte immer mit beiden Beinen auf der Erde gestanden.

Die Sonne versank allmählich hinter dem Wald, und die Baumschatten über der Lichtung wurden immer länger. Der Sonnenuntergang auf Klorath war golden; hell und rosafarben zeigten sich dabei die Wolken. Die ganze Welt glänzte und strahlte, aber nur auf der Oberfläche. Darunter wohnte etwas Dunkles, Bedrohliches.

»Glaubst du, wir schaffen es, Jason?« sagte Kathy leise.

Er beobachtete die einzelnen Gestalten, goldfarbene Wesen im angenehmen Abendlicht. Die Panik und die unglaubliche Angst waren vergangen. »Ich glaube schon«, sagte er. »Ich gebe so lange nicht auf, wie du mit mir zusammenarbeitest. Und die anderen haben ihren Halt.«

Sie drückte seine Hand, sagte aber weiterhin nichts. Dann murmelte sie mit einem Mal in befremdlichem Tonfall: »Ist es nicht seltsam, wie der Wald sich verändert hat? An diesem Nachmittag haben wir uns über ihn gefreut, aber nachdem ein neuer Umstand – ein neues Rätsel – hinzugetreten ist, wirkt er mit einem Mal unheilvoll.«

»Unheilvoll?«

»Wie können wir wissen, was sich in ihm verbirgt? Oder was die Menschen getötet hat, die vor uns kamen? Sicher haben sie nichts anderes getan als wir auch, und wahrscheinlich wollten auch sie versuchen weiterzumachen.«

Jason sah, wie Karen Solder im Wald verschwand, um Chip zurückzuholen. »Ich weiß«, sagte er Kathy. »Alles, was wir tun können, ist mit dem weiterzumachen, was die Liga uns vorgelogen hat. Das meiste davon hat sich ja schon als falsch herausgestellt. Ich fürchte, wir finden die restlichen Antworten nur allzu bald.«

Karen tauchte wieder zwischen den Bäumen auf. Ihr Gesicht war kalkweiß, und sie hatte die Hände gegen den Mund gepreßt. Chip klammerte sich zitternd und offenbar zu Tode erschrocken an ihren Rock.

Jason war viel schneller als Randy bei ihnen. Karen brachte keinen Ton hervor, sie führte die beiden Männer nur in den Wald. Sie folgten ihr um Stämme und Wurzeln herum in das schattige Dunkel des Abendwaldes, bis sie stehenblieb und nach vorn deutete.

Etwas bewegte sich dort. Alle Muskeln in Jason verkrampften. Dann trat er vorsichtig ein paar Schritte weiter, um es besser erkennen zu können.

Aber dort verbarg sich keine Gefahr, sondern John Bentol schwang langsam in der Luft. Sein Genick war gebrochen, und der Kopf hing schief an dem Seil, mit dem er sich aufgeknüpft hatte. Hin und wieder streiften seine Füße über den Stein, von dem er sich mit der Schlinge um den Hals fallengelassen hatte. John Bentol hatte nachgedacht und seine Lösung gefunden.

KAPITEL DREI

Sie schnitten den Körper vom Seil und trugen ihn auf die Lichtung. Er war überraschend leicht. Bentol war ein schmächtiger, kleiner Mann gewesen.

Jemand öffnete ein Bündel und holte eine Schaufel heraus. John Bentol sollte nicht den Knochenberg vergrößern, sondern begraben werden. Niemand sagte etwas dazu, aber Vorwürfe und Anschuldigungen waren in ihren Augen zu erkennen, wenn ihr Blick auf Jason fiel. Er ließ sie gewähren. Sollten die die Beerdigung durchführen, denen der Sinn danach stand.

Nur Hager, der Riese, der nie mit seiner Meinung hinter dem Berg hielt, ging Jason an. »Bentol braucht nun keine Entschuldigung für seine Existenz mehr«, erklärte er ihm. »Dafür hast du ja gesorgt.«

Die Dämmerung wurde dunkler und das Loch tiefer. Jason trat zu den anderen, um dem Toten die letzte Ehre zu erweisen. Dann verschwand er jedoch, um Feuerholz zu suchen. Wenn sie die Nacht auf der Lichtung verbrachten, brauchten sie das Licht und die Wärme eines Feuers.

Er war gerade in den Wald getreten, als Kathy neben ihm auftauchte. »Du hättest bleiben sollen«, sagte sie. »Dein Verschwinden wirkt so, als würdest du dir die Schuld geben.«

Er zuckte die Achseln. »Wir brauchen Feuerholz. Sollen sie Bentol doch zu einem Märtyrer machen, wenn ihnen danach ist; deshalb brauchen wir trotzdem ein Feuer.«

Sie sagte nichts mehr, half ihm aber, Äste einzusammeln. Ihr Schweigen war alles andere als angenehm. Schließlich stellte Jason sich vor Kathy und sah ihr ins Gesicht. »Also, wenn du etwas zu sagen hast, dann nur heraus damit.«

Schatten bedeckte ihr Gesicht, und ihre Stimme klang unwillig. »Ich möchte es gar nicht aussprechen ... aber du weißt, was sie denken. Und du machst es nur noch schlimmer, wenn du so tust, als sei es dir egal.«

»Ist es mir auch«, antwortete er, aber es klang nicht sehr überzeugt.

»Mußtest du denn so brutal zu ihm sein? Er war allein nicht lebensfähig, Jason. Er brauchte jemanden, der ihn stützt, aber du hast hart und unerbittlich den Boden unter seiner Existenz zerschmettert.«

Jason seufzte und hörte dem Geräusch nach, wie es von der Nachtbrise davongetragen wurde. Er packte Kathy fest an den Schultern und versuchte, seinen Standpunkt zu erklären. »Ich will nicht der Bösewicht in der Gruppe sein, Kathy. Ich habe nur das getan, was ich für richtig hielt. Meine Beschimpfung Bentols geschah in einem ungeheuer wichtigen Augenblick. Er hätte seine Angst auf uns alle übertragen können. Deshalb mußte ich die Chance nutzen, die sich mir bot, ich mußte ihn in Wut bringen – auch wenn er auf mich wütend würde –, um ihn von seiner Furcht zu befreien. Nun, es ist mir nicht gelungen. Ich habe einen Fehler gemacht. Ich weiß nur, wenn ich es nicht getan hätte, hätten wir noch mehr Gräber ausheben müssen.«

»Mich brauchst du doch nicht zu überzeugen«, sagte sie ihm. »Ich weiß doch, daß du ihn nicht vorsätzlich in den Tod getrieben hast.«

»Wenn aber doch?« wollte er von ihr wissen. »Würdest du mich dann hassen? Mir ist es egal, Kathy, was die anderen wollen, ich will auf jeden Fall überleben, ganz gleich wie. Eines steht doch fest: Diese Lage ist alles andere als einfach, und um sie zu meistern, brauchen wir harte Personen und harte Taten. Uns steht einfach nicht die Zeit zur Verfügung, auf Leute zu warten, die erst noch Zeit zum Nachdenken benötigen.«

Er konnte nun ihr Gesicht überhaupt nicht mehr erkennen. Die Schatten hatten wieder einmal ihr Terrain erobert. Dabei kam es jetzt auf ihre Reaktion an, auf ihre nächsten Worte, die fast zu wichtig waren, als daß er sie hören wollte. Er wartete und drängte sie in Gedanken, das Richtige zu sagen.

»Du hast recht«, sagte sie leise und doch entschieden. Jason war dankbar für die Dunkelheit, denn so konnte Kathy die ungeheure Erleichterung auf seinem Gesicht nicht sehen. »Wir befinden uns hier auf einer neuen Welt mit neuen Werten. Wenn die anderen das nicht bald begreifen, versuchen wir beide es eben alleine. Ich halte zu dir, egal was kommt.«

Jason zog sie an sich und umarmte sie, bis sie kaum noch Luft bekam und sich verblüfft seinem Griff entwand. »Du hast doch wohl nicht an mir gezweifelt, Jason? Du kanntest doch meine Antwort, bevor ich sie ausgesprochen habe.«

»Ich bin mir mittlerweile in gar nichts mehr sicher.« Er bückte sich, um die gesammelten Äste aufzuheben.

Sie entzündeten das Feuer mit einem Streichholz aus ihrem kostbaren Vorrat, und rasch verwandelte sich die Lichtung in einen freundlicheren Ort. Die Frauen machten sich daran, den Großteil der mitgebrachten Nahrungsmittel zu kochen, während die Männer sich im Gras niederließen, um die von der nervösen Anspannung verkrampften Muskeln zu entspannen. John Bentol verschwand rasch aus ihren Gedanken. Sie hatten den Tod und die Trennung von Freunden oft genug beim Kampf gegen die Liga erlebt. Sie hatten gelernt, beides zu akzeptieren und nicht zu lange darüber nachzudenken. Sie hatten auch gelernt, Fehler zu verzeihen, denn gerade in der Gefahr treten menschliche Schwächen deutlicher als anderswo zutage. Und die Gefahr hatten sie alle kennengelernt. Der Vorfall war damit abgeschlossen. Nur Hager Crutz wollte es nicht vergessen. An seinen Seitenblicken erkannte Jason, daß Hager dieses Thema bei jeder sich bietenden Gelegenheit gegen ihn ausspielen würde.

Das Mahl war heiß und gut, aber nicht sehr üppig. Vielleicht war es allerdings immer noch zu reichlich, denn niemand wußte, was sie hier an Nahrung vorfinden würden. Klorath war eine so fremde Welt. Wenn es hier keine Raubtiere gab, dann ließ sich nicht ausschließen, daß es überhaupt keine Tiere gab. Die Natur schuf in der Regel einen Faktor zur Wachstumsbegrenzung, und wenn dieser fehlte, konnte das nur bedeuten, daß er nicht benötigt wurde.

Jason lauschte den Geräuschen des Waldes, dem Seufzen des Windes und den Schreien der Nachtvögel, die sich nur schwach über den Stimmen am Feuer vernehmen ließen. Jason ließ seine Gedanken fortwandern und holte sie dann zurück, um in sein Innerstes zu sehen, um sich selbst zu fühlen und um den Rhythmus seines Körpers zu spüren. Alles schien normal zu sein ... die befürchteten Ansätze einer Seuche waren nicht zu entdecken. Wie lange mochte die Inkubationszeit sein?

Er riß seine Gedanken aus dieser Überlegung und richtete seine Aufmerksamkeit auf den alten Frank Keller, dem die ganze Gruppe zuhörte. Keller sprach von ihrer Zukunft und was sie zu ihrem Schutz tun sollten. »Wir brauchen eine Organisationsform«, sagte er gerade. »Wenn wir uns in einer Siedlung zusammenschließen wollen, brauchen wir jemanden, der Anweisungen erteilt und uns bei der Stange hält. Zwölf Personen sind zwölf verschiedene Richtungen ohne eine einigende Kraft.«

Alle Köpfe nickten zustimmend.

Hager Crutz fügte hinzu: »Wir brauchen einen starken Führer, jemanden, dem wir vertrauen können, ganz gleich, was kommen mag. Aber«, er legte auf dieses Wort eine besondere Betonung, »auch jemand, der uns Freundlichkeit entgegenbringt, wenn wir Freundlichkeit brauchen, der geduldig ist, wenn wir Geduld brauchen.«

Bevor die Köpfe der Anwesenden ein weiteres Mal

zustimmend nicken konnten, ergriff Kathy das Wort. »Wir besitzen nicht mehr die Zeit für Freundlichkeit oder Geduld. Und wer von euch das dennoch glaubt, täuscht sich nur selbst mit der Hoffnung auf bessere Zeiten. Wir haben das heute nachmittag eindringlich erlebt. Ein tragischer Vorfall und vielleicht auch ein brutales Vorgehen, aber es geschah in der einzigen Art und Weise, die uns jetzt noch geblieben ist. Vielleicht haben wir das sogar gebraucht. Der Schock vom Anblick eines Mannes, der aufgegeben hat, hat uns hart, aber effektiv wieder zu Verstand gebracht. Wir brauchen einen Starken an unserer Spitze, sicher, aber zuviel Freundlichkeit kann uns so schwach machen, bis wir uns gegenseitig an unseren Schultern ausweinen.«

Überraschenderweise sagte Helen Rantel: »Wenn jemand weiß, wie wahr Kathys Worte sind, dann ich. Ich gebe zu, bisher bin ich ein Feigling gewesen; aber nun bin ich bereit, mich in dieser Welt zu behaupten.« Ihr Blick fiel automatisch auf die Stelle, wo Beth und Chip Seite an Seite unter einer Decke schliefen. »Wenn ich aus dem Tritt gerate oder wanke, möchte ich von einem starken Arm aufgefangen werden. Deshalb, sage ich, brauchen wir einen Anführer, und der einzige, der diese Stellung übernehmen könnte, ist Jason Tolliver. Er hat sich bereits mehr als genug dafür qualifiziert.«

Jason richtete sich gerade auf und wollte sie von ihrem Vorschlag abbringen. Natürlich freute er sich über ihre Unterstützung und daß sie ihm verziehen hatte. Aber er wollte diese Position nicht einnehmen.

»Und wie wäre es mit Randy Solder?« fragte Hager. »Wir können damit rechnen, daß er sich für uns einsetzt, denn er hat eine Frau und ein Kind, die ihm am Herzen liegen.«

»Randy ist ein guter Vorschlag.« Jason trat vor ans Feuer. »Wir alle wissen, was er für ein Mensch ist.«

»Nein«, antwortete Randy entschieden. »Ich kann nicht versprechen, gerecht und unvoreingenommen zu sein. Wie Hager sagte, muß ich an Frau und Kind denken. Ich könnte mich davon zu sehr ablenken lassen.«

Jason sah die Umstehenden an, aber niemand wurde mehr vorgeschlagen. Damit war nur noch zwischen zwei Männern zu entscheiden: Jason oder Hager Crutz. Hager besaß einen starken Arm und eine eiserne Hand, aber er würde sie nicht immer nur für die Gruppe, sondern auch gegen sie einsetzen.

Hager erhob sich, um sich selbst als Kandidat vorzuschlagen. Aber erneut legte Ben Traub seine Zurückhaltung ab. »Ich sage, wir sollten Jason Tolliver wählen. Laßt uns die Wahl sofort durchführen. Ich bin für Jason.«

Alle, bis auf Hager, waren dafür. »Das ist nicht fair«, beharrte Crutz. »Es war keine richtige Wahl. Wollen wir unsere neue Gesellschaft mit einer Scheinwahl beginnen, in der nur ein Kandidat zur Verfügung steht?«

Randy atmete tief ein, und seine breiten Schultern wurden noch imposanter. »Setz dich hin, Hager. Wir haben abgestimmt. Für Einwände ist es jetzt zu spät.«

Hagers Gesicht lief rot an, und die Muskeln an seinem Nacken traten dick hervor. Jason wartete, und die Sekunden schienen endlos, in denen Hager unschlüssig dastand. Dann huschte ein schiefes Lächeln über das Gesicht des Riesen, und er zuckte die Achseln. »Na ja, gegen die Mehrheit kann man nichts ausrichten.« Er setzte sich wieder hin.

Ben Traub streckte einen Arm aus, um ihm auf die Schulter zu klopfen, doch Jason hatte Hagers Augen gesehen. Das Lächeln war gar nicht bis zu ihnen vorgedrungen, und Hager hatte immer noch die Fäuste geballt.

Mit seiner neuen Position gewann Jason auch neues Selbstbewußtsein. Alle drängten sich um ihn und erwarteten Entscheidungen und Pläne von ihm. Er suchte nach etwas, was er ihnen sagen konnte, fand aber nichts. Also beschränkte er sich auf die groben Pläne, die er den ganzen Nachmittag über gemacht hatte.

»Ich denke, das Beste, was wir tun können, ist, diesen

Ort so rasch wie möglich zu verlassen. Falls es sich wirklich um eine Seuche handelt, dann ist die Gefahr wahrscheinlich dort, wo so viele Menschen gestorben sind, am größten. Wir sollten also fort von hier. Und wir brauchen Wasser.«

»Und weiter?« Randys blaue Augen sahen ihn ernst an. »Sollen wir nicht weiter nach der Siedlung suchen, ich meine, für alle Fälle?«

»Darüber muß die Gruppe entscheiden«, antwortete Jason. »Ich persönlich fürchte, an dem, was wir hier vorgefunden haben, ist kein Zweifel möglich. Wir sollten also keine Zeit damit verschwenden, nach etwas Ausschau zu halten, das nicht existiert. Es gibt Wichtigeres für uns zu tun: einen Unterschlupf für die Nacht zu finden, und Wasser und Nahrung. Und dann eine eigene Siedlung zu gründen. Wenn wir es schaffen, drei Monate zu überleben, sind wir nicht mehr allein. Dann kommt das Shuttle wieder. Sollten wir dann noch leben, wollen wir diesen Leuten ein *Empfangskomitee* entgegensenden und sie in unsere Siedlung aufnehmen.«

»Mehr bleibt uns jetzt nicht mehr zu tun«, stimmte Frank Keller ihm zu. »Wir könnten jahrelang durch die Gegend ziehen und nach einer Siedlung suchen.«

»Statt dessen gehen wir davon aus, daß *wir* die Siedlung sind«, fuhr Jason fort, »und beginnen von diesem Punkt an mit unserer Arbeit. Also, wie steht's? Wollen wir etwas aufbauen, oder wollen wir suchen?«

Niemand widersprach ihm. »Dann wollen wir zuerst einmal feststellen, was wir alles in den Bündeln mitgebracht haben. Und im Morgengrauen ziehen wir los.«

Sie packten ihre Bündel aus. Kathy nahm einen Bleistift und ein Stück Papier und listete alles auf. Die Liste war nicht lang und noch weniger ermutigend. Meist hatten sie Luxusgegenstände mitgeführt und Gegenstände, von denen sie annahmen, die älteren Siedler würden sich darüber freuen. Sie hatten ihre Dachkammern und Speicher nach Erinnerungsstücken an das ehemalige Leben durchstöbert, und sie hatten in Warenhäusern nach Gegenständen gesucht, die für das Leben auf einer Pionierwelt notwendig schienen. Nun breiteten sie alles aus und besahen sich sorgfältig ihren Besitz.

Zwei Gewehre und ein Revolver stellten ihre ganze Feuerkraft dar. Für jeden Mann war ein Messer da, und Hager hatte zusätzlich eine Machete und eine Axt mitgebracht. Ihr Nahrungsmittelvorrat bestand lediglich aus ein paar Büchsen Fleisch und irrwitzigerweise aus einem Glas Maraschino-Kirschen. Für jeden war eine Decke da, und sie besaßen eine größere Menge Streichhölzer, zwanzig Stangen Zigaretten, Nadeln und Faden, Scheren, zwei Sägen, Nagel, Hämmer, Schaufeln und glücklicherweise ausreichend Wachstuch, mit denen sie vor allem ihre Streichhölzer trocken halten konnten. Frank Keller hatte sich bei seinem Gepäck die meisten Gedanken gemacht. Er hatte Samengut mitgebracht: Mais, Weizen und Bohnen. Die Päckchen waren nicht groß und enthielten nur eine Handvoll Körner, aber selbst diese wenigen Samen verhießen Hoffnung.

John Bentols kleines Bündel enthielt Papier und Bleistifte, zwei Taschenlampen, Kerzen, Vitaminpillen und ein Buch mit Gedichten. In ihm fehlte nur das Stück Seil, das er in den Wald mitgenommen hatte, und das konnte jetzt auch wieder gebraucht werden.

Nachdem sie Inventur gemacht hatten, legten sie sich zum Schlafen nieder. Jason zog Randy mit sich in den Schatten, um sich dort eine Zigarette zu gönnen. Ein Vergnügen, das ihnen nicht mehr allzulange möglich sein würde.

Die Nacht hielt auf Klorath Einzug. Jasons Herz machte einen Freudensprung, als er sah, wie ein blasser Mond zwischen den Bäumen aufging. Es tat gut zu wissen, daß auf dieser Welt nicht alles fremd war.

»Heute hat sich wirklich eine Menge getan«, sagte Randy neben ihm. »Heute morgen noch hatten wir

Angst, das Schiff zu verlassen und ein neues Leben zu beginnen ... und sieh dir uns jetzt an.«

»Ich denke, die Furcht steckt immer noch in uns«, antwortete Jason. »Unser neues Leben könnte aufregend sein, uns sogar einen Sinn geben ... wenn ich nur nicht ständig vor meinem geistigen Auge diese Blatternarben sehen würde. Ich kann sie nicht vergessen.«

»Ich beneide dich nicht um deine Position.« Jason hörte aus Randys Stimme heraus, daß er leise grinste, obwohl das eigentlich in diesem Augenblick unangebracht war.

»Ich mich auch nicht«, gab Jason zu. »Das wird sicher was werden, aus dieser Gruppe geeignete Siedler für eine neue Welt zu machen.«

»In der Vielfalt liegt der Segen. Wenn dieser Satz stimmt, dann wird das sicher eine ganz besonders tolle neue Welt.«

Jason mußte über diese Bemerkung schmunzeln, und wieder einmal dankte er Gott dafür, jemanden wie Randy an seiner Seite zu haben. Nichts und niemand konnte ihm den Humor austreiben.

Der Mond trat über den Wipfeln hervor, und einige wenige Wolken folgten seiner Bahn. Langgezogene, fedrige Nachtwolken, so ganz anders als die auf der Erde. Nur solche Beobachtungen brachten Jason zu Bewußtsein, daß er sich hier nicht auf Terra befand. Es bereitete ihm fast körperliche Schmerzen, auf eine solche schöne und Hoffnungen weckende Welt wie Klorath zu geraten und gleichzeitig zu wissen, daß sich dahinter etwas Schreckliches verbarg. Etwas, das nur darauf wartete, sie zu packen, ihr Fleisch zu verschlingen und blatternarbige Knochen wieder auszustoßen.

Jason trat seine Zigarette aus und suchte dann den Himmel nach Sol ab. Er gab es auf. Diese Sterne waren unbekannt und ihre Konstellationen waren verzerrt durch den anderen Blickwinkel. Sol war nicht länger von Bedeutung. Sie war nicht mehr seine Sonne.

KAPITEL VIER

Gold und rosafarben zeigte sich der Morgen auf Klorath. Alle wirkten seltsam sonnengebräunt und hatten eine gesunde Gesichtsfarbe, als Jason sie weckte. Beth und Chip sprudelten bereits über vor Lebhaftigkeit und waren bereit, den neuen Tag mit neuen Taten zu begehen. Die Ängste des vergangenen Tages schienen vergessen. Jason wünschte sich, er könnte mit ihrer Abenteuerlust die anstehenden Aufgaben angehen, aber dafür nagten zu viele Zweifel in seinen Gedanken.

Sie schlangen rasch ein karges Frühstück aus Büchsenfleisch hinunter. Die meisten beklagten sich über trockene Kehlen und verklebte Zähne. Zwar hatten alle ihre Zahnbürste mitgebracht, aber als einzige Flüssigkeit stand für das Zähneputzen der Saft der Maraschino-Kirschen zur Verfügung. Chip sagte Beth gräßliche Dinge wie rote Zähne voraus, wenn sie sich mit diesem Saft die Zähne putzen wollte.

Während die anderen ihre Bündel zusammenpackten und sich auf die Reise vorbereiteten, ging Jason allein zu dem Knochenhaufen, um den Schädel wieder auf die Stange zu setzen. Dieser Weg war ihm nicht angenehm, aber er mußte gegangen werden. Wenn Jason und seine Gruppe ebenfalls scheitern sollten, würde der nächste Shuttle-Transport die Warnung erhalten.

Sie marschierten in einer langen Reihe los, kamen an dem Felshaufen und dem Knochenberg vorbei und betraten dreißig Meter weiter Richtung Westen den Wald. Sie bewegten sich auf die Baumgruppe zu, hinter der Jason gestern schon Wasser vermutet hatte. Der Weg war nicht sehr beschwerlich. Die Bäume auf Klorath wuchsen hoch und gerade und trugen reichlich Blätter. Daher war es zwar auf dem Waldboden recht finster, aber gleichzeitig gab es hier deutlich weniger Unterholz. An den wenigen Stellen, wo es kaum noch weiter ging, benutzte Hager seine Machete und schlug ihnen einen Weg.

Jason führte mit Kathy die Gruppe an, und Randy machte den Schluß. Chip rannte ständig von einem Ende des Zuges zum anderen, war bester Laune und rief den anderen immer wieder eingebildete Entdeckungen zu. Auf seinem Gesicht war ständig ein Lächeln, und seine Hosentaschen beulten sich von den eingesammelten Steinen, Blumen und Käfern aus. Mit jedem neuen Fund wurde Chip mutiger, und dann kannte er überhaupt keine Vorsicht mehr. Er lief an Jason vorbei und tollte ganz allein zwischen den Bäumen immer weiter fort. Jason rannte los und riß ihn zurück. Seine Hände konnten kaum ihr Zittern verbergen.

»Du läufst nicht noch einmal von mir weg, verstanden?« sagte er und versuchte, so ruhig wie möglich zu reden, trotz der Gedanken in seinem Kopf, was dem Jungen allein alles hätte zustoßen können. »Wir machen hier kein Geländespiel, Chip. Du mußt dich, wie alle anderen, an die Anweisungen halten.« Er suchte nach etwas, womit er den Jungen ablenken konnte. Chip war in dem Alter, wo man Jungen eine Beschäftigung geben mußte. »Am besten bleibst du jetzt bei Beth. Ich mache dich nun höchstpersönlich für sie verantwortlich. Dazu gehört unter anderem die Aufgabe, dafür zu sorgen, daß sie bei der Gruppe bleibt und nicht zu rasch ermüdet. Wenn ihr Kinder noch lange so herumrennt, seid ihr erschöpft, bevor wir nur drei Kilometer zurückgelegt haben. Hast du alles verstanden? Du hast eine sehr verantwortungsvolle Aufgabe übernommen.«

»Verstanden.« Chips Miene war fast eine Kopie von Jasons bedeutungsschwerem Gesichtsausdruck. »Wir müssen zusammenbleiben und aufpassen, damit wir nicht als Knochenhaufen enden.«

Jason dachte kurz, er müßte auflachen und so die

Ernsthaftigkeit aus dem Gesicht des Jungen verscheuchen. Aber dann besann er sich anders. »Ganz genau. Jetzt begib dich zu Beth und führe deinen Auftrag aus.«

»In Ordnung, aber ich habe eben ein Kaninchen gesehen. Du etwa nicht? Ich glaube, Onkel Jason, du brauchst dringend eine Brille.« Er rannte davon, bevor Jason ihm mit dem obligatorischen Klaps auf den Hintern antworten konnte.

»Dieser Junge vergöttert dich, wußtest du das?« Kathy trat wieder neben ihn. »Ein prachtvoller Junge.«

»Ja, jeder Vater wäre stolz auf einen solchen Sohn«, antwortete Jason nur.

Der Wald wurde auf ihrem weiteren Weg dichter und dunkler. Jede neue Lichtung war ihnen willkommen, denn hier konnten sie sich auch nach etwas anderem als nur möglichen Gefahrenquellen umsehen. Jason spürte Gefahr. Sie war überall um ihn herum. In der Finsternis unter den Bäumen, im feuchten Geruch des Bodens und in den unterdrückten Schreien der Vögel. Aber er behielt das für sich. Sie mußten die Reise fortsetzen. Hinter ihnen war nichts mehr, sie mußten voran. Mit jedem weiteren Kilometer wurde jeder neue Schritt mühsamer als der vorangegangene. Schließlich glaubte Jason, er marschiere auf einem morschen Brett, und jeden Augenblick könne die Welt einstürzen.

Stetig bewegten sie sich weiter. Manchmal glaubte Jason, sie folgten einem bestimmten Weg, denn sie liefen so sicher und immer geradeaus. Aber er verbannte diesen Gedanken jedes Mal wieder aus seinem Gehirn, denn er brachte zu viele Befürchtungen mit sich. Mit der Zeit redete er sich ein, sie seien die ersten, die auf diesem Weg gingen, die ersten, die die Lichtung verlassen und sich auf die Suche gemacht hatten.

Die Sonne hatte den Zenit bereits überschritten, und Jason schätzte, sie hätten bereits acht Kilometer zurückgelegt, als sie den letzten Hügel vor der Baumreihe erklommen und in ein bewaldetes Tal hinabmarschierten.

Vor der letzten Lichtung befahl er einen Halt und rief Randy zu sich nach vorn, um selbst auf Erkundung zu gehen. Es war hier noch finsterer, aber er hörte Wasser rauschen und gegen Steine plätschern. Jason ging dem Geräusch nach, ließ die letzten Bäume hinter sich ... und dort war er. Ein Fluß lief breit und klar durch das Tal. Sein Wasser funkelte in der Sonne.

Jason lachte erleichtert und überglücklich, daß seine Vermutung sich bewahrheitet hatte. Er rannte zurück und winkte den anderen zu kommen. Alle liefen ans Ufer und ließen sich dort fallen. Jason schöpfte mit den Händen Wasser und spritzte es sich ins Gesicht. Er leckte die Tropfen von den trockenen Lippen, tauchte dann sein Gesicht ins Wasser und trank in langen Zügen. Lachen und Kichern ertönte um ihn herum. Sonnenlicht glitzerte auf den kleinen Wellen, die Kathys Füße machten, als sie wieder ans Ufer kletterte. Sie trat vergnügt nach den Wasserpflanzen, die ihr an den Zehen kitzelten. Jetzt, wo es zu spät war, begriff Jason, wie unvorsichtig sie gewesen waren. Sie hätten das Wasser zumindest vor dem Trinken abkochen sollen. Aber es fühlte sich angenehm kühl im Bauch an, und er verdrängte diese Sorgen aus seinem Bewußtsein.

Während die anderen alle ausgestreckt am Ufer lagen, machte sich Jason allein auf, um die nähere Umgebung zu erkunden. Die Lichtung am Ufer gab einen hervorragenden Lagerplatz ab. Rings herum standen Bäume, der Boden war mit langem, weichem Gras bedeckt, und Wasser war hier ausreichend vorhanden. Jason sah sich nach Tierspuren um, um sicher zu gehen, daß keine Raubtiere hierher kamen. Aber er entdeckte keine. Sie waren allein hier, und das bedeutete zumindest jetzt Sicherheit.

Er marschierte mit gesenktem Kopf am Ufer entlang, als er plötzlich aus dem Augenwinkel einen Wechsel in der Landschaft ausmachte. Er sah rasch auf und atmete unwillkürlich tief durch. Sein Magen verkrampfte sich und drohte, das getrunkene Wasser wieder auszuspeien. Vor ihm breitete sich ein bestelltes Feld aus. Nichts wuchs auf ihm, außer dürren Gräsern, offensichtlich klorathanisches Unkraut, aber Pflugfurchen zogen sich in regelmäßigen Abständen durch den Acker, und Stangen waren in die Erde gerammt. Ob es Jason nun behagte oder nicht – hier handelte es sich zweifellos um ein ehemaliges Getreidefeld.

Vorsichtig ging Jason weiter, folgte den überwachsenen Pfaden an den Rändern des Felds. Ein Gebilde erhob sich vor ihm, und bevor noch sein Verstand es erkannte, begriff sein zusammengezogenes Herz schon, was es war. Eine Hütte, eine grob gezimmerte, elende Hütte. Jason verbarg sich rasch hinter einem Felsen und arbeitete sich dann vorsichtig, die Bäume als Deckung nutzend, zu der Hütte vor. Aber in ihr regte sich nichts. Stille über dem Feld und Stille in der Hütte. Eine Decke vor dem Eingang bewegte sich leicht im Wind hin und her, aber sonst regte sich nichts. Die Hütte strömte Einsamkeit aus, Verzweiflung und Alleinsein. Jason trat an ein Fenster, sah hinein und wartete, bis seine Augen sich an die Dunkelheit in der Hütte gewöhnt hatten.

Die Hütte war verlassen. Er sah dunkel einen klobigen, viereckigen Schrank, einen Tisch und zwei Sitzbänke. Dick lag Staub auf allen Gegenständen und in den Ecken. Direkt vor der Tür lagen die Reste eines offenen Feuers ... Steine, Asche und angekohlte Scheite.

Fünfzig Meter weiter stand eine zweite Hütte, genauso zusammengezimmert wie die erste, nur etwas größer. In ihr lagen nur Decken. Die beiden Hütten wirkten wie klobige Blockhäuser. Die Decken und der eine Kessel waren unzweifelhaft irdischen Ursprungs. Und eine leere Streichholzschachtel, die Jason fand, beseitigte die letzten Zweifel. Diese Hütten und der gepflügte Acker konnten nur die Überreste einer früheren Siedlung sein. Aber wohin waren ihre Bewohner verschwunden?

Er kehrte auf dem gleichen Weg zurück und spürte jetzt noch stärker das Prickeln im Nacken, fühlte Augen in seinem Rücken. Aber nur Vögel flatterten singend unentwegt in den Bäumen. Jason war der einzige Mensch hier.

Gerade war er auf Sichtweite an den Fluß herangekommen, da machte er in den Büschen etwas Weißes aus. Er rief nach Randy und bückte sich dann, um nachzusehen. Aber er brauchte gar nicht so gründlich hinzusehen, um zu wissen, was er da entdeckt hatte.

Randy erschien atemlos von seinem schnellen Lauf an Jasons Seite. Er warf einen Blick auf den Fund und sagte nur: »Noch einer.«

Jason nickte dumpf. Vor seinen Füßen lag ein Skelett. Die Knochen lagen ungeordnet herum und waren sauber abgenagt. Und zwischen Dreckflecken fanden sich auch wieder die Narbenvertiefungen.

»Dann ist die Seuche also auch hier.« Randys Stimme wurde lauter, als er wie automatisch einen Blick zurück auf Karen und Chip warf.

»Was immer es auch sein mag, es ist auch hier«, sagte Jason. »Dort drüben befindet sich ein gepflügter Acker. Und zwei Blockhäuser sind auch dort. Das bedeutet, vor uns ist schon jemand auf die gleiche Idee gekommen wie wir, wollte ebenfalls eine Siedlung gründen, wollte überleben und ist dabei gescheitert. Wie können wir jetzt noch hoffen, es trotzdem zu schaffen?«

»So darfst du nicht reden ... vor allem nicht vor den anderen«, mahnte ihn Randy. »Versuch, es zu vergessen, geh dann zu den anderen zurück und erzähle ihnen alles, aber mit einem Hoffnungsschimmer. Sie verlassen sich doch alle darauf, es mit dir zu schaffen.«

Jason trat gegen die Knochen und löste sie vom Wurzelbewuchs. Es gab keine Insekten hier, und auch keine Maden. Die Knochen waren sauber niedergefallen und sauber geblieben, abgesehen von den Dreckspritzern durch den Regen. Jason riß sich aus seiner Enttäuschung und seufzte: »Ich frage mich nur, wie viele von ihnen wir noch finden werden. Wenn dieses Skelett hier das einzige wäre, würde ich es begraben und keinem ein Wort darüber sagen. Aber ich fürchte, mindestens fünfzehn Menschen haben in diesen Hütten gelebt. Zumindest habe ich so viele Decken gezählt.«

»Dann finden wir höchstwahrscheinlich die anderen vierzehn auch noch.«

»Ja, höchstwahrscheinlich.« Jason drehte sich zum Fluß um. »Also, dann wollen wir es hinter uns bringen.«

Jason sagte es ihnen. Sagte es ihnen offen und ehrlich, und war von ihrer Reaktion überrascht. Nur wenige Worte der Furcht oder der Besorgnis wurden laut.

Hager war der einzige, der mehr dazu zu sagen hatte. »Ich habe euch doch schon gesagt, daß unser bisheriger Weg zu einfach war. Wir folgten einem Weg, den schon andere *vor uns* gegangen sind, und eigentlich hätte jeder von uns von alleine darauf kommen müssen. Nun hat Jason uns mitten hinein in das geführt, von dem wir zu entkommen hofften. Die Krankheit ist auch hier. Wir müssen also noch weiterziehen.«

Jason ignorierte Hagers Beschuldigungen. »Ich bin nicht dieser Ansicht. Wenn es eine Krankheit ist, können wir ihr wohl nirgendwo entkommen, ganz gleich, wohin wir uns wenden. Sie ist offensichtlich heimisch auf Klorath, und so lange wir uns auf dieser Welt aufhalten, sind wir ihr ausgesetzt. Andererseits ist hier, an diesem Ort, schon sehr viel für uns vorbereitet.«

»Was willst du damit sagen? Sollen wir etwa in diese infizierten Hütten ziehen?« Aus Karen sprach die Sorge der Mutter.

»Nein, nicht wenn ihr das für zu gefährlich haltet. Doch hier gibt es viel mehr als nur Blockhütten. Dort liegen Felder, gepflügte und bereitstehende Felder. Wir müssen nur noch ein wenig den Boden bearbeiten, und können schon mit der Aussaat beginnen – unser Start in ein neues Leben. Auf Klorath scheinen das ganze Jahr über milde Temperaturen vorzuherrschen, aber das können wir natürlich jetzt noch nicht sicher wissen.«

»Wenn der Planet den Regeln folgt«, erklärte Frank Keller, »dann müßten wir jetzt, gemessen am Stand der Sonne, Frühsommer haben. Damit hast du recht, Jason, die Aussaat müßte jetzt erfolgen.«

»Ich sage, wir sollen weiterziehen«, beharrte Hager und suchte nach Verbündeten. Aber seine letzte Niederlage war noch zu frisch im Gedächtnis, und jetzt strebte keiner danach, sich auf seine Seite zu stellen.

Kathys Gesicht drückte Erschöpfung und Müdigkeit aus, aber sie stand hinter Jason. »Ich kenne mich etwas mit dem Gartenbau aus. Karen, Anna und ich können uns um den Boden kümmern, während ihr Männer euch umseht, wie wir die Gruppe sonst noch über Wasser halten können.«

»Das ist der erste vernünftige Vorschlag, den ich heute höre. Die Gruppe soll entscheiden. Laßt uns abstimmen.«

»Nein«, wandte Gus Rantel ein. »Wir haben dich zu unserem Anführer bestimmt und wollen deshalb deinen Entscheidungen folgen. Sag du uns, was zu tun ist, und wir richten uns danach.«

»Er hat recht«, unterstützte ihn Frank Keller. »Abstimmungen sind zwar eine gute Sache, aber nicht in solch grundlegenden Situationen wie dieser hier. Zu viel steht für uns auf dem Spiel, und es gibt so viel zu tun.«

Jason rieb sich über die Stirn. Er wollte nicht vor der Gruppe den ›großen Häuptling‹ spielen, dazu war er zu wenig vor Fehlern gefeit. Und vielleicht hatte Hager ja recht, und sie sollten wirklich weiterziehen. Aber der Rest der Gruppe wollte nicht weiter, obwohl sie das nicht sagten. Sie waren erschöpft und ausgelaugt. Hier hatten sie einen Antrieb zur Aufbauarbeit. Der Anfang war bereits von anderen gemacht, und sie konnten darauf aufbauen. Wenn sie weiterzögen, müßten sie aus dem Nichts anfangen.

Jason sah sich die Umgegend an. Der Fluß schuf zu einer Seite eine natürliche Barriere. Das Tal selbst war eng und eben und nur spärlich von Bäumen bedeckt. Ein kleiner Hügel erhob sich zu einem Kamm, auf dem die Baumreihe stand, die Jason vom Shuttlelandeplatz aus gesehen hatte. Mit dem Kamm im Rücken und dem Fluß an der gegenüberliegenden Seite besaßen sie soviel Schutz, wie sie es kaum sonstwo auf dieser Welt finden konnten. Ihre Vorgänger mußten diese besondere Lage wohl auch erkannt haben, als sie hier ihre Siedlung errichteten.

»Wir bleiben«, sagte Jason entschlossen. »Hier finden wir so viele Vorteile, daß ein Weiterziehen sinnlos wäre. Also, Punkt eins auf unserer Tagesordnung: die Nahrungssuche. Keller, du stellst fest, ob es in dem Fluß Fische gibt. Versuche dein Glück. Gus, du hilfst den Frauen bei der Feldarbeit und hältst gleichzeitig hier Wache. Wir anderen ziehen los und suchen nach Nahrung: Tiere, Früchte, Wurzeln, alles eben, das eßbar aussieht. Irgend etwas zu essen muß es ja hier geben, sonst hätten unsere Vorgänger nicht lange genug gelebt, um das alles hier aufzubauen. Bis zum Sonnenuntergang sind alle wieder hier. Dann können wir weitersehen.«

Die Sonne färbte das Land wieder golden, als sie sich am Fluß versammelten. Mit der Feldarbeit hatten die Frauen noch nicht begonnen. Sie hatten den ganzen Nachmittag über Steine gesucht und dicke Äste geschnitten, um daraus Spaten, Schaufeln und einen groben Pflug zu bauen.

Von den drei Nahrungssammlern kehrte Jason als erster zurück. Er hatte sein Hemd ausgezogen und trug darin seine Fundstücke. Kathys Müdigkeit schwand sofort, als sie sein fröhlich strahlendes Gesicht sah. »Was hast du denn bloß in deinem Hemd?« wollte sie von ihm wissen. »Du siehst aus, als hättest du in der Lotterie das große Los gezogen.«

Jason lachte sie an und breitete auf dem Boden das Hemd aus. Dann ordnete er die Früchte nach Formen und Farben. Kathy nahm jedes einzelne Stück Obst in die Hand, betastete es, roch es und versah es dann mit dem Namen, der seinem irdischen Gegenstück am nächsten kam. »Banane«, sagte sie, und ihre Finger fuhren zärtlich über die gelbe Schale. »Pfirsich, Apfel, Melone, Trauben ...« Sie hielt verwirrt inne. »Wenn Frank recht hat und wir wirklich Frühsommer haben, warum gibt es dann schon Herbstfrüchte?«

»Wir sind hier auf Klorath, Kleines, deshalb darfst du mich nicht danach fragen«, neckte sie Jason. »Vielleicht gibt es hier keinen Herbst. Wenn ich mir diese Banane so ansehe, denke ich, wir können das ganze Jahr über anbauen und ernten.«

»Gut, ein Punkt für uns.« Sie saß auf dem Boden, hatte das Kleid wie ein Rad um sich ausgebreitet und legte die Früchte in hübschen Reihen zurecht. Jason lachte, als er ihre nackten Zehen sah, die unter dem breiten Saum hervorlugten. »Ist es nicht ein bißchen früh, sich auf die örtliche Modesaison einzustellen?« scherzte er.

Frank Keller kam vom Fluß auf sie zu. In seinen Armen trug er etliche tote und glitschige Brocken. Anna nahm ihm die Fische ab, keuchte unter der Last und brachte dennoch ein fröhliches Glucksen zustande. Franks Gesicht leuchtete rot vor Stolz. »Ich habe einen Teil meines Hemdes aufgetrennt und den Faden zu einer Leine zusammengeknotet«, erklärte er. »Und als Haken habe ich eine gebogene Nadel genommen. Ich hätte nie geglaubt, mich eines Tages wirklich in der freien Natur bewähren zu müssen. Jetzt bin ich doch froh, all diese alten Bücher gelesen zu haben.«

Jason klopfte ihm auf den Rücken und nahm dann eins der Streichhölzer aus ihrem Vorrat, um ein Feuer anzuzünden. Der Anblick der Fische, auch wenn sie noch kalt und voller Schuppen waren, konnte jemandem, der seit zwei Tagen nichts Richtiges mehr gegessen hatte, schon das Wasser im Mund zusammenlaufen lassen.

Randy und Ben Traub kehrten mit weiteren Früchten, schmackhaft aussehenden Wurzeln und Knollen und einem Wildvogel zurück. Zum ersten Mal erklang Gesang am Ufer des Flusses, als an diesem Abend die Männer den Vogel rupften und die Frauen kochten. Der goldene Sonnenuntergang glänzte auf ihrer Haut und funkelte in ihren Augen.

Sie hatten die Feuerstelle so hoch geschichtet, daß ihr Schein sich auf dem Wasser widerspiegelte. Die Männer und Frauen setzten sich bequem ins Gras, um sich über die Leistungen ihres ersten Tages zu freuen. Ihre Furcht schwand mit dem Hunger dahin.

Jason sah ihnen zu, konnte aber an ihrer Freude nicht teilhaben.

Als Kathy das Feuer verließ und sich neben ihn setzte, fiel ihr sofort der düstere Ausdruck auf seinem Gesicht auf. »Was ist los, Jason? Sieht doch alles sehr zufriedenstellend aus. Zum ersten Mal seit Wochen fühle ich mich gut und sicher.« Sie zeigte auf die Lichtung, auf ihre Nahrungsmittelvorräte, auf die hohen Bäume, die im flackernden Feuerschein schemenhaft sichtbar wurden, und auf die tanzenden Schatten am Boden. »Klorath ist wunderbar ... und gut.«

»Und tödlich.« Jason sah sie offen und ehrlich an und bemerkte, wie der freudige Glanz in ihren Augen erstarb. »Irgendwie eine Ironie des Schicksals, nicht wahr?«

Kathy zitterte und drängte sich näher an Jason. »Mußtest du das jetzt sagen?«

»Ich kann doch selbst nichts dafür.« Sorge kehrte in ihre Miene zurück, und er nahm rasch ihre Hand in seine große. »Mach dir einstweilen nicht allzu viele Sorgen, Kathy. Vielleicht wird ja doch noch alles gut. Ich kann das Gegenteil wirklich nicht beweisen. Laß uns doch in absehbarer Zeit einen Tag freinehmen und ihn alleine verbringen. Wenn es uns möglich ist.«

»Wenn du die letzte Bemerkung nicht gemacht hättest, hätte ich sofort zugesagt. So aber macht mir dieses letzte ›Wenn‹ zu große Sorge, Mr. Tolliver.«

Nach wenigen Tagen schon kam Routine in ihre Arbeit und bestimmte ihre weiteren Aktivitäten. Sie verbrannten die alten Hütten und bauten neue. Die Frauen setzten die Samenkörner ein, und die Männer fischten und jagten. Sie sammelten einen ansehnlichen Vorrat an Nahrungsmitteln zusammen. Jason machte einen Kalender, indem er Striche in einen Felsen meißelte. Sieben Striche zeigte der Stein nun, und nichts Außergewöhnliches war geschehen. Männer wie Frauen waren gesund, sonnengebräunt und voller Energie.

Eine weitere Woche verstrich, und ihre Lage blieb gleich, nur fühlten sich jetzt alle sicherer. Sie hatten ein Blockhaus gebaut und mit der Arbeit für ein zweites begonnen. Sie planten ein ganzes Dorf mit kleineren Hütten für die einzelnen Familien und größeren als Versammlungsräume und Depots. Der Bau des Dorfes würde sie einige Monate lang beschäftigen, denn sobald sie die Hütten für sich errichtet hatten, mußten sie sich an das Aufstellen weiterer für den nächsten Shuttle-Transport mit Rebellen machen.

Optimismus kam leicht und rasch in ihnen auf. Die Kinder spielten oder halfen den Erwachsenen bei der Arbeit, die Tage waren warm und die Nächte angenehm. Der Regen ließ nicht lange auf sich warten und wässerte die Felder, und schon schoben die ersten Schößlinge ihre Köpfe aus dem Boden.

Als die Striche auf Jasons Fels zwei Wochen und drei Tage anzeigten, kam für Anna und Frank Keller der Tag des Einzugs. Jason hatte ihnen das erste Blockhaus versprochen, denn die beiden waren schon alt und das

Gras auf dem Boden war für eine Übernachtung etwas zu feucht.

Nach dem Frühstück packten die Kellers ihre Habseligkeiten zusammen. Alle warteten aufgeregt. Jason führte sie in einer Prozession zur Tür ihres neuen Heims. Gelächter und Geschnatter ertönte hinter ihm, und zum ersten Mal sah Jason den Wald mit neuen Augen, als Freund an. Mit Kathy an seinem Arm war das Leben gut und schön.

Jason blieb kurz vor der Tür stehen und setzte affektiert eine sehr seriöse Miene auf. »Nun ist Klorath stolz darauf«, verkündete er in einer Nachahmung der dunklen Stimme des Captains auf dem Transportschiff, »seine ersten wirklichen Siedler begrüßen zu dürfen ... seine ersten zivilisierten ›Hausbewohner‹. Es ist verblüffend, wie weit wir in solch kurzer Zeit gekommen sind. Vom primitivsten Stadium zur ersten Siedlung. Wenn wir in diesem Tempo weitermachen, erreichen wir innerhalb von fünf Jahren das Raumfahrtzeitalter. Damit möchte ich auf weitere Ausführungen verzichten und ...«

Er brach mitten im Satz ab, und seine Worte gingen in einem langen, hellen Schrei aus dem Wald unter. Er erreichte einen peinvollen, kreischenden und mit aller Macht geschrienen Höhepunkt und erstarb dann langsam und elendig.

Jason wirbelte herum, suchte mit den Augen die Männer und Frauen der Gruppe und zählte wie wahnsinnig ihre Köpfe. Elf! Einer fehlte. Ben Traub!

KAPITEL FÜNF

»Wo ist Ben?« rief Jason mit heiserer Stimme. Er betete in Gedanken darum, eine harmlose Antwort zu erhalten.

»Er ist eben losgegangen, um Grünzeug für die Einzugsfeier zu sammeln«, sagte Karen. Bei den nächsten Worten riß sie sich die Hand vor den Mund. »Er ist in den Wald gegangen!«

Ein neuer Schrei drang durch die Bäume, leiser und schwächer als der erste. Jason wartete nicht länger. Er setzte zu einem rasanten Lauf in Richtung Wald an. Die anderen folgten ihm. Ihre Füße rannten geräuschlos durch das hohe Gras. Die Lichtung dehnte sich vor ihnen aus, wirkte jetzt größer als je zuvor, und Jasons Beine wollten einfach nicht mit der Geschwindigkeit seines Herzschlags mithalten. Er rannte, atmete keuchend und ängstlich in großen Zügen die Luft ein, stürmte den Hügel hinauf und verschwand in der Mauer des Waldes.

Er wurde langsamer, und die anderen blieben stehen. Jason versuchte, sich im Wald zu orientieren, suchte in seinen Gedanken nach der Quelle des schrecklichen Schreis und brach dann weiter durch das Unterholz. Randy hielt Schritt mit ihm. Er hatte die Fäuste geballt, und seine Blicke suchten mit der gleichen verschärften Wachsamkeit wie die Jasons.

Sie gelangten in eine Senke, wo das Blattwerk noch dichter war und der Boden tiefer im Schatten lag. Jason blieb stehen. Zu seinen Füßen lag Ben Traubs Gürtel und ein zerfetztes Stück Stoff, herausgerissen aus seinem Hemd. Breite Spuren ließen auf einen heftigen Kampf schließen, und eine rote Flüssigkeit versickerte im Boden.

»Was um alles in der Welt ...?« entfuhr es Jason.

»Leise!« zischte Helen.

Stille senkte sich über die Gruppe ... tödliche Stille. Nicht einmal ein Vogel zwitscherte mehr. Ein leises Geräusch drängte sich in Jasons Ohren. Ein schwaches Stöhnen aus den Bäumen und unzweifelhaft aus einem menschlichen Mund.

»Ben«, flüsterte Jason. Er drehte sich um seine eigene Achse und suchte verzweifelt nach der Richtung, aus der die Geräusche kamen. Aber das Stöhnen schien von überall her zu kommen, schien sie zu umkreisen. Dann trat ein neues Geräusch hinzu ... ein Rauschen und ein Flappen von etwas Gewaltigem. Es schien weit weg zu sein und wurde zusätzlich vom Blattwerk gedämpft, aber an seiner Größe konnte kein Zweifel bestehen. Kathy lief ein Schaudern über den Rücken. Sie drängte sich an Jason, suchte seinen Schutz, und ihre Nägel gruben sich tief in seine Haut. Einen Augenblick lang schien es so, als sei es in der Senke noch finsterer geworden. So als sei etwas Gewaltiges über die Gruppe hinweggezogen und hätte dabei die Sonne verdunkelt.

Helen preßte Beth an sich. Sie stöhnte und bemühte sich mit aller Kraft, einen Schrei zurückzuhalten, der genauso wie der aus den Bäumen geklungen hätte. Randy befand sich nicht mehr an Jasons Seite, sondern hatte sich zu seiner Familie begeben. Er drückte Chip und Karen mit seinen Armen fest an sich, um sie vor dem Wesen abzuschirmen, das er doch nicht sehen konnte.

»Nichts wie weg von hier!« schrie Hager, und seine Stimme klang brüchig.

Seine Worte ließen die anderen in eine wilde Flucht ausbrechen. Panikartig rannten sie aus der Senke und wagten aus Furcht vor dem, was sie vielleicht sehen könnten, keinen Blick zurück. Jason rannte zwischen den Bäumen hindurch und trat auf tote Äste. Sein Verstand war zu keinem klaren Gedanken mehr fähig. Er wußte nur, daß er Kathys Hand in seiner hielt und daß er sich beeilen mußte.

Sie stürmten über die Lichtung; wie eine Kaskade stürzte das Sonnenlicht auf sie herab und brachte sie etwas zur Ruhe. Hager blieb stehen. Jason erreichte ihn, und danach kamen die anderen.

»Nein, wir müssen in die Hütten!« rief Helen und zerrte an Gus' Arm, um ihn zum Mitkommen zu bewegen.

»Keiner soll sich im Freien zeigen, solange wir nicht genau Bescheid wissen.«

Sie drängten sich alle aneinander, fürchteten sich davor, die Gruppe zu verlassen. Jason sah den Hügel hinab auf den Fluß. Alles dort unten war normal. Hier flogen und sangen die Vögel und zirpten die Insekten.

»Was immer es auch gewesen sein mag«, sagte er, »es muß in die andere Richtung verschwunden sein.«

»Sollen wir nicht versuchen, die Blockhäuser zu erreichen?« fragte Gus.

Bevor Jason darauf antworten konnte, meldete sich Hager zu Wort. »Wir sollten umkehren und nach Ben sehen! Oder sollen wir ihn etwa dort allein zurücklassen? Das wäre unmenschlich.«

»Es hat keinen Sinn, nach Ben zu suchen«, entgegnete Jason. »Du hast doch seine letzten Schreie gehört. Er ist tot.«

»Zumindest bete ich darum, daß er seine Leiden nicht überlebt hat«, murmelte Kathy.

»Woher wollt ihr das wissen?« bohrte Hager weiter. »Wollt ihr euch einfach hier hinhocken und Ben da draußen sterben lassen, bloß weil ihr zuviel Angst habt? Ist es das, was wir in Zukunft von dir als Anführer zu erwarten haben, Jason?«

Jason lief rot an. »Wenn wir wieder zurückgehen und Ben suchen, weiß ich nicht, wie viele von uns aus dem Wald lebend zurückkehren. So einfach ist das. Und als euer Anführer«, er legte besondere Betonung auf das Wort, »kann ich nicht eure Leben für etwas so Närrisches wie ein wagemutiges Unternehmen aufs Spiel setzen.«

»Närrisch? Wagemutig?« Hager war außer sich. »Seit wann ist Wagemut etwas Närrisches?«

»Solange wir nicht wissen, wonach wir suchen oder wen wir zum Gegner haben. Es wäre unsinnig, in den Wald zurückzugehen und dort das Leben zu verlieren. Sobald wir besser Bescheid darüber wissen, mit wem wir es da zu tun haben, können wir immer noch den Helden spielen. Aber dafür ist es jetzt noch zu früh.«

Frank Kellers grauhaariger Kopf nickte. »Jason hat recht, Hager. Zuerst wollen wir einmal herausfinden, in welche Lage wir da geraten sind, und dann wehren wir uns dagegen. Aber gegen Schatten zu boxen, hat keinen Sinn.«

Hager lief jetzt ebenfalls rot an, und er sah Keller an, als wollte er ihn mit seinen Blicken ermorden. »Du bist immer gegen mich. Das ist wohl das, was du unter Mehrheit verstehst, was?«

»Hier ist keine Mehrheit im Spiel.« Jason trat einen Schritt weiter in die Mitte. Erst jetzt schien ihm bewußt zu werden, was die anderen von ihm verlangten. »Ich treffe hier die Entscheidungen, und da ist kein Platz für abweichende Meinungen.«

Hagers Antwort ging in Randys Frage unter: »Wie lautet deine Entscheidung, Jason?«

»Wir kehren in die Siedlung zurück und bleiben dort so lange, bis uns eine Lösung eingefallen ist.«

Die Stunden bis zum Mittag verstrichen quälend langsam. Jason war von innerer Unruhe erfüllt, und diese Regung übertrug sich auch auf die anderen. Ihre Nerven waren bis zum Zerreißen angespannt, deshalb schickte Jason sie an die Arbeit zurück: die Männer zum Holzschlagen in den Wald und die Frauen auf die Felder. Er stellte einen Wachtposten auf und verteilte die Schußwaffen. Ansonsten machte er keine Zugeständnisse an die Gefahr, der sie begegnet waren. Die Leute sollten sich beschäftigen, und wenn die Arbeit nur als Ventil für ihre innere Anspannung dienen sollte.

Der Rest des Tages verlief ereignislos und wirkte in seiner Ruhe lindernd, schien abstreiten zu wollen, daß es jemals so etwas wie eine dunkle Senke und einen riesigen Schatten gegeben habe. Aber die Männer und Frauen kamen nur langsam bei ihrer Arbeit voran, ließen sich von jedem neuen Geräusch ablenken. Jason stand mit Randy am Kamm des Hügels. Sie entasteten mit ihrer einzigen Axt einen Baum, um den Stamm für den Hüttenbau gebrauchen zu können. Die Arbeit war mühsam, aber der Schweiß, den sie hervorrief, war gut; denn er nahm den Schmerz aus den Muskeln und führte zusätzliches Adrenalin in den Kreislauf. Jason stand mit dem Rücken zum Wald, aber Gus stand auf dem Hügel Wache. Jason brauchte also nicht auf diese Flanke zu achten. Schließlich mußte er den Männern, denen er eine solche Aufgabe übertrug, vertrauen können.

Die Axt hatte gerade eine Höhlung in das blasse Innere des Stammes geschlagen, als ein Schreckensschrei hinter Jason ertönte. Gus brüllte unablässig vom Hügel, und sein Gewehr verschoß einen Feuerstoß nach dem anderen. Randy sprang auf, und Jason ließ die Axt fallen. Sie spurteten am Waldrand entlang und bogen dann auf der Höhe des Wachtpostens in ihn ein.

Als sie Gus erreichten, kniete der hinter einem großen Felsen, gab immer wieder ein paar Schüsse ab und brachte sich danach rechtzeitig in Deckung. Sein Mund stand weit auf und sprudelte unsinnige Wortfetzen hinaus. Er warf sich immer wieder auf den Rücken, brüllte und feuerte in den Himmel – stets in den Himmel.

Jason unterlief sein Gewehr und entwand es seinen Händen. Gus sprang zurück, brabbelte unzusammenhängende Flüche und zitterte vor Furcht am ganzen Leib. Randy packte ihn von hinten, aber Gus nahm die beiden gar nicht wahr.

»Ich kann ihn nicht mehr lange halten«, ächzte Randy. »Er gebärdet sich wie ein Wahnsinniger.«

Hager tauchte plötzlich auf und übernahm Gus. Randy ließ ihn los. Hager besaß die Stärke eines Ochsen.

»Was habt ihr mit ihm gemacht?« Helen rannte sofort auf ihren Mann zu. Sie nahm seinen Kopf in ihre Hände und sah ihm eindringlich in das wilde Gesicht. »Gus! Gus, was haben sie dir angetan?«

»Was wollt ihr denn hier?« fuhr Jason die anderen an.

»Wir haben Schüsse gehört«, erklärte Keller, »und da dachten wir, jemand brauche Hilfe.«

»Was war denn los?« rief Kathy aufgeregt. »Auf was hat er geschossen?«

»Ich weiß es nicht. Wir haben nichts gesehen. Als wir hier ankamen, schoß er in den Himmel.« Jason begann, Gus zu befragen, und gab dann achselzuckend auf. Aus Gus war immer noch kein vernünftiges Wort herauszubekommen.

Plötzlich richtete sich Gus stocksteif auf, und sein Mund öffnete sich zu einem neuen Schrei. Ein Geräusch ertönte aus dem Wald hinter den Hügeln. Ein Flappen und ein Zischen von geschlagener Luft. Automatisch richteten sich ihre Blicke dorthin, und Jason riß das Gewehr an die Schulter. Was immer es auch war, es war riesig. Das mächtige Geräusch ließ keinen anderen Schluß zu. Jason drückte die Knie durch und straffte die Muskeln. Es gelang ihm, das Zittern aus seinem Arm zu bringen, als er auf die Wipfel anlegte.

Dann erschien es. Ein riesiger Reißschnabel, dann ein kleiner Kopf. Gewaltige, ledrige Flügel mit einer Spannweite von mindestens acht Baumstämmen. Ein fester, geschuppter Leib mit gelben Klauenfüßen. Ein langer, peitschenartiger Schwanz. Die Augen des Tieres waren gelb. Das Sonnenlicht spiegelte sich in ihnen und strahlte die Männer und Frauen an.

Ein großer Tumult entstand, als die Menschen aufschrien und sich aneinander anklammerten, um Hilfe zu finden. Hager ließ Gus los. Der fiel wieder auf die Knie und schoß mit einem imaginären Gewehr nach der Schreckensgestalt am Himmel.

Und dann stieß es auf die Gruppe hinab. Wie ein Felsbrocken fiel es vom Himmel, riß den Schnabel weit auf und ließ ihn mit einem lauten Krachen wieder zuschnappen. Jason wurden die Knie weich, und zusammen mit den anderen hatte er nur noch den Wunsch, Deckung zu suchen. Nichts konnte dieses Monstrum aufhalten. Die Flügel schlugen mit einer Wucht durch die Luft, daß es sich wie Donnerknall anhörte, und bei seinem Sturzflug heulte der Wind schrecklich auf. Die Menschen flohen, warfen sich hinter jede Deckung, die sie in ihrer Panik finden konnten. Wie ein Büschel Blätter im Wind spritzten sie auseinander.

Jason sprang hinter Gus' Felsen und versuchte, den aufkommenden Schock zu unterdrücken. Er brauchte alle Kraft, um das Gewehr zu halten und am Abzug ziehen zu können. Der Vogel war nicht zu verfehlen, dafür war er viel zu riesig; aber Jason hatte Mühe, die Waffe oben zu halten. Dann riß er sie hoch und drückte ab. Die Kugel traf den schuppigen Bauch und prallte von ihm ab. Ein zweiter Schuß, diesmal auf eins der Augen gezielt, erwies sich als ebenso fruchtlos.

Der riesige, ledrige Vogel flog eine Schleife und setzte zu einem neuen Sturzflug an. Jason betete darum, den Arm ruhig halten zu können. Wieder zielte er auf das Auge. Diesmal kam er ihm schon näher, aber dann drehte sich das Monstrum, und Jason konnte nichts mehr ausrichten. Die Spannweite seiner Flügel hinderte den Riesenvogel daran, die Menschen hinter Bäumen und Felsen herauszupicken. Er kam einfach nicht nahe genug an sie heran. Doch das war den Menschen nur ein schwacher Trost. Das Monster konnte sie den ganzen Tag über hier festhalten. Steine flogen durch die Luft, geworfen von ängstlichen, panikerfüllten Händen, die nach allem griffen, nur um sich zu wehren. Auch sie prallten von der harten Haut ab, ohne den geringsten Kratzer zu hinterlassen.

Jason verfluchte sein Gewehr. Er haßte es, sinnlos Munition zu verschwenden, aber vor dem Knall der Waffe scheute das Monstrum zurück. Das Geräusch irritierte es wohl. Aus reiner Verzweiflung feuerte Jason ein ganzes Magazin auf den Vogel ab. Das Monstrum zog von seinem Sturzflug hoch, flatterte nervös mit den gewaltigen Flügeln, streckte krampfartig die gelben Klauen aus und flog dann dorthin zurück, woher es gekommen war. Jason folgte ihm in den Wald und war entschlossen, die anderen erst dann aus ihrer Deckung kommen zu lassen, wenn das Ungeheuer aus seiner Sicht entschwunden war. Es flog in gerader Linie vom Hügel zum Shuttle-Landeplatz. Jason preßte die klappernden Zähne gegeneinander und wischte sich die Tränen der Erleichterung aus den Augen, als er sah, wie der Vogel in der Ferne immer kleiner wurde.

Jason kehrte zu den anderen zurück. Auf dem Weg stolperte er und fiel aufs Gesicht. Als er sich wieder aufrappelte und nachsah, was ihn hatte stürzen lassen, stöhnte er laut. Dort unter den Bäumen lag der zerfetzte, blutige Körper von Ben Traub. Sie mußten den Vogel bei seiner Mahlzeit gestört haben.

Mit dem Gewehrkolben drehte Jason den Leichnam um und keuchte. Vom rechten Arm war nur noch der Knochen übrig, sauber abgenagt vom Schnabel des Vogels. Und in dem Knochen fanden sich überall die Vertiefungen. Dort, wo der Schnabel nach Fleischresten gepickt hatte.

Jason richtete sich stocksteif auf. Sein Magen fühlte sich an wie ein praller Gummiball. Randy war unbemerkt neben ihn getreten. Jason sah ihn und bemerkte in seinem Blick, daß Randy zu den gleichen Schlüssen gekommen war. »Es ist also keine Seuche«, sagte er tonlos.

»Jetzt wissen wir endlich Bescheid«, erklärte Jason dem Halbkreis der erschöpften Menschen. Ein Feuer flakkerte und leuchtete sie matt an. »Es gab nie eine Seuche ... nur die Riesenvögel. Und wir haben erlebt, wozu sie fähig sind.«

Schweigend hatten sie Ben begraben und waren danach zusammengekommen, um in der Gemeinschaft Trost zu finden und die Lage zu besprechen.

Helen Rantel drückte aus, was alle dachten: »Es hat keinen Sinn, daß wir uns länger etwas vormachen. Auf dieser Welt haben wir keine Chance.« Helen hatte keine Angst mehr. Die Furcht war der völligen Verzweiflung gewichen.

»Wir sollten damit nicht wieder von vorn anfangen«, widersprach Jason. »Solange wir am Leben sind, kämpfen wir auch. So einfach ist das. Wer will denn sagen, daß wir auf gar keinen Fall gewinnen können?«

»Aber unsere Kugeln sind doch wirkungslos gegen das Ungeheuer«, wandte Kathy ein. »Die Riesenvögel haben alle vor uns getötet ... sie werden auch uns vernichten.«

Jason starrte sie erstaunt und überrascht an, aber er wußte, daß er ihr wegen dieser Kehrtwendung keine Vorwürfe machen durfte. Die Riesenvögel waren wie Gestalten aus nie geträumten Nachtmahren. »Ich glaube nicht, daß sie alle getötet haben«, erklärte er entschieden, um ihnen neue Hoffnung zu geben.

»Wie kommst du denn darauf?«

»Weil einige der Skelette keine Vertiefungen aufwiesen, aber vor allem deshalb nicht, weil ich mir kaum vorstellen kann, daß Tiere, und seien sie noch so gefährlich, Menschen mit einem solchen Erfahrungsschatz vollständig auslöschen könnten. Außer natürlich, sie haben genauso reagiert wie ihr jetzt, nämlich aufgegeben.«

»Du machst dir doch nur selbst etwas vor«, bemerkte Hager. »Du willst nicht wahrhaben, daß *dein Vater* von einem Riesenvogel umgebracht wurde. Es ist wirklich höchste Zeit für dich, deine unsinnige Verehrung für deinen Vater einzustellen und dich den harten Tatsachen zu stellen.«

Wut stieg in Jason hoch, aber Frank Keller schaltete sich rechtzeitig ein, um den aufkeimenden Streit zu unterdrücken. »Dies ist nicht die rechte Zeit für persönliche Anschuldigungen. Und erst recht keine Zeit für Zwietracht untereinander. Dort in der Hütte schläft der Mann, der dem Monstrum ganz allein begegnet ist. Wenn er wieder aufwacht, erwartet er Einigkeit von uns ... und einen Plan. Damit ihm das, was ihm zugestoßen ist, nie mehr widerfahren wird.«

Automatisch sah Jason zu der Hütte, in der Gus schlief. Das schreckliche Erlebnis hätte ihm beinahe den Verstand geraubt. Zunächst war er nur fähig gewesen, sinnloses Gebrabbel auszustoßen, doch dann hatte er sich selbst bezwungen und die Panik und den Schock in sich niedergerungen. Denn er wurde gebraucht ... von Beth wie von seiner Frau.

»Und aus dem gleichen Grund wird ein anderer Mann nie mehr aufstehen«, knurrte Hager.

»Daran trägt niemand von uns die Schuld.« Kathy ging Hager genauso bereitwillig an, wie sie sich vorher geweigert hatte, die Monster zu bekämpfen.

»Es war Jasons Schuld, ganz klar und unumstößlich. Er hätte diesen Ort genauestens erkunden sollen, bevor er uns hieß, die Samen zu setzen und es uns damit unmöglich machte, von hier zu verschwinden. Ich habe von Anfang an gesagt, daß dieser Ort nichts für uns ist; aber man zog es ja vor, nicht auf mich zu hören. Die Knochen haben wir damals schon entdeckt, und offensichtlich hat dieses Biest hier sein Nest. Wenn wir nur ein bißchen mehr die Augen aufgemacht hätten, wäre uns das nicht verborgen geblieben; aber statt dessen hat unser Führer sich gar keine Gedanken gemacht und gleich den erstbesten Platz ausgewählt, der ihm unter die Augen kam.«

»Du bist auch nicht gerade groß im Nachdenken, Hager«, antwortete Jason. »Diese Ungeheuer waren noch nicht hier, als wir kamen, sonst hätten sie uns schon viel früher angegriffen. Mit diesen gewaltigen Flügeln müssen sie in der Lage sein, den ganzen Planeten zu umfliegen.«

»Aber wie sollen wir uns denn gegen sie verteidigen?« Helen schien ganz verzweifelt nach einem Hoffnungsschimmer zu suchen.

»Darauf weiß ich im Moment leider auch noch keine Antwort«, sagte Jason. »Aber wenn elf Gehirne daran arbeiten, sollte uns doch eine Lösung einfallen.« Er seufzte, als er die Enttäuschung bemerkte, die seine Worte hervorgerufen hatten. Müde trat er aus dem Kreis und murmelte: »Tut mir leid. Gebt mir etwas Zeit zum Nachdenken.«

Er entfernte sich nicht aus dem Feuerschein. Heute abend wirkten die Flammen beruhigend und sicher. Jason setzte sich auf den Boden und beobachtete das Funkeln von Feuerschein und Mondlicht auf dem Wasser. Hagers verletzende Bemerkungen wollten nicht aus seinem Bewußtsein weichen. Vielleicht vergötterte er ja wirklich seinen Vater zu sehr, erhöhte er ihn zu einem Menschen, der er nie gewesen war, aber er brauchte doch etwas, an dem er sich festhalten konnte. Sein Vater war wie ein Fels, war das einzige Vertraute auf dieser Welt, an das er sich klammern konnte. Und ganz gleich, wieviel Hager auch sticheln würde, Jason wollte nicht aufgeben. Nur wenn sich Klorath als stärker erweisen sollte ... nur dann würde Jason aufgeben und sich von der Welt verabschieden.

Der Mond ging unter, und nur der Feuerschein und

einige wenige blasse Sterne blieben. Dann verdunkelten sich auch diese, und das schreckliche *Flapp-Flapp-Flapp* kam näher, dieses Mal um ein Vielfaches lauter. Jason rannte zu den anderen zurück, und sie drängten sich alle eng aneinander und warteten auf den Sturzflug. Aber er kam nicht.

Sie hörten, wie die ledrigen Flügel wieder und wieder einen Bogen um sie zogen, und einige Male krachte der große Schnabel zu. Aber die riesigen Schatten blieben hoch am Himmel und flogen unter den Sternen.

Stundenlang hockten sie da und hatten Angst. Das *Flapp-Flapp* machte ein gräßliches Echo und rauschte über die Wipfel des Waldes. Aber nie kamen die Flügel auf den Boden. So ängstlich die elf Menschen auch waren, so fühlten sie sich doch in dieser Furcht sicher, und Jason wunderte sich darüber.

KAPITEL SECHS

Die lange Nacht verging, ohne daß jemand sich zum Schlafen niederlegen wollte. Kurz bevor am Himmel die Morgenröte aufzog, verließen die gewaltigen Schatten die Sterne, und das *Flapp-Flapp-Flapp* ertönte nicht mehr. Die Vögel waren verschwunden.

Sie bereiteten sich das Frühstück zu und aßen langsam und ermattet. Jasons Augen brannten vom Schlafmangel, und sein Körper fühlte sich zerschlagen an, aber sein Verstand war immer noch hellwach. Er sagte ihm, daß diese Vögel Nachttiere sein mußten und daß sie am Tag vor ihnen Ruhe hatten. Der Angriff vom letzten Nachmittag ließ sich leicht erklären. Nachtvögel regen sich oftmals bereits vor der Dämmerung. Aber Ben Traub war an einem Morgen gestorben.

Bens Ungeheuer war das erste gewesen. Vorher hatten sie das entsetzliche Flappen nie gehört oder die großen Schatten am Himmel gesehen. Eines war gekommen und in der folgenden Nacht war der Himmel voll von ihnen. Die Spannweite ihrer Flügel und ihr plötzliches Auftauchen ließen darauf schließen, daß es sich bei ihnen um Zugvögel handelte. Und Ben war unglücklicherweise mit dem Vorboten zusammengestoßen. Somit war sein Tod als Unfall anzusehen. Die Untiere schliefen am Morgen, und er mußte wohl eines aufgeschreckt haben.

Als diese Frage geklärt war, stellte Jason fest, daß er damit vor einem neuen Problem stand: Was geschah an diesem Ort, den er für die Siedlung ausgesucht hatte? Diente er als Zwischenhalt für die Zugvögel, oder bauten sie hier ihre Sommernester? Was auch immer, nur die Zeit würde darauf eine Antwort geben. Und bis dahin mußte die Arbeit weitergehen, denn ohne sie würde es nie eine Siedlung geben. Und zumindest kannte er ein Mittel, um die Riesenvögel abzuwehren, auch wenn es ihm nicht behagte. Feuerstöße vertrieben sie.

Jason kehrte ins Lager zurück und schickte alle an die Arbeit, auch wenn ihn beim Anblick der Erschöpfung in ihren Gesichtern Gewissensbisse plagten. Die Saat mußte bearbeitet werden. Aus den Schößlingen entwikkelten sich rasch junge Pflanzen, und die mußten gepflegt werden. Er sandte Gus und Hager zur Unterstützung der Frauen auf die Äcker, ließ Keller die Kinder beaufsichtigen und machte sich mit Randy auf, um die von Hager geforderte Geländebesichtigung durchzuführen.

Als sie den Hügel bestiegen, erzählte Jason Randy von den Schlüssen, zu denen er in der Nacht gelangt war. Randy stimmte ihm in den meisten Punkten zu, hatte aber einige Fragen. »Wenn du recht hast, Jason, dann muß es hier irgend etwas geben, hinter dem die Ungeheuer her sind. Vielleicht irgendeine Tierart, die nur hier vorkommt. Ich habe allerdings noch nichts Dementsprechendes entdeckt, und Tierkadaver haben wir auch keine gefunden.«

Jason blieb abrupt stehen, und sein Gesicht hellte auf. »Aber natürlich! Damit wäre ja wohl erwiesen, daß sie hier nur einen Zwischenhalt einlegen. Nichts hält sie hier auf Dauer.«

»Bis auf uns natürlich«, bemerkte Randy düster.

Jason blickte zu seinem Freund. Wie er erwartet hatte, war der große, kräftige Mann mit den blonden Haaren der einzige, der ihm wirklich weiterhelfen konnte. Und auf Klorath war er sein einziger Freund. Natürlich gab es da noch Kathy, aber unter den Männern nur Randy. Keller war schon zu alt, und Gus kümmerte sich mehr um seine Familie.

Randy schien Jasons Gedanken zu erraten und führte sie fort. »Du solltest dich vor Hager in acht nehmen, Jason. Er will dein Blut sehen.«

»Ich weiß, aber was soll ich dagegen tun?«

»Beweise ihm, daß er unrecht hat.« Wie Randy es sagte, klang es wunderbar einfach, und Jason mußte lächeln. »Nein, es ist mir ernst«, fuhr Randy fort. »Hager lauert auf jeden Fehler, den du machst. Du mußt ihn zum Schweigen bringen, das ist alles, und zwar auf deinem eigenen Terrain. Laß dich um Himmels willen nicht von ihm zu einer Auseinandersetzung provozieren. Damit wärst du am ehesten deine Position los.«

»Ich habe mich nicht nach dieser Position gedrängt«, gab Jason zu. »Ich wünschte, du wärst unser Anführer geworden.«

Ihr Gespräch kam zu einem plötzlichen Ende, als sie die Lichtung hinter sich gelassen hatten und sie jetzt des Dunkelheit des Waldes umgab. Vorsichtig und etwas verkrampft gingen sie weiter, setzten einen Fuß vor den anderen und waren bereit, beim ersten Flügelschlag in die Büsche zu springen. Jason wählte einen neuen Weg, einen, den sie noch nie betreten hatten. Er führte sie parallel zum Fluß immer tiefer in den Wald. Randy und Jason überquerten dabei einige Stellen, die wie Pfade aussahen. Jason sah sich den ausgetretensten genauer an. Der Boden war platt und hart, aber keine Tierspuren waren hier zu sehen. Und wenn er nicht von Tieren gemacht war, konnte er nur von früheren Siedlern stammen.

»Sollen wir ihm folgen?«

»Warum nicht? Zumindest können wir uns dann kaum verirren.« Jason übernahm wieder die Führung. Der Pfad wand und bog sich durch den Wald, führte aber insgesamt schräg vom Fluß fort.

»Glaubst du, wir finden am Ende des Pfads weitere Hütten?« fragte er Randy.

Randy gab darauf keine Antwort. Wenn sie auf Blockhäuser stießen, würden sie dort auch die Bewohner finden, allerdings so, wie sie sie bislang immer gefunden hatten, als Knochenhaufen.

Im Wald war es ruhig, aber nicht zu still. Singvögel trällerten und flatterten herum, und kleine Tiere eilten vor den beiden davon. Der Duft der stark riechenden Blumen von Klorath war an den feuchteren Stellen besonders intensiv, und in ihn mischte sich der süßlichere Geruch von Kräutern.

Sie kamen gerade um eine Biegung, als ein riesiger Schatten über ihnen auftauchte. Jason zeigte dorthin und schrie: »Da oben! Da ist was!«

Sie duckten sich an einen Baum. Ein ganzes Stück vor ihnen verdeckte etwas Graues mit einer unregelmäßigen Form das Grün der Blätter. Jason dachte zuerst an einen der riesigen Vögel, aber das Graue bewegte sich nicht. Dann sah Jason schärfer hin, und das Gebilde schien nicht mehr so fremd.

»Sieht aus wie ein großer Felsen«, erklärte er dem blonden Mann an seiner Seite. »Ein Felsmassiv vielleicht ...« Er zuckte zusammen, als seine Augen eine neue Gefahr entdeckten. In dem Stein gab es eine schwarze Stelle, ein Loch ... ein Höhleneingang.

Als sie sich den Fels genauer ansahen, entdeckten sie einen breiten, langen Felsrücken, der sich neben dem Pfad herzog. Das Wasserrauschen zu ihrer Rechten zeigte an, daß der Fluß nicht weit war. Vorsichtig krochen Jason und Randy näher an die Höhle heran und wagten kaum zu atmen. Die Höhle mußte gewaltig sein. Ihr Eingang war groß genug für Riesen.

Kurz davor gab Randy einen Laut von sich und zog Jason beiseite. Sein Arm zitterte, und Jason starrte auf die Stelle, wohin er zeigte. Aber er konnte nichts entdecken. »Was ist denn?« flüsterte er.

»Dort, bei der Höhle, rechts.« Randys Flüstern klang erregt. »Ich habe etwas Weißes gesehen, etwas, das nicht hierher gehört.«

Nichts rührte sich an der Höhle, und die Vögel über ihren Köpfen sangen ungerührt weiter. »Wir sehen besser mal nach. Von hier kann ich doch nichts erkennen.«

Randy folgte ihm nur zögernd. Sie gingen fünfzig Meter weit, bis auch Jason das Weiße sah, und Verzweiflung machte sich auf seinem Gesicht breit. Zwischen zusammengepreßten Zähnen knurrte er: »Dieser ganze verdammte Planet ist nichts anderes als eine Ansammlung von Knochenhaufen.«

Randy hingegen war erleichtert. »*Nur* Knochen. Tut mir leid, daß ich mich so angestellt habe. Ich fürchtete, das Weiße sei Teil eines Riesenvogels.«

»Vergiß es«, murmelte Jason und trat auf den neuen Fund zu. Vom Weg aus hatten sie nur ein Stück Weiß gesehen, aber beim Näherkommen änderte sich das Bild. Überall lagen Skelette und einzelne Knochen herum. Und etwas an ihnen war anders, war merkwürdig.

Unmittelbar neben dem Eingang zur Höhle bewegte sich etwas anderes im Wind, schien wie eine Hand zu winken. Jason wollte es sich gerade ansehen, als er aus dem Augenwinkel eine Bewegung wahrnahm, die ihn erschreckte. Er schrie: »Lauf weg!« und warf sich zurück. Er stolperte über den erstarrten Randy und zog ihn hinter einen Felsen. Die scharfen Kanten des Steins drückten gegen ihre Knie.

Sie hatten sich gerade noch rechtzeitig in Sicherheit gebracht. In der Höhle bewegte sich etwas, etwas sehr Großes, und zwei gelbe Augen glühten im Dunkeln. Mit einem merkwürdigen, schwankenden Watschelgang erschien einer der Riesenvögel aus den Tiefen der Höhle. Er blinzelte im Sonnenlicht und bog die gewaltigen Krallen, um auf ihnen zu gehen. Die mächtigen Flügel waren zurückgefaltet und ließen das Tier wie einen monströsen Satan aussehen.

Aus Angst, der Vogel könnte sie hören, hielten Jason und Randy den Atem an. Angespannte Stille hing in der Luft. Nicht ein Waldvogel sang mehr. Beim Auftauchen dieses gräßlichen Ungetüms waren sie verstummt. Der Riesenvogel watschelte über den Vorplatz und reckte wie in einem wilden Tanz den Hals, um sich umzusehen.

Der Riesenvogel zog eine Runde über den Platz, klackte und klapperte mit dem Schnabel und watschelte dann in die Höhle zurück. Randy atmete heftig aus und wollte davonkriechen, aber Jason hielt ihn fest. »Warte, ich muß mir hier unbedingt etwas ansehen.«

»Großer Gott, was denn?«

»Dort oben, beim Eingang ... siehst du das da, dieses Stück, das im Wind weht? Sieht für mich aus wie Wachstuch. Ich glaube, jemand hat etwas darauf geschrieben.«

»Sei doch nicht verrückt«, flehte Randy. »Du kannst nicht bis zum Eingang gehen. Dieser Vogel ist bestimmt noch nicht wieder eingeschlafen. Und was sollte uns die Nachricht schon nützen? Wir wissen doch schon alles, was wir über diese Welt wissen müssen.«

»Ich habe nicht *dich* darum gebeten. Ich möchte nur, daß du hier auf mich wartest. Wir wollen dem Vogel noch etwas Zeit lassen, und dann laufe ich hin und hole das Stück.«

Die Minuten verstrichen quälend langsam, und die beiden besaßen noch nicht einmal eine Möglichkeit, die Zeit zu messen. Jason nutzte die Wartezeit, um die Knochen auf dem Vorplatz zu studieren. »Ist dir etwas Fremdartiges an diesen Knochen aufgefallen, Randy?« fragte er.

»Nun, wir stehen hier vor einem Nest der Riesenvögel, und die Eltern werden die Menschen wohl als Nahrung für ihre Jungen angeschleppt haben.«

»Dann sieh doch einmal genauer hin. In den Knochen sind keine Vertiefungen.«

»Was?« Randy sprang auf. »Aber das ist doch nicht möglich!«

»Und das ist noch nicht alles. Siehst du das Skelett dort, links neben dem Pfad?« Er zeigte mit einem Finger dorthin. Sein Finger war nicht eben ruhig. »Was ist das, das aus ihm herausragt?«

»Sieht aus wie ...« Randy blinzelte. »Ein Speer!« Er schüttelte den Kopf. »Aber das kann doch gar nicht sein!«

»Doch, es *ist* ein Speer. Und das Ding daneben, das ist eine Keule. Diese Männer hier sind durch Waffen umgebracht worden, Randy.«

»Oder sie haben sich gegenseitig abgeschlachtet.«

»Ich denke, wir haben jetzt lange genug gewartet. Du bleibst hier, und wenn du irgendeine Bewegung siehst, schrei!« Er glitt um den Felsen herum und blieb dann reglos liegen, um festzustellen, ob seine Bewegung eine Reaktion in der Höhle hervorgerufen hatte. Aber dort blieb alles ruhig. Die Vögel in den Bäumen tschirpten wieder laut und signalisierten damit, daß im Augenblick keine Gefahr herrschte. Jason stand auf und bewegte sich vorsichtig weiter. Er lief in einem weiten Bogen um den Vorplatz, um nicht direkt an der Öffnung vorbeizumüssen.

Nach jedem Schritt folgte eine alptraumhafte Wartezeit. Jason erreichte die Felswand und schlich an ihr entlang auf das Skelett zu. Die Ölhaut flatterte ihm mit jedem Schritt, den er näherkam, einladender zu. Tatsächlich stand auf ihr etwas geschrieben, mehr gekritzelt und eingekratzt. Noch zwei Schritte. Noch einer.

Er griff hastig nach der Ölhaut und fuhr rasch herum. Jason hatte ursprünglich vorgehabt, auf dem gleichen Weg zurückzukehren. Aber jetzt erschien ihm die Strecke so kurz, und die Anspannung in ihm wurde unerträglich. Er spurtete über den Vorplatz, riß Randy mit und raste zum Pfad.

Sie rannten über den gewundenen Weg und waren für jede Sekunde dankbar, in der nicht das schreckliche Flappen über ihnen ertönte. Endlich blieb Jason stehen, lehnte sich gegen einen Baum, streckte den Kopf zurück und atmete schwer. Randy ließ sich neben ihn fallen. Sie warteten und lauschten, während sie sich abmühten, wieder zu Atem zu kommen.

»So, nun hast du es ja«, keuchte Randy. »Was steht denn drauf?«

Jason öffnete die Faust, in die er das Wachstuch zusammengeknüllt hatte, und breitete das Stück aus. Die meisten Worte hatte der unbekannte Schreiber eingeritzt und an manchen Stellen das Material aufgerissen. Wieder war die Botschaft nicht lang. Aber dieses Mal war sie nicht leicht zu verstehen. Die fünf Worte lauteten:

»DER GOTT – DER GROSSMÄCHTIGE GOTT!«

»Was zum Teufel ...?« murmelte Randy.

»Ja, was zum Teufel«, stimmte Jason ihm zu. »Dieser Mann, dieses Skelett, muß das selbst geschrieben haben. Das Wachstuch hatte er fest umklammert, und in der anderen Hand befand sich ein spitzer Stein.«

»Er muß es kurz vor seinem Tod eingeritzt haben.«

»Aber was soll es bedeuten? Der Großmächtige Gott?«

Randy zuckte die Achseln und machte den Eindruck, als wollte er sich nicht länger damit auseinandersetzen. »Dieser Ort ist voller Rätsel und Geheimnisse.«

»Das Dumme daran ist nur, daß sie nie lange Geheimnisse bleiben, und des Rätsels Lösung ist nie von Vorteil für uns.« Er drehte das Wachstuch in seinen Händen. »Ich frage mich, wie lange dieses Stück auf uns gewartet hat?« Der Fetzen wirkte vom Wetter mitgenommen, und der Stein, mit dem der Tote geschrieben hatte, hatte auch nicht seine Haltbarkeit verlängert. Die fünf Worte wirkten zu bedeutungsvoll, zu wichtig, um sie auf ein Wachstuch zu schreiben. »Nun denn, in einem Punkt habe ich jedenfalls recht gehabt. Die Rebellen vor uns sind nicht alle von den Riesenvögeln umgebracht worden. Ich wußte doch, daß es da noch etwas anderes geben müsse.«

»Da wird Hager sich aber freuen, wenn er das hört«, grinste Randy. Jason sah ihn zum ersten Mal seit Tagen grinsen. »Wir kehren jetzt besser zurück, bevor sie noch einen Suchtrupp aussenden.«

Als sie auf dem fast schon heimischen Hügel den Wald verließen, stellten sie überrascht fest, daß der Tag zur Neige ging. In der Finsternis des Waldes konnte man sich leicht über die Tageszeit täuschen und kaum Mittagszeit und Dämmerung auseinanderhalten. Sie eilten nach unten, wo die anderen von den Feldern zurückkehrten.

Sie hatten erst den halben Weg zurückgelegt, als ein Schrei hinter ihnen ertönte. Ein Riesenvogel tauchte über dem Kamm auf und glitt in einem todbringenden Sturzflug hinab. Der Luftzug seiner gewaltigen Flügel riß Jason und Randy beinahe von den Füßen. Als der riesige Schwanz über ihnen hinwegzog, riefen sie den Leuten unten eine Warnung zu. Aber die hatten die Gefahr schon selbst bemerkt. Sie rannten hin und her und suchten auf der leeren Lichtung nach einer Deckungsmöglichkeit.

Die meisten von ihnen erreichten nach einem wilden Spurt die Hütten, aber Karen wurde irgendwie von Chip getrennt, und der Junge rannte voller Panik auf die Lichtung zurück. Er wandte sich hierhin und dorthin, und sein Gesicht war vor Furcht verzerrt.

Der Vogel senkte einen Flügel und änderte so seinen Kurs, um auf die kleine, einsame Gestalt hinabzustoßen. Karen schrie gellend auf und rannte zu ihrem Jungen. Auch Randy stürmte los und ließ dabei Jason hinter sich, doch das Ungeheuer war zuerst dort.

Randy sprang in die Luft und griff nach den Beinen des Kindes, aber er kam nicht hoch genug und fiel schwer auf den Boden zurück. Während die Luft pfeifend aus seinen Lungen drang, stieß er einen unmenschlichen Schrei aus. Keuchend und wehrlos lag er dort, und der Vogel erhob sich weiter über ihm. Er schlug mit den Flügeln, um sein Gleichgewicht zurückzugewinnen und endlich den Flug zurück antreten zu können. Besinnungslos hing Chip in seinen gelben Klauen.

Jason kam heran und griff sich in blindwütigem Zorn einen brennenden Stock vom Lagerfeuer, mit dem er das Ungeheuer anging. Er lief unter den Vogel und reckte den Stock vor sein Gesicht. Das Tier zischte und krachte mit dem Schnabel. Dann zuckte es flügelschlagend und sich windend zurück. Seine Augen pulsierten gelb, und es öffnete die Klauen.

Chip stürzte schwer auf den Boden. Fauchend und kreischend kämpfte sich der Vogel nach oben und flog über den Hügel davon. Noch lange ertönten seine haßerfüllten Schreie.

Jason sandte ihm Flüche hinterher, um das Tier endgültig zu verjagen. Als er auf die Lichtung zurückkehrte, knieten Randy und Karen neben dem Kind. Doch Chip war tot.

KAPITEL SIEBEN

Sie hoben ein kleines Grab aus und legten Chip hinein, bevor die Sonne endgültig versunken war. Als der Himmel sich verdunkelte, kehrten die gewaltigen Schatten zurück, zogen ihre Kreise um das Lager, schwirrten und flappten. Gus führte Helen und Beth in eine Blockhütte, brachte sie fort von den schrecklichen Geräuschen. Die anderen nahmen wortlos ihr Abendessen ein und versuchten, nicht an Randy und Karen Solder zu denken.

Jason nahm nicht an dem Mahl teil. Er begab sich an den Rand des Feuerscheins, um allein zu sein. Er sagte kein Wort zu Kathy, als sie sich neben ihn setzte, wunderte sich aber darüber, wie sie immer noch zu ihm hielt. Hager Crutz hatte sich natürlich die Gelegenheit nicht entgehen lassen und sich genauso verhalten, wie alle es von ihm erwartet hatten.

Die Nacht war bis auf das Flügelschlagen still. Plötzlich spürte Jason eine feste Hand auf seiner Schulter. Er sah auf und bemerkte Randy und Karen neben sich. Ihre Gesichter waren von Sorgenfalten durchzogen, aber gefaßt.

»Wir sind gekommen, um dir zu danken«, flüsterte Randy mehr, als daß er laut sprach.

Jason wandte sich ab. Er empfand die Worte als unpassend.

»Was du da getan hast, war sehr mutig von dir, Jason«, sagte Karen. Ihre Lider waren auf die doppelte Größe angeschwollen, und ihre Stimme klang rauh.

Jason schüttelte den Kopf. »Wie könnt ihr so etwas sagen?« fragte er trotzig. »War es denn nicht meine Schuld, daß es so weit kommen mußte?«

Randy blickte finster drein, als ihm klar wurde, welche Gedanken Jason jetzt durch den Kopf gingen. »Du nimmst doch wohl nicht im Ernst an, daß wir dir die Schuld geben, oder? Um Himmels willen, Jason, darauf würden wir im Traum nicht kommen. Du hast versucht, Chip das Leben zu retten, und dafür sind wir dir dankbar. Dir war leider kein Erfolg beschieden, aber trotzdem sind wir dir dankbar.«

Jason konnte die beiden nicht verstehen. »Ich war für Chip verantwortlich«, erklärte er grimmig. »Ich habe die Verantwortung für ihn übernommen, als ihr mich zu eurem Anführer gemacht habt. Und ich habe bei Chip versagt. Wie könnt ihr mir dafür dankbar sein?«

Jetzt konnte Kathy ihn nicht verstehen. »Aber du hast es doch versucht, Jason. Du bist direkt unter das Monstrum gelaufen und hast es mit einem brennenden Stock angegriffen. Du hast die Gefahr auf dich gelenkt ... und das Untier schließlich vertrieben.«

Jason rieb sich über die Stirn. Das Erlebnis war nur noch wie ein halbvergessener Traum in seinem Gedächtnis. Aber jetzt, wo Kathy davon erzählte, fiel ihm alles wieder ein. Er *hatte* es versucht.

Er sah in Randys blaue Augen, und auch sein Blick wurde klarer. Randy drückte ihn an der Schulter. Es bedurfte keiner Worte mehr zwischen den beiden.

»Da ist etwas«, sagte Karen zögernd, »das wir dir noch erzählen müssen, Jason. Hager nutzt diese ... diese Situation für sich aus. Ich fürchte, er hat Helen schon auf seine Seite ziehen können. Sie macht sich natürlich Sorgen um Beth. Hager behauptet, alles sei deine Schuld. Du hättest die Vögel aufspüren sollen, bevor wir uns hier niedergelassen haben.«

»Da hat er nicht unrecht. Nur waren die Vögel hier nicht aufzuspüren.«

»Und er meint weiter«, fügte Randy hinzu, »du solltest dir schleunigst eine Möglichkeit einfallen lassen, wie wir uns gegen diese Ungeheuer zur Wehr setzen können.«

»Wieso das denn?« grollte Jason. »Hat er keine eigenen Ideen?«

»Die braucht er nicht. Er sucht nur nach einem Hebel, um dir am Zeug zu flicken.«

»Laß ihn dich nicht besiegen«, bemerkte Karen ernst. »Das wäre das gleiche, als stünden wir wieder unter der Herrschaft der Liga.«

»Aber ihr wollt von mir eine Antwort, die ich nicht geben kann. Ich habe mein Gehirn nach einer Verteidigungsmöglichkeit gegen diese Monstren zermartert. Aber die Probleme türmen sich immer weiter vor mir auf, und ich finde einfach nicht mehr die Zeit, um mir über die Sache Gedanken zu machen, die mir als größte Gefahr erscheint.«

»Du meinst den Großen Gott?« vermutete Randy.

»Ganz genau.«

»Wer oder was ist der Große Gott?« wollte Kathy wissen.

Jason erzählte ihr, was sie im Wald entdeckt hatten: die Skelette, die Waffen und die Warnung – wenn es sich dabei wirklich um eine Warnung handelte. Kathy lief danach ein Schauer über den Rücken.

»Wir müssen wohl noch etwas warten, bis wir in dieser Frage weiterkommen«, drängte Karen, »denn im Augenblick ist es für uns viel wichtiger, eine Lösung für unser Problem mit den Riesenvögeln zu finden. Ich bin nicht mehr so ängstlich wie vorher, aber die anderen haben noch sehr viel Furcht.«

»Ich kann nur versuchen, eine Lösung zu finden.« Jason erhob sich und trat an den Rand des Flusses, verließ aber nicht den Feuerschein. Wärme und Sicherheit schienen von dem Feuer auszugehen.

Er ging in die Hocke und sah zu, wie das Wasser plätscherte. Jason warf Steine hinein und erzeugte so glänzende Kreise in den kleinen Wellen. Was wußte er über die Vögel? Sie schliefen am Tag. Das stand fest und war eigentlich auch schon alles. Jason wußte auch, wo sich ein Nest befand, aber das war nicht genug. Er würde wohl nie alle finden.

Sie fürchteten sich vor lauten Geräuschen, wenn diese gebündelt auftraten, wie etwa bei Feuerstößen aus einem Gewehr. Aber der Munitionsvorrat der kleinen Siedlergruppe schloß diese Taktik aus. Nach einer Woche würden ihnen die Patronen ausgehen.

Jason sah in den Himmel und beobachtete die gleitenden Schatten, die die Sterne verdunkelten. Warum stießen sie in diesem Augenblick nicht herab? Die Menschen hielten sich hier im Freien auf, geradezu wie auf einem Präsentierteller. Eine leichte Beute für die Riesenvögel, aber dennoch griffen sie nicht an.

»Feuer!« entfuhr es Jason, und die Erkenntnis ließ ihn aufspringen. Er rief alle anderen zusammen und teilte ihnen unverzüglich die Neuigkeit mit. Mit Wohlgefallen bemerkte er dabei die wachsende Röte in Hagers Gesicht.

Aber sein Gegner war noch nicht bereit, klein beizugeben. »Das hört sich wirklich etwas zu einfach an. In der Nacht sollen wir also durch das Feuer sicher sein. Aber was ist mit den Tagen? Wir können doch nicht die ganze Zeit am Feuer hocken bleiben.«

»Die Vögel schlafen am Tag.« Jason wollte sich seine neugewonnene Selbstsicherheit nicht so leicht nehmen lassen.

»Erzähl das mal Ben Traub ... und Chip.«

»Ja, was ist mit diesen beiden?« Helen stellte sich auf Hagers Seite.

»Das waren Unfälle, wie auch ihr wißt«, gab Jason barsch zurück. »Aber wir wollen in Zukunft nichts mehr dem Zufall überlassen. An den Tagen brauchen wir eine Möglichkeit, rasch Feuer griffbereit zu haben. Wir könnten zum Beispiel Fackeln machen und sie mitnehmen, wenn wir zu den Feldern gehen, oder in den Wald. Die Riesenvögel fliegen ja nicht geräuschlos, und beim ersten Ton von ihnen dürfte es nicht schwierig sein, eine

Fackel anzuzünden. Ein paar Mal damit herumgewirbelt, und schon ergreifen die Vögel die Flucht.«

Helen sah Hager scharf an. Sie ärgerte sich darüber, auf seine Sticheleien hereingefallen zu sein. Aber Jason hatte jetzt endgültig die Nase voll von ihrer Tendenz, bei jeder sich bietenden Gelegenheit die Seiten zu wechseln. »Hager darfst du jetzt keinen Vorwurf machen«, erklärte er ihr. »Wir alle sind mit einem eigenen Verstand ausgerüstet und keine Kinder mehr. Die kann man manipulieren, aber uns nur, wenn wir das selbst wollen.«

Helens Unterkiefer fiel herab. Es brodelte in ihr, und jetzt lagen ihr all die Dinge auf der Zunge, die sie solange zurückgehalten hatte. Aber Jason wollte ihr keine Gelegenheit dazu geben. »Warum gibst du jetzt nicht zu, falsch gelegen zu haben, und läßt die Sache damit gut sein? Durch deine Angst, einen Fehler einzugestehen, baust du erst recht eine Mauer zwischen dir und uns auf. Hager ist gegen dich ja noch harmlos. Wir alle wissen, was er will, denn er versucht gar nicht erst, das zu verbergen. Er kann keinen von uns beeinflussen, solange der Betreffende das nicht will.«

»Weißt du eigentlich, was du mir da unterstellst?« knurrte Hager.

»Nichts, das ich nicht beweisen könnte«, entgegnete Jason kurz angebunden.

Der große Mann starrte Jason mit funkelnden Augen an. Alle warteten gespannt. Der große Moment schien unmittelbar bevorzustehen. Aber Hager war klar, daß der richtige Zeitpunkt noch nicht gekommen war und er im Augenblick zuviel zu verlieren hatte. Er stapfte davon. Sein großer Abgang verlor aber viel von seiner Wirkung, weil Hager es nicht wagte, den Feuerschein zu verlassen.

»Das sollte ihm wohl für eine Weile das Maul gestopft haben«, lächelte Kathy.

Jason bezweifelte das. Der Stolz des Riesen war empfindlich getroffen, und das würde Hager keine Ruhe lassen. Aber auch diesem Problem konnte sich Jason erst zu einem späteren Zeitpunkt widmen. Zunächst einmal brauchte Jason Unterstützung, und er hoffte, sie von Frank Keller zu erhalten. Der alte Mann hatte ihm öfter von dem Buch erzählt, das er gelesen hatte, und er schien alles darüber zu wissen, wie man sich in der Wildnis zurechtfand. Jason nahm ihn beiseite und hoffte, er würde ihm auch jetzt helfen können.

Frank dachte eine Weile nach, bevor er sagte: »Wir müssen die richtige Art von Bäumen finden, eine die Harz absondert. Aus harzhaltigem Holz kann man gute Fackeln machen. Dazu müssen wir uns aber gründlich umsehen. Ich habe leider keine Ahnung, welche Bäume auf Klorath dafür in Frage kommen.«

»Und was fangen wir in der Zwischenzeit an?« beharrte Jason. »Solange können wir nicht warten.«

Keller schürzte die trockenen Lippen und bemühte sich, seine Gedanken auf praktische Überlegungen zu konzentrieren. »Klar.« Er schlug mit einer Faust in die andere Hand. »Talg.«

»Talg?«

»Ein Seil, ein gedrehtes Seil, mit Talg getränkt. Das ergibt eine Fackel. Eigentlich recht simpel.«

»Und wo sollen wir Talg herbekommen?«

»Kein Problem. In unseren Vorräten befindet sich eine Menge Kerzen. Wir schmelzen sie, und ich garantiere dir, daß wir daraus genug Talg gewinnen.«

»Und dann steht uns ja noch John Bentols Seilvorrat zur Verfügung.«

»Dieser Seilvorrat erweist sich doch bei den unglaublichsten Gelegenheiten als nützlich ...«

Jason klopfte ihm auf die Schulter. »Wir haben jetzt keine Zeit zum Philosophieren. Komm, wir wollen das Wachs schmelzen.«

Alle halfen mit, und bald nahmen die ersten Fackeln Form an. Sie knüpften Seile zu harten Stricken zusammen und steckten dann die Enden in heißes, geschmolzenes Wachs. Dieses sickerte in die Fasern, und nach dem Trocknen ließ es sich durch die Hitze eines Streichholzes entzünden. Die Nachtstunden vergingen mit dem Flapp-Flapp der Vögel über ihren Köpfen, aber jetzt konnte Jason furchtlos zu ihnen hinaufsehen und lachen.

Der nächste Tag brachte soviel Anspannung mit sich, daß die Siedler sehr schweigsam waren. Der Besitz der Fackeln allein reichte nicht aus, um ihre Furcht zunichte zu machen. Sie gingen zu mehreren zu den Feldern und blieben stets nahe beieinander. Und selbst dann ging nur die Hälfte von ihnen der Feldarbeit nach, während die anderen angestrengt nach dem Flapp-Flapp oder dem Klacken riesiger Schnäbel lauschten. Sie hatten vier Fackeln mitgebracht. Vier Hoffnungsfunken, deren Bewährungsprobe noch ausstand.

Jason hielt eine der Fackeln und hatte Angst, sie aus der Hand zu geben. Mit seiner Hacke schaffte er nicht viel, denn bei jedem Geräusch ließ er sie fallen, sprang hoch und hielt ein Streichholz an die Reibfläche.

Kathy arbeitete neben ihm, und mit jedem Hieb ihrer Hacke schwang der Rock um ihre sonnengebräunten Beine. Die nackten Füße waren unter dem losen Erdreich verborgen. Kathy kam mit ihrer Arbeit besser voran. Der klorathische Boden war schwarz und vom regelmäßigen Regen feucht, und er ließ sich leicht bearbeiten. Diese Welt schien wirklich bereit zu sein, Saatgut aufzunehmen, es zu nähren und es grün und fest in der goldenen Sonne wachsen zu lassen.

Der Mittag kam und verging, und noch immer erschien keine Gefahr aus der Luft. Als die Schatten ostwärts länger wurden, warf Jason seine Hacke endgültig zu Boden. Es kam ihm dumm vor, weiterhin Feldarbeit vorzugeben, denn die Bewährungsprobe würde nicht mehr lange auf sich warten lassen.

Endlich rief Jason die anderen zusammen und beendete damit den Arbeitstag. Langsam und erschöpft kehrten sie ins Lager zurück. Plötzlich blieb Jason abrupt stehen und erhob Ruhe gebietend eine Hand. Etwas zerrte an seinen Nerven, aber er konnte es nicht ausmachen. Angestrengt achtete er auf das Schwirren und Flappen eines Riesenvogels, aber nichts dergleichen war zu hören. Dann erkannte er, was ihn so unruhig machte. Rein *gar nichts* war zu hören, weder der Schrei eines Kleintieres noch das Summen eines Insekts. Klorath war verstummt. Die Riesenvögel waren im Anflug.

Jetzt erkannten das auch die anderen und sahen sich nach einer Deckungsmöglichkeit um, aber Jason hielt sie beisammen. »Entzündet die Fackeln!« rief er. »Es ist soweit, jetzt oder nie!«

Er hielt ein brennendes Streichholz an seine Fackel, und wild und heiß schoß zischend eine Flamme am Strickende hoch. Er drehte sich um, um die Hügelkette im Auge zu behalten, und straffte seinen Körper. Jetzt ließ sich ein Geräusch in der Luft vernehmen. Ein Klakken und Flappen, das von dem Wald widerhallte und mit jeder Sekunde lauter wurde und näherkam.

Als die Geräusche fast greifbar waren, erschienen die Vögel über den Wipfeln. Vier Ungeheuer, die mit ihren gewaltigen Leibern den Himmel ausfüllten und donnernd mit ihren Lederschwingen heranbrausten. Ein furchtbarer Anblick. Jason schrie die Siedler an, auf ihrem Platz zu bleiben und sich der Gefahr zu stellen. Wer jetzt davonrannte, würde den Vögeln zum Opfer fallen, daran gab es keinen Zweifel. So blieben sie stehen, um ihren Boden zu behaupten. Selbst die kleine Beth nahm all ihren Mut zusammen, dachte an Chip und blieb bei den Erwachsenen.

Die Riesenvögel waren unglaublich groß. Sie schwebten vom Wald heran und schwenkten auf die Siedler zu. Jeder von ihnen hätte zwei Menschen davonschleppen können. Unter ihnen wirkten die Siedler wie Zwerge. Sie alle bekamen eine Gänsehaut, als die immensen Reißschnäbel klackten und sich zum Stoß spitzten.

Dann tauchte einer von ihnen hinab. Er rauschte aus der Luft heran und fiel wie von großer Stein vom Himmel. Jason riß sich aus seiner lähmenden Panik, trat einen Schritt vor und reckte die Fackel hoch. Das Ungeheuer kam näher, und in seinen Augen brannte Feuer, als sein Blick Jason traf. Jason ließ die Fackel wild um seinen Kopf kreisen, bis der Vogel darauf aufmerksam wurde. Das riesige Monster kreischte und beendete den Sturzflug mit einem gewaltigen Aufwärtsstoß seiner mächtigen Flügel. Es hatte einige Schwierigkeiten, an Höhe zu gewinnen, torkelte und spreizte die Klauen, um sie gleich darauf wieder einzuziehen. Jason stieß unablässig mit der Fackel nach dem Tier und verwirrte es damit in seinen Bemühungen, das Gleichgewicht wiederzufinden. Dann gehorchten die Flügel endlich wieder dem Leib und trugen den Vogel hoch hinauf. Mit rasch schlagenden Schwingen schoß er auf die Hügelkette zu. Jason brüllte vor Begeisterung und fuhr herum, um nach den anderen Ungeheuern zu sehen. Aber Hager hatte schon erfolgreich ein zweites abgeschreckt, und Gus und Frank Keller hatten die restlichen beiden vertrieben.

Die Riesenvögel verschwanden schneller, als sie gekommen waren, und schrien während ihrer Flucht erschrocken. Der Himmel war plötzlich wieder leer. Die Männer und Frauen sahen sich gegenseitig sprachlos an und waren zu erleichtert, um sich zu rühren. Schließlich packte Jason Kathy, riß sie hoch und drehte sich mit ihr in einem wilden Siegestanz. Kathy begann zu lachen und brach damit den Bann. Alle lachten, weinten oder schluckten, um den Kloß in ihrer Kehle loszuwerden. Sie hatten gesiegt. Sie konnten sich endlich zur Wehr setzen.

KAPITEL ACHT

Die Fackeln hatten sich zwar als Erfolg erwiesen, aber in den folgenden Tagen zeigte sich, daß sie nur in dieser recht umständlichen Weise auf den Feldern arbeiten oder im Wald Nahrung suchen konnten. Die Riesenvögel waren unglaublich stur ... und schlimmer, als Jason erwartet hatte. Und je mehr es wurden, desto stärker nagte der Hunger in ihnen. Bald erschienen sie auch tagsüber.

Kein Siedler ging mehr allein irgendwohin. Die Vögel tauchten überall auf, und in der Dämmerung war der Himmel von ihnen übersät. Die Siedler bewegten sich in Zweiergruppen mit jeweils einer Fackel, und Jason nahm, so oft es eben ging, Kathy als seine Gefährtin mit.

Die Nächte waren lang. Die ständig gleichen Mienen, Klagen und Gespräche an den nächtlichen Feuern begannen, an den Nerven von allen zu zerren. Jason bemühte sich, sie zu beschäftigen, und dachte sich immer neue Arbeiten aus: Matten flechten, kleinere Tischlerarbeiten oder Schüsseln aus Ton töpfern. Es gelang ihm, die Gedanken aller abzulenken ... bis auf den einen, bei dem es ihm am allerwichtigsten war, bei Hager Crutz. Der Riese beteiligte sich an keiner dieser Arbeiten und verbrachte die Nächte damit, seine Messer zu wetzen oder die Gewehre zu reinigen. Und zu keinem Augenblick ließ er Jason aus den finster dreinblickenden Augen.

Als ihre Aufmerksamkeit nachzulassen begann und Hager sich daran machte, heimlich und lange auf einzelne Mitglieder der kleinen Gruppe einzureden, wußte Jason nicht, was er dagegen unternehmen sollte. Er trieb das Beschäftigungsprogramm voran und hoffte, daß die Siedler keine Zeit hätten, Hager zuzuhören, wenn sie nur genug zu tun hätten. Dennoch nahmen Hagers heimliche Gespräche kein Ende. Jasons Gegner stellte sich dabei nicht ungeschickt an. Er ließ die völlig außer acht, die Jason besonders nahe standen, und konzentrierte sich lieber auf die Rantels und auf Anna Keller. Und bald machte er mit jedem neuen Argument Boden gut.

Jason plagte ohnehin eine viel größere Sorge. Die Nachricht auf dem Wachstuch ließ ihm keine Ruhe mehr, erinnerte ihn ständig daran, daß auf dieser Welt eine größere Gefahr als die Vögel existierte, ein Geheimnis, das sie Klorath noch nicht abgerungen hatten.

Jason beschloß, bei anderen Rat einzuholen, und näherte sich wiederum Frank Keller. Er wartete, bis er ihn allein antraf. Frank saß gerade am Rand des Feuers und töpferte eine Schüssel. Die Hände des alten Mannes waren bis zu den Unterarmen mit feuchtem Ton bedeckt, aber seine Finger arbeiteten sorgfältig mit den schmutzigen Tonwürsten. Er legte eine auf die andere, um ein Gefäß zu schaffen, und glättete sie an der Innenseite. Als Jason sich zu ihm setzte und das Thema anschnitt, fragte Frank: »Machst du dir immer noch darüber Gedanken?«

»Du etwa nicht?« gab Jason zurück. »Von dir hätte ich noch mehr als bei mir erwartet, daß du dir darüber Gedanken machst. Schließlich bist du der Philosoph in unserer Gruppe.«

»Und kannst du mir auch sagen, was diese Sache mit der Philosophie zu tun haben könnte?«

Jason suchte nach einer Möglichkeit, seine Gedanken so in Worte zu kleiden, daß das Interesse des alten Mannes geweckt würde. »Für mich lautet die Hauptfrage: warum? Warum hinterläßt jemand eine solche Nachricht? Der Große Gott ... Du weißt doch, was für Leute hierhergeschickt wurden, Frank. Leute wie wir. Christen also, zumindest in ihrer Mehrheit. Wie kommt nun ein Christ darauf, von einem ›Großen Gott‹ zu sprechen? Besonders in einer so verzweifelten Lage, im letzten Augenblick seines Lebens, wo er sich doch eher dem Christengott zuwenden müßte?«

Kellers Finger hielten in der Arbeit an der Schüssel inne, und er legte den Kopf schief. »Daran habe ich noch nie gedacht. Du hast recht, wirklich ein Rätsel, nicht wahr?«

»Was hältst du denn davon?«

»Es gibt mehr Dinge in diesem Universum, als wir erfassen können«, grübelte Keller. »Wenn ein Mann so etwas schreibt, dann muß ihm etwas begegnet sein, das wir uns nicht einmal vorstellen können. Der Große Gott – das hört sich irgendwie heidnisch an.«

»Das war auch mein erster Eindruck.«

»Ja, aber um einen Gott zu haben, ganz gleich welchen Gott, müssen Menschen, Intelligenzwesen, vorhanden sein. Ich meine, Gott existiert natürlich, aber es bedarf der Menschen, um ihm einen Namen zu geben. Mein erster Gedanke war, die früheren Siedler trafen auf eine andere Kultur und ließen sich von einer neuen Religion einnehmen. Aber es existieren keine anderen Intelligenzwesen auf Klorath. Davon ganz abgesehen, würdest du dich plötzlich zu irgendeinem ›Großen Gott‹ bekennen und das Christentum – oder welcher Religion du auch angehörst – einfach wie ein Hemd ablegen?«

»Nein«, erklärte Jason entschieden. »Und darüber zerbreche ich mir ja gerade den Kopf. Ich drehe mich nur im Kreis. Jede Antwort, die mir in den Sinn kommt, führt mich in eine Sackgasse.«

»Und zu welchen Ergebnissen bist du bisher gekommen?« Keller sah ihn durchbohrend an.

»Ich habe mich gefragt, was einen Menschen dazu bringen könnte, plötzlich einen neuen Gott anzurufen? Und die einzige Antwort, die mir dazu einfiel, war, daß er irgend etwas *gesehen* haben muß ... etwas so Gewaltiges und Furchteinflößendes, daß er es nur noch ›Gott‹ nennen konnte. Etwas, das aufgrund seiner Unfaßbarkeit nur übernatürlich oder göttlich sein konnte. So etwas könnte doch die Gedankenwelt eines Menschen zum Einsturz bringen. Ein neuer Planet, eine Erscheinung, eine neue Wesenheit, mit anderen Worten: ein neuer Gott.«

»Eine gute Analyse«, lobte Keller, »nur gefällt mir die Quintessenz daran nicht. Sie macht mir sogar Angst.«

»Wir müssen uns auf dieses Etwas vorbereiten. Klorath hält ein weiteres Rätsel für uns bereit, Frank. Ich spüre es, auch wenn ich es nicht erklären kann. Kathy hat es auch gespürt, gleich als ich den Großen Gott zum ersten Mal erwähnt habe.«

»Kathy«, lächelte Keller, »das wundert mich nicht.«

»Also schön.« Jason errötete. »Und was ist dann mit den Waffen? Plumpe Waffen haben die Menschen getötet, deren Skelette wir dort entdeckt haben.«

»Oder sie haben sich selbst umgebracht, wie Randy schon vermutete.« Keller rieb gedankenverloren die Seiten der unfertigen Schüssel. »Ich weiß es auch nicht, Jason. Die Waffen könnten auf Menschen hinweisen, auf klorathische Eingeborene. Und falls solche Wesen existieren, haben sie irgendeinen phantastischen Gott. Mehr habe ich leider auch nicht anzubieten. Ich war dir keine große Hilfe, nicht wahr?«

Jason zuckte die Achseln. »Zumindest hast du nicht gleich losgelacht, und das ist auch schon eine Menge wert.« Er seufzte tief. »Weißt du, Frank, ich habe mich nie für den Job eines Anführers berufen gefühlt. Gib mir ein Gewehr in die Hand und nenn mir ein Ziel, und schon stürme ich los. Aber dieses ständige Ringen um die Zukunft ist einfach zuviel für mich. Ich sehe mich schon, wie ich in meiner allerletzten Stunde auch verrückte Mitteilungen über den Großen Gott niederkritzele.«

Frank nahm die Arbeit an dem Gefäß wieder auf. »Du

hast einen Gegner zu bekämpfen; du mußt ihn nur erkennen.«

»Wen?«

»Hager Crutz. Er arbeitet ständig gegen dich. Du solltest besser ein Auge auf ihn haben.«

»Ich beobachte ihn schon die ganze Zeit, aber ich kann nichts gegen ihn unternehmen. Wenn ich recht habe und die Vögel wirklich weiterziehen, hat er sich mit seinen Sticheleien in die Nesseln gesetzt.«

»Aber dann ist es zu spät. Dann hat sich unsere Gruppe in zwei Lager geteilt. Wenn ich du wäre, würde ich nach einer Möglichkeit suchen, alle fester aneinander zu binden.«

Zwei Tage lang konnten sie wegen der Vögel nicht zu den Feldern. Die Ungeheuer versammelten sich am Himmel und wurden immer mehr. Ihre riesigen, ledrigen Körper erfüllten mit donnerndem Flappen und furchtbarem Schwirren bei Tag und bei Nacht die Luft. Jason traf zusätzliche Vorsichtsmaßnahmen, zog Feuerkreise um die beiden Blockhäuser und schloß alle Siedler darin ein. Wenn er von Zeit zu Zeit nach draußen eilte, um die Feuer mit zusätzlichem Holz am Leben zu erhalten, kam er sich wie ein Verlorener in der Hölle vor. Die Monster zogen über ihm bedrohlich ihre Kreise, und ihre gelben Augen sahen gierig zu ihm hinab.

Der ganze Himmel war voll von ihnen, soweit er sehen konnte. Hoch über ihm kreisten sie und wirkten auf diese Entfernung trügerisch klein. Über den Wipfeln und über dem Fluß schwebten sie. Es wimmelte von ihnen, und der ganze Himmel von Klorath schien nur noch aus ihnen zu bestehen. Er wogte und kreiste von ihrem Flug.

In der zweiten Nacht erhob sich ein Getöse von Kreischen und Klappern. Die Vögel wurden kühner, landeten auf der Lichtung und watschelten am Rand des Feuerscheins entlang. Ihre gewaltigen Leiber ragten hoch über die Blockhütten hinaus, und ihre ledrigen Leiber reflektierten das Licht des Feuers. Es glitzerte auf ihren gelben Schnäbeln, während sie schwankend herumliefen. Ihr Getöse erstickte jedes Gespräch unter den Siedlern. Jason saß auf einer Bank und hatte die Arme um Kathy gelegt, aber die Lichtung zog gegen seinen Willen seine ganze Aufmerksamkeit an. Etwas Hypnotisches ging von den Vögeln aus, wie sie durch die Schatten tauchten. Etwas Unwiderstehliches. Das blanke Entsetzen, die reine Hölle bewegte sich auf Klorath, zischte und flappte durch die Dunkelheit.

Eine Stunde vor Sonnenaufgang zogen die Riesenvögel ab. Mit einem gewaltigen Donnerschlag ihrer Flügel hoben sie ab, kreischten einander zu und flogen zu den Sternen in Richtung Norden davon. Danach war es auf der Lichtung und den Hügeln so ruhig, daß die Stille wie ohrenbetäubend wirkte. Jason ließ sich von ihr umfangen und in den ersten Schlaf versenken, der ihm nach einigen Nächten vergönnt war.

Die Sonne ging unbemerkt von den Siedlern auf. Erst gegen Mittag regte Jason seinen arg strapazierten Körper und schlich auf Zehenspitzen zur Tür, um hinauszusehen. Sein Blick suchte die ganze Umgegend ab und konzentrierte sich besonders auf etwaige Bewegungen hinter Felsen und Bäumen. Aber nichts war zu sehen. Friede war wieder auf Klorath eingekehrt. Klorathische Spatzen hüpften und tanzten am Flußufer, und andere Vögel sangen im Wald.

Jason trat hinaus. Die Wärme der Sonne fühlte sich wie eine weiche Hand auf seiner Haut an. Ein wunderbarer Tag. Jason kam sich vor, als sei er gerade aus einem furchtbaren Alptraum erwacht. Aber als er auf den Boden sah, erkannte er, daß der Traum Wirklichkeit gewesen war. Riesige Fußabdrücke zeigten sich auf dem Boden, und ein ganzes Muster aus Furchen, wo die schweren Schwänze über die Erde geschleift waren. Plumpe Muster von plumpen Wesen.

Die anderen rappelten sich auf und traten durch die Tür. Sie gingen zum Fluß hinab, um sich den Schmutz und die Furcht von zwei Tagen abzuwaschen. Jason lächelte, als sie an ihm vorbeikamen. Er war sich sicher, dieses Mal das Richtige getan zu haben, und glaubte zu wissen, daß die Vögel nun endgültig abgezogen waren. Im nächsten Jahr, wenn die Siedlung sich etabliert und an Stärke gewonnen hatte, würde der neue Vogelzug keine so große Bedrohung mehr darstellen.

Randy drückte ihm die Hand und lächelte ihn herzlich an. »Klorath hat sich von seiner schrecklichsten Seite gezeigt, was, aber wir haben ihm gezeigt, daß das für uns noch nicht genug ist. Jetzt mach dir mal keine Sorgen mehr, Jason. Von nun an wird alles gut.«

Die nächste Woche bestätigte Randys Worte. Die Siedler konnten ungestört arbeiten. Ein oder zwei Mal hörten sie noch nachts einen Vogel, aber Jason beruhigte sie und sich mit dem Wissen, daß es sich dabei nur um Versprengte oder Nachzügler handeln konnte, die nach ihren Brüdern und dem Inferno suchten, das sie, wo auch immer, entfesselten.

Nun wurde es für Jason Zeit, sich Gedanken über Franks Warnung zu machen. Während er darüber nachgrübelte, kam ihm eine Idee, mit der er vielleicht zwei Fliegen mit einer Klappe schlagen konnte. Die Siedlung mußte ein festeres Gemeinschaftsgefühl entwickeln, und gleichzeitig sollte etwas gegen die Düsterkeit und Freudlosigkeit im Leben der Gruppe getan werden. Menschen, die ständig von Furcht und Todesgefahren umgeben waren, konnten selten ein Ziel erreichen. Jason sagte sich, eine zünftige, altmodische Party wie auf der Erde müßte eigentlich beiden Vorhaben dienlich sein. Sie konnten zum Beispiel den Abzug der Vögel feiern, den Erfolg ihrer Feldarbeit oder das gefüllte Vorratshaus.

Sein Vorschlag wurde mit mehr Enthusiasmus begrüßt, als er gehofft hatte. Die Menschen waren reif für eine solche Veranstaltung, sehnten sich nach Lachen und Vergnügen.

Von nun an folgte Jason ein kleiner, quicklebendiger Schatten. Beth ging überall mit, wo er auch hinging, und unablässig sprudelten Fragen aus ihrem Mund. »Glaubst du nicht, Onkel Jason, wir sollten auf dieser Party etwas Besonderes machen?« fragte sie so ernsthaft, daß Jason sich nur mit Mühe das Lachen verkneifen konnte. »Ich könnte doch das Glas Kirschen aufmachen, das wir mitgebracht haben, und daraus etwas Leckeres zubereiten.« Sobald er ihr das gestattet hatte, folgte von ihr die nächste Frage. »Könnte ich nicht auch ein paar Dekorationen machen, Onkel Jason?« »Soll ich bunte Bänder in mein Haar flechten?« »Darf ich die ganze Nacht aufbleiben?«

Jason erlaubte ihr alles, was sie wollte. Sie war ein einsames Kind. Jason hatte bemerkt, wie allein sie sich fühlte, nachdem Chip zu Tode gekommen war, und er fühlte in sich das starke Bedürfnis, das Leuchten in ihre Augen zurückzubringen, wie er es früher so oft an ihr gesehen hatte.

Beth machte sich mit unerhörter Tüchtigkeit an die Vorbereitungen für die Party. Sie sammelte Blumen und Blätter, band Girlanden und verpflichtete jeden, der gerade greifbar war, dazu, ihr behilflich zu sein. Wenn Jason durch das Lager ging, bereitete es ihm immer wieder Freude, Beth zu sehen, wie sie bei jemandem auf der Schulter saß und mit einer belustigend ernsten Miene ihre unvollkommenen Dekorationen aufhängte. Aber obwohl ihre Bemühungen eher Notbehelf und Improvisationen waren, verwandelten sich die schlichten Hütten mit einem Mal in fröhliche und hübsche Blockhäuser. Und die Bäume, die das Lager umgaben und von Beths anstrengendsten Bemühungen verziert waren, ließen die Lichtung wie die Tanzfläche für ein Maifest aussehen.

Die Party begann bei Sonnenuntergang, und Jason

staunte über die vielfältigen und pfiffigen Vorbereitungen. Beths Girlanden hatten die Lichtung in den Kindertraum eines Märchenlandes verwandelt. Das Essen wurde in neuen Tonschüsseln serviert: Fisch, in Blättern gebacken, Kathys Eintopf mit einem besonders pikanten Geschmack von klorathischen Kräutern und geschälte und geschnittene, saftige Früchte, die Beth voller Stolz mit roten Maraschino-Kirschen verziert hatte. Die Siedler hatten es verstanden, aus dem Normalen etwas Ungewöhnliches zu machen, und so ließ die Stimmung nicht lange auf sich warten.

Frank Keller zog plötzlich eine Holzflöte hervor, die er heimlich geschnitzt und bearbeitet hatte. Ihr Klang war süß und ungewöhnlich. Frank blies zunächst einige fremdartige Melodien, die die anderen nie zuvor gehört hatten, und dann altvertraute Lieder, bei denen alle mitsangen.

Jason legte sich mit vollem Bauch ins Gras und genoß die Feier. Zum ersten Mal seit ihrer Landung auf Klorath gaben sich die Siedler wieder wie früher. Selbst Hager Crutz brachte ein Lächeln zustande und bemühte sich mit seinen zu großen Füßen, den Takt der Musik mitzuklopfen. Bei keinem von ihnen war mehr Zurückhaltung zu bemerken. Sie hatten zusammen gearbeitet, gezittert und gekämpft, und jetzt kannten sie einander zu gut, um noch Verlegenheit an den Tag zu legen. Und als Kathy Jason hochzog und mit ihm zu tanzen verlangte, gehorchte er ihr ohne Widerspruch.

Er wirbelte sie zu Franks Musik herum, die eine Mischung aus einem Wiener Walzer und einer Polka war. Andere tanzten mit, und der Rest stand am Rand und klatschte im Takt in die Hände. Sie veranstalteten ein Getöse, das selbst von den dichtbelaubten Bäumen des Walds nicht mehr verschluckt werden konnte. Nach ein oder zwei Liedern verließ Jason Kathy und ging zu Beth, die allein und mit weit aufgerissenen Augen am Feuer saß. Er hob sie hoch und drehte sich rasch mit ihr im

Kreis. Ihre Beine schwangen wild hin und her, und sie lachte und quietschte, schenkte Klorath eine Vergnügtheit, die diese Welt noch nie zuvor gehört und gesehen hatte.

Die Sterne leuchteten hell und klar, und leuchtend stand der Mond am Himmel. Beth, das einzige Kind, das den Siedlern geblieben war, war glücklich. Wenn diese Siedlung jemals eine Geschichte haben sollte, sagte sich Jason, dann wollen wir diesen Tag als Dankfest eintragen.

Die Party gewann ihr Eigenleben und setzte sich fort, ohne nachzulassen. Aus irgendeinem Grund brachten die einfachen Dekorationen und die Musik neue Gedanken und Gespräche auf die Lippen derer, die sich wochenlang immer nur das Gleiche zu sagen gehabt hatten. Alle wirkten wie ausgetauscht. Kathy tanzte sogar mit dem unbeholfenen Hager Crutz, und selbst Anna Keller schwang ihre alten Beine zu einer Polka.

»Das ist die beste Idee, die du jemals gehabt hast«, keuchte Kathy nach einem Walzer mit Jason. »Wenn so unsere Zukunft auf Klorath aussieht, dann möchte ich diesen Ort gegen keinen anderen eintauschen.«

»Ich weiß, was du meinst«, antwortete Jason. »Selbst auf der Erde waren wir nie so heiter und gelöst, nicht wahr?«

»Das war deshalb, weil wir in die irdische Gesellschaft hineingeboren wurden, während wir uns Klorath erst erobern mußten. Daher kommt uns hier auch jeder Erfolg doppelt so schön vor.«

Beth stand mitten auf der Lichtung und lachte ausgelassen. Ihr Kleid war am Saum aufgerissen und zu kurz, als sie sich zur Musik drehte, aber ihre Wangen waren vor Aufregung und Vergnügen gerötet.

»Ist sie nicht wunderbar?« murmelte Kathy. »Immer sind es die Kinder, die uns Erwachsenen das Schöne zeigen müssen, nicht wahr? Sie wissen intuitiv, was schön ist, ohne lange darüber nachzugrübeln.«

Jason wollte ihr gerade zustimmen, als er sich plötzlich kerzengerade aufrichtete. Die Worte wollten ihm nicht mehr über die Lippen kommen.

»Was ist los?« Kathy war seine merkwürdige Regung nicht entgangen.

»Pst!« brachte er sie zum Schweigen. »Hör doch.«

Das Lärmen des Fests ließ sie kaum etwas mitbekommen, aber da war etwas in der Luft, das man nicht zu hören brauchte. Jason spürte es. Es drängte gegen sein Trommelfell, pulsierte und pochte ... wurde ständig intensiver, und Kathy klammerte sich an Jasons Arm. Ihre Hände waren plötzlich kalt und feucht.

Das Fremde wurde lauter, überschritt die Hörschwelle, und dann setzte die Musik der Holzflöte aus. Beth hielt mitten im Lachen inne und rannte zu Helen. Alle blieben wie erstarrt stehen. Angespannte Gestalten, unregelmäßig angestrahlt vom flackernden Feuerschein.

Das Geräusch war mehr als nur ein Laut. Mehr wie ein Druck auf ihre Körper und in ihren Köpfen. Es pochte tiefer und tiefer, härter und härter ... wie ein unheimlicher Herzschlag. Jason versuchte die Richtung auszumachen, aus der es kam, aber es war überall. Es pochte im Wald, im Wasser des Flusses und in den Sternen am Himmel. Selbst der Boden reagierte darauf, antwortete mit einem eigenen Pochen. Das Geräusch schien den ganzen Planeten zu beleben, und Jasons Sinne taumelten unter dem konstanten Druck und Getöse zurück.

Lange Minuten verstrichen, in denen sich, bis auf das Zittern der verängstigten Siedler, nichts auf der Lichtung rührte. Selbst Hager Crutz war weiß angelaufen und hatte die Hände an den Leib gepreßt. Gefahr schien von dem Pochen auszugehen. Jason spürte sie direkt neben ihm, fühlte, wie sie alle seine Instinkte anspornte, wegzulaufen und sich zu verstecken. Das Geräusch hörte sich jetzt so an, als würde ein riesiger Fuß auftreten und mit gewaltigen Schritten über den Planeten laufen. Jeder Tritt löste ein Pochen aus, brachte die Luft in Unordnung. Jason lief ein Schaudern über den Rücken, und er zog Kathy ganz nahe an sich heran.

Frank und Anna Keller fielen auf die Knie und machten sich so klein wie möglich. Jason konnte nicht mehr länger passiv zuhören, oder er wäre voller Panik davongerannt. Den anderen erging es ähnlich. Helen packte Beth und flog mit ihr zu den Blockhütten. Jason marschierte hastig zu Randy, wollte irgend etwas tun, um so den Gefühlen der Furcht und des Schreckens zu entfliehen.

Randy kam ihm auf halbem Weg entgegen. Er flüsterte, so als wäre eine laute Stimme zu respektlos: »Was ist das?«

Die Frage klang einfach, und dennoch gab es auf sie keine Antwort.

Hager drängte sich zwischen die beiden: »Geh hin und sieh nach«, verlangte er.

»Bist du jetzt völlig übergeschnappt?« herrschte ihn Kathy an. »Er kann doch nicht zu diesem ... diesem Etwas gehen!«

»Irgendwer muß es aber tun«, beharrte Hager. »Dort draußen verbirgt sich etwas Teuflisches, und wir müssen herausfinden, um was es sich handelt. Wie können wir uns vor etwas schützen, von dem wir nicht einmal wissen, was es ist?«

»Warum hast du dieses Wort gebraucht?« fragte ihn Jason scharf. »Warum hast du ›teuflisch‹ gesagt?«

»Ich spüre es, deshalb. Wirst du nun gehen?«

Jason zögerte. Er mochte nicht gehen, aber sein Verantwortungsgefühl wollte ihn dazu zwingen. Schon einmal hatte er zu lange gezögert, und das hatten Chip und Ben mit ihrem Leben bezahlen müssen.

Aber Randy war damit nicht einverstanden. »Du gehst nicht, und damit Schluß der Debatte. Warte noch etwas. Morgen ist immer noch Zeit genug.«

»Vielleicht gibt es aber für uns kein Morgen mehr«, beschwerte sich Hager.

»Du darfst nicht gehen, Jason.« Kathy hängte sich mit verzweifelter Entschiedenheit an seinen Arm. »Du darfst noch nicht einmal daran denken.«

Helen und Gus kamen zu ihnen gelaufen. »Wir sahen, wie ihr diskutiert«, sagte Gus, »und haben uns gedacht, wir sollten dabei sein.«

»Mittlerweile gibt es nichts mehr zu diskutieren«, erklärte ihm Hager. »Jason hat nicht vor, irgend etwas zu unternehmen.«

»Aber das muß er doch.« Helens Stimme klang etwas zu schrill. »Du kannst nicht immer nur an dich denken, Jason. Wir verlassen uns auf dich. Du mußt in unser aller Interesse etwas tun.«

Damit ist die Spaltung der Gruppe wohl da, sagte sich Jason, *Hager hat seine Verbündeten gefunden.* Damit stand nun eine Entscheidung an, die *sie* zu treffen hatten. Gerade heraus fragte er: »Gus, wie ist deine Meinung dazu?«

Gus warf einen Blick auf Helen und Hager und sah dann auf den Boden. »Geh nicht«, sagte er.

Bevor Helen darauf reagieren konnte, erklärte Jason: »Damit ist die Sache wohl geregelt. Ich gehe nicht, und wir warten bis morgen.« Seine Worte klangen hohl vor dem Pochen. Jason traf rasch einige Anordnungen, um sich nicht weiter von dem unheimlichen Geräusch einnehmen zu lassen. »Geht alle in die Hütten. Ich will hier draußen niemand sehen, allein mit diesem ... diesem was immer es auch sein mag.«

Er wartete ihre Antworten gar nicht erst ab, sondern ging zum Feuer, um Holz nachzulegen.

KAPITEL NEUN

Niemand fand in dieser Nacht Schlaf. Das Pochen endete nach zwei Stunden, und Stille überzog wieder Klorath, aber selbst dann fanden sie, trotz ihrer Erschöpfung, keine Ruhe zum Schlafen. Als die Sonne im Osten aufging, traten die Männer und Frauen müde und verwirrt einer nach dem anderen hinter Jason nach draußen.

Die Lichtung wirkte heute fremd. Die Dekorationen waren immer noch an ihrem Platz, und die Blumen lagen verstreut um das Feuer, wie sie sie liegengelassen hatten, aber die Menschen wirkten wie Puppen, waren blaß und hatten leere Augen.

Hager hackte unablässig auf Jason herum, unterstellte ihm Feigheit und zieh ihn der Verantwortungslosigkeit. Jason ließ sich nicht darauf ein, sondern antwortete darauf nur mit einer einfachen Frage: »Sag mir doch, Hager, warum bist du nicht selbst gegangen?«

Hager entwickelte plötzlich ein gesteigertes Interesse an seinem Frühstück und sagte vorerst nichts mehr.

An diesem Tag kam die Abenddämmerung sehr rasch. Als die Nacht hereinbrach, schickte Jason alle in die Hütte. Er hatte das merkwürdige Gefühl, gegen die Zeit ankämpfen zu müssen; wenn er nur dafür sorgte, daß es zu keinen unvorhergesehenen Zwischenfällen kam, würde das Pochen nicht wiederkommen. Aber sie hatten kaum das letzte Geschirr gespült, als aus der Dunkelheit der Druck wieder in Jasons Ohren kam. Das Pochen setzte tief und kraftvoll wieder ein, ritt mit dem Wind und durchpflügte den Fluß.

Helen bedeckte ihr Gesicht und begann zu schluchzen. Sie war am Ende ihres vorgetäuschten Muts angelangt. Jason konnte ihr dafür keinen Vorwurf machen, denn Helen hatte sich wirklich bemüht. Anna Keller kniete sich auf den Boden und betete mit zu lauter Stimme das Vaterunser. Das Pochen raubte ihnen allen die Initiative. Sie konnten keinen klaren Gedanken mehr fassen, sondern nur noch reagieren.

Schließlich stand Jason auf, atmete tief durch und sagte: »Ich gehe nachsehen.«

»*Falls* es draußen etwas zum Nachsehen gibt«, meinte Frank.

Jason reagierte auf den Einwand nur mit einem Achselzucken und ignorierte ihn. »Ich möchte, daß ihr anderen hier im Lager bleibt. Haltet das Feuer am Brennen, falls doch noch Vögel auftauchen.« Er marschierte ohne ein weiteres Wort auf die Hügelkette zu und gab so den anderen keine Möglichkeit, seiner Entscheidung zu widersprechen. Mitten auf dem Weg bemerkte er hinter sich eine Bewegung. Er drehte sich um und sah Randy, der auf ihn zulief. »Was ist in dich gefahren?«

»Ich komme mit dir, das ist alles.« Bevor Jason protestieren konnte, drückte Randy ihm ein Gewehr in die Hand. »Und ich war wenigstens besonnen genug, das hier mitzubringen. Wenn du glaubst, du könntest allein auf die Suche gehen, mußt du den Verstand verloren haben. Du brauchst nämlich jemanden, der auf dich aufpaßt.«

Jason verzichtete auf einen Streit mit Randy, denn er war viel zu froh über die unerwartete Gesellschaft und über das Gewehr.

Sie erreichten den Waldrand und blieben stehen, um zu lauschen. Aber auch hier konnte man die Quelle des Pochens nicht ausmachen.

»Welchen Weg sollen wir nehmen?« fragte Randy ratlos. »Wie wollen wir etwas finden, das offensichtlich nirgendwo ist?«

»Laß uns mal den neuen Weg versuchen«, schlug Jason vor. »Ich habe so eine bestimmte Ahnung.« Er trat in den Wald.

Zwischen den Bäumen war es sehr dunkel. Das Mondlicht konnte die dichten Blätter nicht durchdringen, aber Jason kam auch so voran. Ein Stück weiter standen die Bäume nicht mehr so eng beieinander, und dort beschien das Licht den Weg.

Das Pochen dröhnte weiter, fuhr durch den Wald und brachte die Blätter zum Zittern. Jason schwitzte. Der Schweiß rann ihm in Strömen über den Rücken und an den Seiten herab. Kalter Schweiß, der bei großer Furcht entstand. Randy blieb immer dicht hinter ihm, und so setzte auch Jason einen Fuß vor den anderen. Er trat weich auf und bemühte sich, seine Schrittfolge nicht dem Rhythmus des Pochens anzupassen. Um ihn herum ertönten die leisen Geräusche des Nachtwalds: von Tieren, die er noch nicht kannte, von einer Art Kröten und von Insekten.

Die Stelle, an der der neue Pfad den alten kreuzte, war hell vom Mond beleuchtet. Jason und Randy wandten sich den Felsen zu. Die Skelette strahlten weißlich im Mondlicht. Als sie an ihnen vorüberkamen, fragte Jason leise das, das der Höhle am nächsten lag: »Wolltest du uns *davor* warnen, Bruder?«

Sie folgten dem Pfad an den Felsen entlang weiter, als sie je zuvor gekommen waren, und bald wurde der Weg fast zu dunkel, um weiterzulaufen. Jason drängte trotzdem weiter, und das Pochen wuchs vor ihm immer stärker an. Viel lauter war es hier, viel intensiver.

Dann blieb Jason keuchend stehen und zwang die Furcht aus seinen Gedanken. Er griff in der Dunkelheit nach Randy und fand seine schweißfeuchte Schulter. »Bleib direkt hinter mir«, sagte er ihm.

Vorsichtig setzte Jason seinen Weg fort und ertastete mit den Füßen den Pfad. Mit einem plötzlichen Aufprall landete etwas auf seiner Schulter. Ein kleines Wesen mit scharfen Krallen. Gluckernd vergrub es sich in seinem Fleisch. Jason schrie auf und wedelte mit den Armen herum, um das Wesen auf seinem Rücken zu greifen und abzustreifen. Aber es blieb dort. Jason verfluchte es und schüttelte sich, um es loszuwerden. Mit einem leisen dumpfen Schlag fiel es endlich auf den Boden und verschwand mit leisem Trappeln rasch im Unterholz.

Randy war sofort neben Jason. »Was war das denn?«

»Ich glaube, ein Tier. Aber sicher bin ich mir da nicht.«

»Ist mit dir alles in Ordnung?«

»Ich denke schon, obwohl seine Füße ungewöhnlich heiß brannten.« Er wischte sich den Schweiß von der Stirn. »Komm, wir wollen weiter.«

Etwa zwanzig Meter weiter stieg der Weg an. Mit jedem Schritt wurde das Pochen lauter, und über ihren Köpfen war ein Glühen, das schwach die Umrisse der Anhöhe ausleuchtete. Unweit des Gipfels wurde die Gefahr so groß, daß Jason sie fast greifen konnte. Er fiel auf die Knie und kroch weiter. Der Pfad verbreiterte sich, und Randy schloß zu ihm auf. Nebeneinander krochen sie zum Gipfel und hielten dort inne.

Jason reckte den Hals, um besser sehen zu können. Hinter dem Gipfel fiel der Boden stark ab, bis er ein gutes Stück weiter unten ein Tal bildete. Sanft hing das Mondlicht auf den Bäumen, aber dort unten war eine weitere Lichtquelle. Flackernd und glühend ergoß es sich über den Wald, verstärkte das Mondlicht und übertraf es schließlich. Das unbekannte Licht war gleichzeitig trüb und intensiv, und es sandte lange, tanzende Schatten aus, während es zu- und abnahm.

Ein Wäldchen schien heller als die anderen zu sein ... das Zentrum des Lichts, von dem alles Unheimliche und alle Beängstigung ausging, die um sie herum pulsierte. Das Licht pochte wie ein geisterhaftes, atmendes Feuer von weißlicher Färbung. Nichts war hier, nur Stille und Pochen. Tiere und Insekten gaben keinen Laut von sich, verloren sich in diesem unerklärlichen Geräusch.

Urplötzlich wurden die Sterne ausgelöscht, und das Flappen gewaltiger Lederschwingen donnerte durch das Tal. Jason fuhr zurück und begann zu rennen. Er prallte mit Randy zusammen, rappelte sich wieder auf und riß ihn hinter sich her. An eine Fackel hatten die beiden nicht gedacht.

Sie stürzten die Anhöhe hinab, verließen den Pfad und verbargen sich im Unterholz. Der Riesenvogel überflog sie, und obwohl Jason ihn nicht sehen konnte, konnte er sich sehr gut die Schwärze am Nachthimmel vorstellen, und die beiden warteten atemlos. Sie hörten, wie die Flügel das Pochen durchbrachen. Kurz darauf trat wieder Stille ein. Der Vogel war fortgeflogen.

Der Weg zurück war schlimmer als der Hinweg. Jason wurde den Gedanken einfach nicht mehr los, das Licht würde sich über den Gipfel ergießen, ihn einholen und dann überfluten. Als die beiden den vertrauten Pfad zum Lager erreichten, hörte das Pochen urplötzlich auf. Jasons Ohren plopptten empört, so als seien sie unvermittelt von etwas abgetrennt worden.

Das Lagerfeuer brannte einladend, und Jason und Randy legten über das letzte Stück einen Spurt ein, denn immer noch trieb sich der Vogel am Himmel herum. Dann lag Kathy in Jasons Armen, lachte und weinte gleichzeitig vor Erleichterung, und er spürte in ihrem Körper das gleiche Zittern wie in seinem eigenen. Aber Kathy blieb nicht lange in seiner Umarmung. Sie zog ihn hastig zum Feuer, krempelte seinen Ärmel auf und besah sich seinen Arm und seinen Rücken.

Jason sah auch dorthin und entdeckte winzige Fußabdrücke, wie ein eingebranntes Muster. Dumpfer Schmerz und ein Stechen gingen von ihnen aus. Die Male waren rot, als seien sie versengt. Jason erinnerte sich an das Tier und daran, wie er kurz mit dem Arm daran gestoßen war; und seine Füße waren so *heiß* gewesen.

Jason ging zum Fluß, um den Arm zu kühlen, und

ließ Randy zur Berichterstattung bei den anderen zurück. Er konnte jetzt nicht reden. Die Worte wollten ihm nicht über die Lippen kommen. Hinter ihnen lag etwas von großer Bedeutung, das er erst noch ergründen mußte. Doch als er zu den anderen zurückkehrte, ließ er sich in das Gespräch einbeziehen, als Frank Keller sich nach dem Licht erkundigte.

»Was sollte es schon anderes gewesen sein als ein großes Feuer?« Jason zuckte die Achseln. Sein Verstand gab ihm diese Antwort ein, und für den Augenblick war sie ausreichend. Aber in ihm waren auch Zweifel, die dazu nein sagten.

»Aber du bist nicht wirklich davon überzeugt, daß es ein Feuer war?«

»Aus der Entfernung und durch die Bäume gesehen, kann es durchaus ein Feuer gewesen sein. Aber gleichzeitig ging etwas Seltsames von ihm aus. Es schien im Rhythmus des Pochens zu pulsieren. So als seien beide Bestandteile des gleichen Gebildes, oder als hätten beide dieselbe Quelle. Ein schreckliches Erlebnis, und rundherum war alles so still. Bis auf den Vogel war kein Geräusch zu vernehmen.«

»Still und schrecklich«, grübelte Keller. Er verzog die Lippen zu einem schelmischen Grinsen. »Vielleicht hast du da den Großen Gott von Klorath gesehen.«

Jason zuckte zurück. Ob ironisch oder nicht, ihm gefiel diese Bemerkung ganz und gar nicht.

»Ich wollte euch nur etwas auflockern«, verteidigte sich Keller. »Tut mir leid.«

»Ist mir egal, ob es dir leid tut oder nicht«, schnappte Jason. »Auf jeden Fall sollte man darüber keine Witze machen, denn mit deiner Vermutung könntest du durchaus recht haben.«

»Na, jetzt aber mal halblang ...«

»Es ist mir ernst damit. Wenn du es gesehen hättest, würdest du nicht mehr darüber spotten. Irgend etwas ist dort draußen. Etwas Großes und Mächtiges, etwas von eigener Art. So etwas habe ich noch nie gesehen oder gefühlt. Es muß über eine Wesenheit verfügen, besitzt ein eigenes Leben. Erinnerst du dich, worüber wir uns neulich unterhalten haben? Nun, was ich heute abend erlebt habe, kann einen schon zu der Überzeugung bringen, Klorath verfüge über einen eigenen, einen fremden Gott.«

»Hältst du ihn denn für gefährlich?« fragte Hager sofort.

»*Du* spürst etwas Teuflisches in diesem Wesen, Hager, aber ich fühle darin etwas anderes. Ich kann es nicht benennen, aber es drückt Macht aus ... und Stärke, aber keine Gefahr.«

»Helen ist jedenfalls meiner Ansicht«, erklärte Hager. »Sie hat Angst davor.«

»Helen hat vor allem und jedem Angst«, entgegnete Jason. »Versuch jetzt bloß nicht, diese Situation wieder für dich auszunutzen. Dieses Wesen könnte sich als das größte Problem erweisen, vor dem wir bisher gestanden haben.«

»Das Gute oder das Böse darin wechselt bei dir gemäß dem, was dir gerade nützt, nicht wahr?« zischte Hager. »Warum kannst du nicht einen Standpunkt beziehen?«

»Also gut. Wenn du eine Entscheidung willst, sollst du sie auch haben. Was wir heute abend gesehen haben – das glühende Licht –, war ein Feuer. Das ist die einzige vernünftige Erklärung, und diese wollen wir akzeptieren.«

»Ein Feuer?« lachte Hager. »Das ist doch lächerlich. Wie soll es auf Klorath ein kontrolliertes Feuer geben, wenn wir doch die einzigen Intelligenzwesen auf dieser Welt sind? Eine Feuerstelle entsteht nicht einfach so. Deine Erklärung hört sich zwar nett und auch beruhigend an, aber ich sage, hinter dem Feuer verbirgt sich etwas Teuflisches.«

Sollte es jemals zur Spaltung der Gruppe kommen, wußte Jason, dann war jetzt der günstigste Zeitpunkt dafür. In dieser Frage gab es keinen Kompromiß; man konnte sich nur für die eine oder die andere Seite entscheiden. »Du kennst dich doch mit Waffen aus, Hager. Menschen, gleich welcher Art, fertigen auch Waffen an. Welchen Beweis haben wir dafür, daß es hier keine waffenschwingenden Wesen gibt? Bis auf die Behauptung der Liga – keinen einzigen!«

Hager startete einen letzten Angriff. Er spreizte die Beine und zeigte mit einem Finger auf Jason. »Jetzt muß es also schon eine klorathische Rasse sein. Dieses ganze Gerede ist doch eine einzige Farce. Ich weiß mir keinen anderen Rat mehr, als eine Sonderversammlung einzuberufen. Wir müssen endlich eine Entscheidung darüber treffen, was für einen Anführer wir wirklich brauchen.«

Jason suchte nach einer Möglichkeit, diesen Vorschlag zu vereiteln, fand aber keine. Ihm blieb nichts anderes übrig, als diese Herausforderung anzunehmen und sie durchzustehen, unabhängig von ihrem Ausgang. »Dann sollst du deine Sonderversammlung haben«, sagte er spöttisch. »Ich mache solange von meinem Amt keinen Gebrauch. Aber wenn du glaubst, damit dein ganz persönliches Ziel zu erreichen, erwartet dich, so fürchte ich, eine unangenehme Überraschung.« Er überquerte die Lichtung und rief ihm noch zu: »Worauf wartest du noch? Läute die Versammlung ein! Ruf die Leute zusammen.«

Der Fluß war ruhig. Jason warf Steine ins Wasser, um es aufzuwühlen und in seiner Ruhe zu stören. Zum ersten Mal, seit er nicht mehr gegen die Liga kämpfte, machte sich Haß in ihm breit. Er mußte sich der Entscheidung unterordnen, die in Hagers Versammlung getroffen wurde, und konnte nichts dagegen tun. Diktatur und Gewaltherrschaft würden die Merkmale von Hagers Ordnung sein. Ob er sich nun vor die anderen hinstellte und einen Eid darauf ablegte, für das Wohl der Siedlung zu sorgen, ob er nun Milde und Verantwortungsbereitschaft auszudrücken versuchte, er würde das alles nur vortäuschen. In Wahrheit gierte Hager nur nach Macht.

Das sanfte Auftreten nackter Füße verkündete Jason Kathys Ankunft. »Was willst du hier?« fuhr er sie an. »Du sollst doch an Hagers Versammlung teilnehmen.«

»Wir haben kein Gesetz, das besagt, man muß an einer Versammlung teilnehmen, bloß weil sie abgehalten wird.« Sie sah ihn ruhig an, las in seinem Gesicht den Haß und den Verdruß und war empört. »Du hast einfach nicht genug Vertrauen, Jason. Hast du denn wirklich geglaubt, wir würden plötzlich eine Kehrtwendung um hundertachtzig Grad machen und bereitwillig Hager folgen, bloß weil der sich als neuer Anführer angeboten hat?«

»Ich hätte wissen müssen, daß du bei so etwas nicht mitmachst.«

»Genausowenig wie Randy und Karen. Sie haben mit mir die Versammlung verlassen.«

»Aber Frank Keller ist geblieben?« Jason war enttäuscht.

»Nur aus einem einzigen Grund, aus Neugierde. Du kennst doch Frank. Wenn eine Auseinandersetzung stattfindet, muß er dabei sein und findet keine Ruhe, bis er sich nicht über beide Seiten ein Bild gemacht hat.«

»Ich hoffe, du hast recht. Frank mag ein Träumer sein, aber man darf ihn nicht unterschätzen. Ich nehme ihn jedenfalls ernster als Hager.« Jason warf seinen letzten Stein in das ruhige Waser und sah zu, wie sich Ringe darum zogen.

»Hübsche kleine Party dort drüben, nicht wahr?« Randy erschien mit Karen am Fluß und zeigte auf das Feuer und die fünf Personen, die darum saßen. »Ich frage mich bloß, was sie jetzt noch machen wollen?«

Als Jason zum Feuer sah, stand Frank Keller gerade auf, zog Anna hoch und verließ mit ihr die Versammlung. Helen und Gus blieben bei Hager, aber Gus schien es dort nicht sehr zu behagen.

»Das mag ein gutes Zeichen sein«, sagte Randy. »Wenn Frank und Anna sich nicht von Hager überzeugen ließen und deshalb die Versammlung verlassen haben, steht das Verhältnis jetzt sechs zu drei – oder sechs zu vier, wenn man Beth mit einbezieht – und damit hättest du die Mehrheit. Sorge hat mir eigentlich nur Anna bereitet. Mit ihr auf der Gegenseite wäre es zu einem Unentschieden gekommen.«

»Das gefällt mir alles nicht«, machte Jason jetzt seinem Ärger Luft.

»Warum, du bist doch immer noch unser Anführer?« entgegnete ihm Karen.

»Weil wir auf Klorath einig sein, alle auf der gleichen Seite stehen sollten. So viele Gefahren erwarten uns hier. Zu groß ist die Möglichkeit, daß die Mehrheit durch ein zufälliges Unglück zur Minderheit dezimiert wird. Wir brauchen eine viel stärkere Grundlage für unsere Siedlung, können nicht einfach abwarten, welche Seite gerade die stärkste ist.«

»Da hast du sicher nicht unrecht«, meinte Randy, »aber ich würde mir an deiner Stelle nicht zu viele Sorgen darum machen. Gib Hager doch einfach die gefährlichsten Arbeiten.«

»Als wenn ich mir das nicht schon selbst überlegt hätte«, antwortete Jason. »Doch ich möchte später von den anderen nicht vorgeworfen bekommen, schuld an Hagers Tod zu sein.«

»Das Schlimme an dir ist, daß du Angst davor hast, deine Autorität auszuspielen«, erklärte ihm Randy freundlich, aber bestimmt. »Und ich weiß, daß du auch anders kannst. Du hast nie davor zurückgeschreckt, Männer gegen die Liga anzuführen.«

»Ich habe auch vor Hager keine Angst«, brummte Jason. »Aber hier liegt der Fall doch wohl etwas anders. Ich scheine überhaupt keinen Schritt voranzukommen. Erst mußte ich mir etwas gegen die Riesenvögel ausdenken, und als das Problem erledigt war, tauchte der

Große Gott auf, oder was auch immer sich hinter diesem Rätsel verbergen mag, und machte die Wälder unsicher.«

»Dann glaubst du also doch nicht, daß es nur ein Feuer war?« fragte Kathy leise.

»Was könnte es denn sonst gewesen sein?« Jason sah hinauf zum Himmel und zu den Sternen und spürte, wie die friedliche Stille sich wie eine große Hand auf seine Schultern legte. Gleichzeitig hatte er Angst, das Pochen würde wieder beginnen und die freundliche Hand in eine Faust verwandeln, die nur danach trachtete, ihn niederzuschlagen.

»Die Versammlung scheint beendet zu sein«, rief Karen.

Gus marschierte allein davon. Helen blieb noch einen Augenblick länger bei Hager und folgte dann ihrem Mann wütend. Jason lief zum Feuer und stellte sich vor Hager, um ihn zur Rede zu stellen. »Nun, zu welchen Ergebnissen seid ihr gekommen? Oder hat es etwa keine Beschlüsse gegeben?«

»Doch.« Hagers Gesicht war dunkelrot, und er biß die Zähne aufeinander.

»Dann bin ich also meines Postens enthoben?«

»Noch nicht. Aber du bist auch nicht mehr einmütig unser Anführer. Deine Position ist angeknackst und kann leicht kippen. Ich rate dir also, sei auf der Hut. Ein weiterer Schritt in die falsche Richtung könnte dein letzter sein.« Hager stapfte zornig davon und bemühte sich, aus der Reichweite von Randys Gelächter zu gelangen.

Jason lachte nicht mit. Hager hatte heute seine schwerste Niederlage erlitten und würde nun erst recht keinen Frieden mehr geben wollen.

KAPITEL ZEHN

Drei Tage und Nächte vergingen in angenehmer Ruhe. Das schreckliche Pochen wiederholte sich nicht, und die Gruppe der Siedler fand allmählich wieder zueinander. Noch waren ihre Sorgen nicht vergangen, aber diese ruhige Zeit verdrängten sie aus dem Bewußtsein.

Am vierten Morgen blieb Jason allein im Lager, um eine Inventur des Lagerhauses zu machen. Franks Berechnungen zur Vorratshaltung an Nahrungsmitteln schienen zwar günstig, aber Jason wollte sich erst nach Ablauf einer längeren Zeitfrist damit zufriedengeben.

Jason pfiff. Sein Kopf war klar und der Sonnenschein angenehm warm. Das Pochen und vor allem das, was sich dahinter verbarg, war in den hintersten Winkel seines Gehirns verbannt, und überhaupt waren die Luft viel zu angenehm und der Tag zu freundlich, um Probleme zu wälzen. Jason kam an der Blockhütte der Kellers vorbei und bewunderte die Arbeit, die sie mit ihren Köpfen und ihren Händen geschaffen hatten. Ein drittes Haus würde in zwei Wochen fertig sein, wenn sie ihren Plan einhalten konnten.

Er trat um eine Hausecke, und mit einem Zischen und einem Krachen sauste etwas haarscharf an seinem Kopf vorbei und grub sich tief in die Holzwand. Jason sprang zurück und klammerte sich an die Hütte. Die erhöhte Adrenalinzufuhr brachte seinen Körper zum Zittern, und als er sich nach der Quelle der Gefahr umsah, zog sich sein Magen zusammen.

Er sah über die Schulter, und sein Kopf stieß an einen Schaft. Jason griff danach und zog ihn aus dem Holz. Ein langer Schaft, an dessen Ende eine Messerklinge befestigt war. Ein Speer, der seinen Kopf nur um wenige Zentimeter verfehlt hatte.

Wer immer ihn auch geworfen hatte, war jetzt verschwunden. Auf der Lichtung war niemand zu sehen. Jason warf den Speer ärgerlich zu Boden. Es gab keinen Zweifel, wer ihm diesen Hinterhalt gestellt hatte. Vielleicht hätte Jason sich täuschen lassen und die Waffe dem Geheimnis von Klorath zugerechnet – den Waffen bei den Skeletten am Höhleneingang – wenn da nicht das Messer gewesen wäre. Es war zu eindeutig eine irdische Arbeit und gehörte ebenso eindeutig Hager.

Wut stieg in ihm hoch. Jason vergaß alle Gefahr und rannte über die Lichtung auf die Stelle zu, von der aus der Speer geworfen worden sein mußte. Er sah hinter jedem Baum nach, untersuchte alle Felsen und sprang in jede sonstige Deckung, hinter der sich Hager verbergen mochte. Aber Crutz hatte sich längst aus dem Staub gemacht.

Hager war heute der Feldarbeit zugeteilt, da dort jetzt mehr Kräfte als früher gebraucht wurden. Jason rannte mit großen Schritten zu den Feldern.

Der Anblick, der ihn dort empfing, war für seinen Zorn fast zu friedlich und idyllisch. Die neuen Ähren standen gerade und fest in ihren Reihen, wogten grün, und die Menschen bewegten sich gebückt zwischen ihnen und bearbeiteten den Boden mit groben Werkzeugen. Zufriedenheit stand auf ihren Gesichtern, und Jason wußte, woher sie kam. Hier auf den Feldern spürte auch er eine besondere Nähe zu Klorath. Die Arbeit am Boden brachte einem die Seele der Welt näher.

Kathy rief ihn von ihrem Arbeitsplatz an. Jason zögerte und suchte das Feld nach der großen Gestalt von Hager ab. Aber er konnte ihn nirgendwo entdecken. »Jason?« Kathy hatte seinen Gesichtsausdruck bemerkt. »Irgend etwas ist doch vorgefallen. Was denn?«

»Wo ist Hager?« fauchte er.

»Hager?« Sie drehte sich herum und schützte die Augen mit einer Hand vor dem grellen Blau des Himmels. »Dort drüben.«

Ein Stück weiter arbeitete Hager mit seiner Hacke und wirkte ganz so, als habe er diese Stelle den ganzen Tag noch nicht verlassen. Aber Jason wußte es besser. Er marschierte auf ihn zu, und seine Füße stampften wie ein dunkler Trommelschlag über den Boden zwischen den Getreidehalmen. Hager warf ihm einmal einen Blick zu und machte sich dann mit noch mehr Verbissenheit an die Arbeit.

Jason packte Hager an der Schulter und riß ihn herum. Dann wand er ihm mit einem kurzen Griff die Hacke aus den Händen und schleuderte sie zu Boden.

»Hallo, hallo!« polterte Hager und setzte eine wenig überzeugende Miene der Verblüffung auf. »Was ist denn in dich gefahren?«

»Man könnte sagen, ich habe dich entwaffnet«, preßte Jason zwischen zusammengebissenen Zähnen hervor und unterdrückte den dringenden Wunsch, den Mann zu verprügeln.

»Und was soll das denn schon wieder bedeuten?«

»Nicht mehr und nicht weniger, als daß du besser nicht dein eigenes Messer benutzt hättest. Damit ließ sich die Spur zu dir zu leicht verfolgen. Aber so stellst du ja alles an, nicht wahr? Erst handeln und nie vorher nachdenken.«

Hager ballte die Fäuste, und es juckte Jason in den Fingern, sich mit ihnen zu messen. »Nur eine falsche Bewegung, Hager, nur eine einzige. Ich weiß jetzt, wozu du fähig bist. Oder liegt es dir nicht, offen zu kämpfen?«

Hager brüllte auf und stürmte mit wild rudernden Armen los. Jason wich dem blindwütigen Mann aus und traf ihn von der Seite mit einem harten Schlag an seine Halsseite. Hager stolperte, fing sich aber wieder. Haß stand in seinen Augen, und seine Brust hob und senkte sich schwer. Er griff wie ein wildgewordener Stier an, stieß heißen Atem aus und streckte die Arme weit, um den kleineren Mann zu zerdrücken. Jason machte eine Finte, um ihn aus dem Gleichgewicht zu bringen, aber Hager schoß wie eine Kanonenkugel weiter, und Jasons Sprung erfolgte zu spät. Eine schwere Hand traf ihn am Kopf. Ein harter Schlag, der ihn von den Füßen riß. Hager war sofort über ihm, umklammerte ihn und preßte ihm die Luft aus den Lungen. Jason hämmerte mit Fäusten und Ellenbogen auf den riesigen Kopf Hagers ein und schob und drängte, um aus der mörderischen Umklammerung zu kommen. Dann traf seine Faust ein Auge Hagers, und der Griff lockerte sich spürbar. Jason kroch rasch auf die Seite und richtete sich dann auf, um dem halbblinden Mann den Rest zu geben.

Kräftige Hände packten ihn von hinten und hielten ihn fest. Randy brüllte etwas in sein Ohr. Worte, die unverständlich waren, aber sehr laut.

Kathys Stimme ertönte, und jetzt konnte Jason auch Worte ausmachen. »Hör auf, Jason! Hör doch auf!«

»Es ist vorbei!« brüllte Randy in sein Ohr. »Beherrsch dich, Jason, wehr dich nicht mehr gegen mich. Es ist vorbei, hörst du?«

Jason beruhigte sich, aber die Hände, die ihn von hinten hielten, ließen nicht locker. Randy hatte ihn fest im Griff und beugte sich vor, um in Jasons Augen zu sehen, ob er wieder zu Verstand gekommen war. Als er erkannte, daß man mit Jason wieder reden konnte, ließ er ihn zögernd los. Seine Miene verwandelte sich von Besorgnis in Abscheu. »Was, zum Donnerwetter, hast du dir bloß dabei gedacht?« fuhr er ihn an. »Eine schöne Art, unsere Siedlung zu leiten.«

Jason sah ihm ins Gesicht und spürte Randys Abscheu wie ein Rasiermesser auf seiner Haut. Übergroß wurde sein Bedürfnis, die Abscheu aus Randys Gesicht zu entfernen. »Hager hat versucht, mich umzubringen«, erklärte er leise. »Er wollte wohl nachhaltig Schluß mit mir machen.«

Kathy wollte sich wütend einschalten, aber Randy war noch nicht fertig mit ihm. »Wann?« fragte er.

»Im Lager«, antwortete Jason. »Ich kam gerade am Blockhaus der Kellers vorbei, als ein Speer dicht an meinem Kopf vorbeisauste. Nur ein oder zwei Zentimeter näher, und Hager wäre am Ziel seiner Wünsche gewesen.«

»Ist das wahr?« Gus Rantel klang verächtlich und unerbittlich. »Sag schon, ist es wahr?«

Hager rieb sich verdrießlich das angeschwollene Auge. »Aus seinem Mund klingt es wie etwas Schmutziges«, brummte er. »Aber so war es nicht.«

»Ein Hinterhalt ist immer schmutzig«, beschuldigte ihn Kathy.

Gus' Gesicht war voller Selbstzweifel. »Und ich habe dich angehört. Fast hätte ich sogar deine Worte über Mut und Tapferkeit geglaubt.«

»An seinen Taten sollst du ihn erkennen«, murmelte Frank Keller.

»Das lautet im Original aber anders«, widersprach Hager kleinlaut.

»Trotzdem trifft es den Kern«, erklärte Gus. »Es beschreibt dich als das, was du bist, Hager – ein Heuchler. Ein machthungriger, selbstsüchtiger Heuchler. Von nun an kannst du mit niemandem mehr von uns rechnen.« Er legte einen festen Arm um Helen. Sie wehrte sich nicht dagegen, sondern drängte näher an ihren Mann heran, womit auch sie eindeutig ihren Standpunkt klarmachte. Nun hatte auch sie mit Hager gebrochen.

»Er ist zu gefährlich, wir können ihn nicht länger bei uns dulden«, erklärte Gus. »Wenn er es einmal versucht hat, wird er es auch wieder tun.«

»Aber das könnt ihr doch nicht wollen.« Hagers Gesicht war plötzlich kalkweiß. »Ihr seid doch auf mich angewiesen. Ihr braucht mich.«

»Darüber kann ich nur einmal kurz und trocken lachen«, erklärte Kathy mit schneidender Schärfe.

»Nein, einmal wenigstens hat auch Hager recht.« Jason stellte sich vor die anderen, griff nach den Zügeln der Gruppe und hielt sie fest, zum ersten Mal mit sicherer Hand. »Wir brauchen Hager. Wir brauchen jeden von uns.«

»Aber auf so etwas kannst du dich doch nicht einlassen«, widersprach Gus. »Immer kommt einmal der Moment, wo ein Teil zum Segen des Ganzen verschwinden muß. Wir haben uns an gewisse Regeln zu halten, sonst können wir gleich aufgeben.«

»Regeln, ja, und auch Gesetze, aber wir können nicht auch noch Richter sein. Die Welt Klorath ist als Richter schon hart genug. Wir brauchen jede Hand und jeden Kopf, die uns zur Verfügung stehen. Hager besitzt beides, wenn er will.« Jason blickte Hager offen und gerade an und fühlte sich mit einem Mal wie gewachsen, weil er seinen Haß überwunden hatte. »Nun, Hager, was hast du dazu zu sagen? Willst du mit uns zusammenarbeiten oder von uns gehen?«

Hagers Bereitwilligkeit und Versprechungen kamen etwas zu schnell über seine Lippen. Jason ließ sich davon nicht täuschen. Er würde Hager auch weiterhin im Auge behalten.

»Und was nun?« fragte Randy mit einer Spur Sarkasmus. »Schüttelt ihr euch die Hände, und alles ist vergessen?«

»Wir vergessen es nicht, sondern rechnen es der Vergangenheit zu, wo es hingehört. Für den Augenblick denke ich ...«

Seine Worte wurden von einem schrillen Kinderschrei übertönt. Helen preßte sich an Gus, während Jason bereits über die Felder rannte und »Beth!« schrie. »Beth, wo bist du?«

Beth kam ihm entgegen, so rasch ihre kleinen Beine sie trugen. Das Haar wehte hinter ihr, sie keuchte vor Erschöpfung, und sie schluchzte. Plötzlich stolperte sie und stürzte kopfüber. Sie hatte Mühe, wieder auf die Beine zu kommen. Jason riß sie hoch und hielt sie in seinen Armen, um sie zu beruhigen.

»Es hat mich verbrannt ... es hat mich verbrannt ...«, weinte sie. »Es hat mich verbrannt, Onkel Jason. Bitte, es soll mich nicht noch einmal kriegen!«

»Sei tapfer, Beth. Du mußt dich nur bemühen.« Sie legte voller Verzweiflung die Arme um ihn, und er wiegte sie mit starken, sanften Armen, um ihr Geborgenheit zu geben und den Schrecken aus ihren Gedanken zu verbannen.

Helen streckte die Arme nach ihrem Kind aus. Ihre Finger waren steif und fordernd. »Laß sie«, befahl Jason und schirmte Beth vor der Furcht auf dem Gesicht ihrer Mutter ab. »Sie ist gleich wieder okay. Du darfst ihr nicht noch zusätzlich Angst machen.«

Gus hielt Helen zurück, denn er erkannte die Vernunft in Jasons Anordnung, aber auch sein Gesicht war weiß und spitz, als er mit seinem Blick den Körper seiner Tochter nach Verletzungen absuchte.

Als Beth ihre Hysterie überwunden hatte und nur noch Tränen aus ihren Augen flossen, stellte Jason sie auf die Füße, kniete sich neben sie hin und hielt ihre heiße Hand. »Jetzt erzähle uns einmal, was passiert ist, Beth.«

Noch während er das sagte, wanderte sein Blick von ihrem verheulten Gesicht zu ihrem linken Arm. Und dort war es wieder: das tiefrote Muster kleiner Fußspuren auf der Haut. Jede einzelne Zehe und Kralle hob sich rot von ihr ab und warf eine Blase, in der sich Flüssigkeit aus dem angegriffenen Gewebe sammelte.

Beth fuhr mit der Hand darüber und hielt sich tapfer, zwang sich dazu, sich den Schmerz nicht zu deutlich anmerken zu lassen. »Es ... es war ein Katzenaffe. Er hat mich verbrannt.«

»Ein Katzenaffe?« wunderte sich Jason. »Was meinst du damit?«

»Ein Katzenaffe. Er hing an seinem Schwanz von einem Baum. Als ich ihn rief, kam er zu mir, und ich habe ihn gestreichelt ... Aber dann, dann ist er auf mich gesprungen und ... und hat mich verbrannt. Er wollte einfach nicht mehr weggehen! Erst als ich geschrien habe, ist er weggerannt.«

»Wie hat er dich verbrannt?« Kathy kniete sich ebenfalls neben sie hin.

»Mit seinen Füßen!« Beth begann, ihre Beherrschung zu verlieren; denn jetzt, wo die Angst nachließ, wurde ihr der Schmerz der Verbrennungen stärker bewußt. »Er hat mir wehgetan, Onkel Jason. Bitte, er soll mich nicht noch einmal kriegen!«

Jason nahm sie wieder in den Arm und marschierte mit ihr über das Feld zum Lager. Er schickte Kathy voraus, um nach einer Salbe zu suchen. Beth weinte an seiner Schulter, und Helen flatterte wie ein aufgescheuchter Vogel um ihn herum, war mal hier und mal dort und ständig in Bewegung.

Sie brachten Beth in die Blockhütte der Kellers, und Jason war froh, als er sie der Obhut der Frauen übergeben konnte. Er ging nach draußen und hoffte, an der frischen Luft zu einem klaren Gedanken zu kommen.

»Nun, da hätten wir ja wieder etwas Neues«, sagte er zu Randy. »Diesmal einen Katzenaffen.«

»Das ist doch bloß die Beschreibung eines Kindes für das Tier, das dir vor ein paar Nächten auf die Schulter gesprungen ist.«

»Das ist mir auch klar, aber woher ist es gekommen, verdammt noch mal?« Jason kratzte sich am Kopf und blickte über die Lichtung auf die sonnenbeschienene Schönheit Kloraths. Er fragte sich, welche Schrecken und Geheimnisse sich noch in seinen Schatten verbargen. »Es sind recht kleine Tiere«, sagte er mehr zu sich selbst als zu Randy. »Ich weiß das, denn ich hatte selbst so einen ungebetenen Gast am Körper. Vielleicht sind sie gekommen, nachdem die Riesenvögel fortgezogen waren. Sie müßten eigentlich eine leichte Beute für die Ungeheuer sein.«

Er schlenderte zum Fluß und beobachtete im Wasser

die Fische, die am Grund schwammen und ihre dünnen Flossen nach der Strömung ausrichteten. Bei ihnen konnte Jason keine Hilfe finden. Er sah flußabwärts zu der Biegung, wo die Klippen begannen, weiß und hoch.

Am Rand der Felsengruppe war ein goldfarbenes Tier. Es saß am Ufer, starrte konzentriert ins Wasser und tauchte die Vorderpfoten immer wieder wie Hände in die Strömung. Blitzschnell stieß es hinein und zog einen zappelnden Fisch heraus, den es hinter sich ins Gras warf.

Das Tier war klein, nicht größer als eine kräftige Katze, und hatte ein glänzendes und dickes Fell. Sein Gesicht ähnelte dem eines Fuchses, lief spitz zu und hatte wachsame Augen. Darunter war ein schlanker Hals mit einem geschmeidigen Körper, der von Behendigkeit und Beweglichkeit kündete. Ein langer Schwanz schloß sich an, dicht mit Fell besetzt und am Ende gebogen. Ein Greifschwanz, der dem Tier beim Springen zwischen den Bäumen hilfreich war oder es festhielt, wenn es von einem Ast hing.

»Sieht wirklich aus wie ein Katzenaffe«, brummte Jason.

»Ich wünschte nur, wir könnten näher heran«, beschwerte sich Randy und mühte sich mit seinen kurzsichtigen Augen ab, an den Felsen mehr zu erkennen. »Auf jeden Fall sieht es nicht gefährlich aus. Und große Körperkraft scheint es auch nicht zu haben, bei dem zarten Körper.«

»Der Körper ist eher auf Behendigkeit angelegt«, stimmte ihm Jason zu. »Aber der Katzenaffe ist auch clever. Hast du gesehen, wie er den Fisch gefangen hat? Und dann einfach an Land geworfen, damit er ihm nicht entwischen kann?«

»Laß uns doch etwas näher herangehen«, drängte Randy.

Sie folgten dem Flußlauf vorsichtig und arbeiteten sich von Deckung zu Deckung vor, um das Tier nicht zu erschrecken. Aber sie hatten gerade erst zwanzig Meter zurückgelegt, als der Katzenaffe sie witterte. Er hielt mitten im Verzehr eines Fisches inne, setzte sich wie ein Murmeltier auf die Hinterpfoten und sah die Männer an. Das Tier ergriff weder die Flucht noch versuchte es, sich zu verstecken. Es starrte sie nur mit weitaufgerissenen, großen Augen an. Jason glaubte, ein violettes Glühen in ihnen zu erkennen.

Sie waren sofort stehengeblieben, aber da keine unmittelbare Gefahr zu drohen schien, ging Jason weiter und bemühte sich gar nicht erst darum, sich zu verbergen. Das Tier beobachtete die beiden Männer genau, und sein Schwanz wedelte wie eine Feder im Wind. Er wirkte dabei wie reines Gold. Ein graziöses Tier von nahezu sinnbetörender Schönheit. Jason dachte, er könnte mit den Fingern sicher sechs oder sieben Zentimeter tief in das Fell greifen.

Der Katzenaffe sah gelassen zu, wie sie näherkamen, und schnüffelte nur im Wind. Dann nahm er ohne Anzeichen von Furcht den Fisch vorsichtig wieder auf, warf ihnen noch einen unschuldigen Blick zu und trottete dann mit, wie Jason es in Gedanken nannte, gebremster Hast ab. Nicht so schnell, um es wie eine Flucht aussehen zu lassen, aber rasch genug, um sich zurückzuziehen.

Gegen seinen Willen mußte Jason grinsen. »Überhebliches, hochmütiges kleines Miststück. Ich schätze, Ihre Hoheit hat uns gerade eine unverkennbare Abfuhr erteilt.«

»Da bin ich ganz deiner Meinung«, grinste jetzt auch Randy. »Wenn es nicht diese ›heißen‹ Füße hätte, könnte ich es fast liebgewinnen.«

»Wir sehen jetzt besser nach Beth. Ich hoffe nur, wir finden ein Mittel, um diese Brandblasen zu heilen. Nicht ausgeschlossen, daß wir die in nächster Zeit häufiger erdulden müssen.«

KAPITEL ELF

Jason wachte von einem der klorathischen Kurzregen auf, die sanft ihre Tropfen fallen ließen, um sich dann in silbergrauen Wolken zu verbergen. Nach einer Stunde würde nichts mehr an den Regenguß erinnern, bis auf den Boden, der dann ein wenig weicher war.

Jason reckte seinen noch etwas müden Körper und stand auf, um sich zu waschen. Wenn die Rätsel dieser Welt sich nicht so hartnäckig im hintersten Winkel seines Bewußtseins gehalten und ihn ständig geplagt hätten, hätte er jetzt fast zufrieden sein können. Die Siedlung war noch klein, aber wohlgeordnet. Allmählich wurden aus den Neuankömmlingen hartgesottene Siedler und Bauern, die bald Stolz über ihre noch nicht zu vollkommenen landwirtschaftlichen Leistungen empfanden.

Für Jason stand heute auf dem Tagesplan, Baumstämme für den Bau der neuen Blockhütte zu fällen; und zwar jene, die am Rand der Felder standen, damit sie bei der nächsten Aussaat über mehr Ackerfläche verfügten. Zusammen mit Randy war Jason als erster auf den Beinen. Als sie sich den Feldern näherten, glaubte Jason plötzlich, einen Schwindelanfall zu erleiden. Der Boden im ganzen Umkreis schien sich zu bewegen, wogte und hüpfte. Im gleichen Augenblick begriff Jason jedoch, daß mit ihm alles in Ordnung war, und er erkannte die Ursache für den merkwürdigen Anblick: goldfarbene Wesen rannten und jagten in den Wald.

»Es sind wieder diese Tiere«, rief Randy fassungslos. »Sieh nur, wie viele es sind. Sicher weit über hundert, Jason.«

Als das letzte Tier verschwunden war, lagen die Felder ruhig da. »Wir sehen wohl besser nach, welchen

Schaden sie angerichtet haben«, knurrte Jason. »Ich hätte wissen müssen, daß wir mit ihnen noch Ärger bekommen.«

Er trat zwischen die Reihen der jungen Pflanzen und kniete sich hin, um sie genauer in Augenschein zu nehmen. Aber die Getreidepflanzen waren unbeschädigt. »Na, das spricht ja für sie«, brummte Jason. »Aber wer weiß, was sie angerichtet hätten, wenn wir nicht gerade in diesem Augenblick gekommen wären?«

»Hast du das gesehen?« rief Randy. Er hockte neben einem kleinen Loch im schwarzen klorathischen Boden. Es besaß einen Durchmesser von etwa fünfzehn Zentimetern. Daneben war loses Erdreich aufgehäuft. »Diese Löcher findet man überall zwischen den Halmen. Aber das hier scheint mir eines der größten zu sein.«

Jason kratzte sich am Kopf. »Was um alles in der Welt ...? Sieht so aus, als hätten sie etwas vergraben.« Er begab sich zu einer anderen Stelle, wo das lose Erdreich wieder im Loch lag. Jason begann zu graben. Nach einigen Zentimetern fand er einen Fischschwanz.

»Die verdammten Biester verbuddeln hier ihren Abfall«, lachte Randy.

»Darüber können wir uns nicht beklagen. Nahrungsabfälle ergeben einen guten Dünger. Aber in all diesen Löchern können doch nicht nur Fischschwänze sein. Komm, wir wollen ein paar andere untersuchen.«

An der nächsten Stelle fanden sie kleine, vielfarbige und glitzernde Steine. Dann stießen sie auf eine vergrabene Feder. Jasons Neugierde wuchs und er buddelte weiter. Aber was er fand, ergab insgesamt wenig Sinn. Etwa jedes dritte Loch enthielt etwas Nützliches für den Boden, oder zumindest etwas, das aus ihm stammte. Jason fand weitere Fischteile, Nüsse, Früchte, Körner und Knollen. Der Rest jedoch bestand aus Blumen, Blättern, Steinen, Federn, Schalen und toten Käfern.

»Fast so schlimm wie die Krähen«, murmelte Jason.

»Sobald sie einen weichen Boden gefunden haben, verbuddeln sie darin ihre Beute.«

»Sieht ganz so aus. Solange sie nicht die Halme ausbuddeln, richten sie kaum größeren Schaden an.«

»Das bleibt abzuwarten. Wir müssen sie weiter im Auge behalten und feststellen, was sie eigentlich im Schilde führen. Ich habe da so eine Ahnung, daß mehr dahintersteckt, als wir jetzt noch annehmen. Der erste Blick verrät einem nicht alles über diese Wesen. Meiner Meinung nach besitzen sie Intelligenz und sind damit für uns eine potentielle Gefahrenquelle.«

Den ganzen Tag über störten die goldfarbenen Katzenaffen die Arbeit der Siedler. Sie tauchten aus dem Wald auf und beobachteten die Menschen bei der Arbeit, oder sie hingen hoch in den Bäumen und sahen kritisch auf die Felder. Einmal zählte Jason mehr als zwanzig dieser Wesen. Am Nachmittag wurden sie kühner und wagten sich auf die Felder. Bald stolzierten sie hochmütig durch die Halmreihen. Sie spazierten aufrecht, den Schwanz erhoben, und die kleinen Füße trippelten wie die einer Ballettänzerin auf den Zehenspitzen. Als sie näher und näher kamen, glaubte Jason zu wissen, daß etwas unmittelbar in der Luft lag.

Er hatte mehrere Stämme in mühevoller Arbeit entastet und machte sich nun daran, sie ins Lager zu ziehen. Jason bat Frank, während seiner Abwesenheit die Katzenaffen im Auge zu behalten und ihm sofort Bescheid zu geben, wenn sie etwas Neues unternehmen sollten. Knapp eine Stunde später stürmte Gus ins Lager und hielt sich eine verbrannte Schulter.

»Es ist direkt auf mich gehüpft, das verdammte Biest«, schimpfte er und zeigte die Blasen von den Tierfüßen. »Sie haben sich durch mein Hemd gebrannt.«

»Es ist auf dich gehüpft?« Jason überraschte, daß sie keine Angst vor ihm hatten.

»Es hüpfte auf meine Schulter und blieb dort hocken.

War ganz schön anstrengend, es wieder los zu werden. Hager hat es erlegt.«

»Das sieht Hager ähnlich«, murmelte Randy.

»Na, hör mal, was sollte er denn sonst tun?« Der stechende Schmerz in der Schulter ließ Gus überempfindlich reagieren. »Es wollte ja nicht wieder runter. Es hockte einfach da und sah mir mit seinen verdammten violetten Augen direkt ins Gesicht. Und die ganze Zeit über brannten seine Füße wie heiße Säurenadeln in meinem Fleisch.«

Polternd näherte sich Hager und unterbrach Gus. Der große Mann hielt das tote Tier am Schwanz. »Ich hab's gleich mitgebracht, weil ich mir dachte, wir hätten damit die Möglichkeit, unsere Speisekarte etwas aufzulokkern.«

»Wohl kaum«, spottete Jason, »nicht mit all der Säure in ihren Füßen. Wahrscheinlich handelt es sich dabei um ein Körpersekret und brennt uns Löcher in den Bauch.«

»Ich versuche es trotzdem«, beharrte Hager. »Gleich häute ich es und laß es eine Weile kochen. Dann werden wir ja sehen.«

»Ich möchte zuerst einen Blick darauf werfen.« Jason breitete das Tier auf dem Boden aus und beugte sich darüber. Beim goldenen Fell hatte er recht gehabt: Die Haare waren wirklich weit über fünf Zentimeter lang und wuchsen so dicht, daß sie einen schönen Pelz ergaben, feiner und weicher als der des irdischen Chinchilla. Die Augen besaßen einen violetten Ton, wie er nur auf Klorath entstanden sein konnte, und waren, selbst im Tod, warm und freundlich.

»Ein wunderschönes Wesen«, sagte Randy hinter ihm.

»Ist doch nur ein Tier«, bemerkte Hager. »Und ein lästiges Biest obendrein.«

Jason richtete sich wieder auf. »Dann fang mal an und koch es. Ich kümmere mich solange um Gus.«

Aber Gus wußte sich schon allein zu helfen. Kathy hatte eine klorathische Frucht entdeckt, deren Saft und Kerne den Schmerz der Blasen stillte. Und damit hatten die Siedler die halbe Schlacht gewonnen. Die Zeit würde die Wunden endgültig heilen.

Als sie sich zum Abendessen versammelten, hatte Hager sein Tier lange genug gekocht und wollte es nun auftischen. Er hielt ein Stück zartes, weißliches Fleisch hoch, aber niemand wollte es nehmen.

»Du hast es gekocht«, lachte Frank Keller, »also darfst du es auch als erster probieren. Mehr kannst du von uns nicht verlangen.«

Hager zuckte die Achseln, ergab sich seinem Schicksal und biß ein großes Stück ab. Er kaute darauf herum, ließ es aber auf seiner Zunge, um den Geschmack zu testen, während sein Speichel es umhüllte. Die anderen beobachteten ihn in einer seltsamen Erwartungshaltung, als er prüfend den Kopf schief legte und die Augen verdrehte.

Dann brüllte er auf, spuckte und würgte. Das Fleisch flog in hohem Bogen aus seinem Mund. Hager rannte zum Wasserkrug. Kathy reichte ihm rasch eine der lindernden Früchte, aber er schob sie beiseite. »Es ist nicht die Säure«, hustete er, »sondern ... bäähh! Es gibt einfach kein Wort dafür.« Er wischte sich wie verrückt den Mund. »Das war der ekelerregendste Geschmack, den ich je auf der Zunge hatte. Nichts wie weg mit dem Zeug.« Hager sah sich um, mahlte mit den Zähnen, als er ihr Grinsen und Kichern bemerkte, und stieß dann den Kessel um. Dampfend versickerte das Wasser, bis nur noch das gekochte Fleisch darin lag. Behutsam hob Hager das Tier auf und marschierte mit ihm zum Fluß.

»Damit wäre diese Frage auch geklärt«, sagte Jason, als sie den toten Katzenaffen im Wasser aufplatschen hörten.

»Und ich bin erleichtert«, seufzte Kathy. »Ich glaube

nicht, daß ich diese Wesen gern gegessen hätte. Sie wirken so wie Haustiere, nicht wie Jagdwild.«

»Schöne Haustiere, man braucht ja eine Rüstung, um sie auf den Arm zu nehmen. Mach dir bloß nicht zu viele Gedanken um diese Wesen, Kathy. Ich weiß nicht, ob du noch weitere Enttäuschungen verkraften kannst.«

»Enttäuschungen? Wovon redest du denn da?«

»Ich meine bloß, daß diese Wesen sich als große Gefahr entpuppen können und wir sie töten müssen. Das ist leider ganz und gar nicht ausgeschlossen. Also halte deine Zuneigung lieber noch etwas zurück.«

»Du meinst, ich sollte sie mehr auf dich konzentrieren?« Sie lächelte schelmisch.

»Ein besserer Verwendungszweck will mir im Augenblick nicht einfallen.«

Die Arbeit auf den Feldern wurde nahezu unmöglich. Die Tiere verloren alle Zurückhaltung, schwärmten durch die Halmreihen und vergruben selbst in unmittelbarer Nähe der Menschen ihre Beutestücke. Das Buddeln hätte die Siedler nicht einmal so sehr gestört, wenn die Katzenaffen nicht auch Ärgeres im Sinn gehabt hätten. Sie machten es sich zur Gewohnheit, auf den nächstbesten Rücken zu springen und dort hockenzubleiben. Die größte Anstrengung konnte sie dort nicht mehr entfernen, und ihre Füße verbrannten jeden Rücken in der Siedlung. Beth hatte zuviel Angst, um noch einmal zu den Feldern zu gehen. Und als einige Katzenaffen sich ins Lager wagten, sperrte sie sich in einem der Blockhäuser ein und weigerte sich herauszukommen.

Bald nannten alle die Tiere nur noch ›Pest‹, weil das ihr Wirken am ehesten umschrieb. Das Feuer nützte auch nicht viel, denn allzu bald schon konnte es sie nicht mehr erschrecken. Und erst recht hielt nichts sie von ihrem Wunsch ab, sich einem Menschen auf die Schulter zu setzen. Sie mußten etwas gegen diese Plage unternehmen, aber alle Absperrungen und Barrieren erwiesen sich als wirkungslos. Die Pest war zu agil, und die kleinen, wachsamen Hirne enttarnten jede Falle, die die Siedler ihnen stellten.

Als die Lage noch schlimmer wurde und die Brandwunden sich häuften, entschied sich Jason, zur Tat zu schreiten. Er wollte nicht befehlen, die Pesttiere zu töten, wußte aber auf der anderen Seite auch nicht, was ihn davon zurückhielt. Irgend etwas drängte in ihm, drohte und machte ihm Angst. Die Wesen mit ihren großen violetten Augen, ihrem goldenen Fell und ihren spitz zulaufenden Ohren ... ihre Freundlichkeit war ohne Hinterlist, sie waren von Natur aus so. Jason wollte nicht zerstören, vor allem nicht auf Klorath.

Und dann lachte er sich aus, als ihm klar wurde, was da in ihm drängte: Die Furcht vor einer Bestrafung, die Angst vor dem Großen Gott von Klorath und seinen Geschöpfen. Aber seltsamerweise verdrängte auch diese Erkenntnis nicht das Bohren in ihm. Er fühlte sich immer noch dazu verdammt, eine Möglichkeit zu finden, die Plagegeister loszuwerden, ohne sie zu töten.

Am nächsten Morgen kam Frank auf ihn zugerannt.

»Was ist denn los?« Jason ließ seine Axt fallen, und in seiner Stimme schwang eine düstere Vorahnung mit.

»Sie haben damit begonnen, das Korn anzuknabbern!« rief Frank atemlos, und sein Gesicht war vor Anstrengung rot angelaufen.

»Schlimm?«

»Noch nicht, kann es aber noch werden, wenn sie erst einmal auf den Geschmack gekommen sind.«

»Dann gibt es keine andere Möglichkeit mehr.« Jason verbannte die letzte Zurückhaltung aus seinem Bewußtsein. »Nun müssen wir sie töten. Es dürfte nicht allzu schwer sein.« Als Keller zusammenzuckte, fragte Jason: »Du spürst es also auch?«

Frank nickte. »Ich kann es nicht beschreiben, aber irgend etwas ist in mir und befiehlt, die Tiere nicht zu behelligen. Du mußt wissen, was du tust, Jason.«

»Wir dürfen nicht zulassen, daß sie unsere Ernte vernichten«, schimpfte Jason. »Nicht zu vergessen die Brandblasen. Damit darf es auch nicht mehr weitergehen. Bis jetzt haben wir ja noch Glück gehabt, aber es kommt der Tag, an dem es einen von uns irgendwo draußen erwischt, und dann kommt vielleicht jede Hilfe zu spät. Es ist ja völlig unmöglich, sie abzuschütteln.«

Keller sah zu ihm auf, und sein faltiges Gesicht war ohne Regung. »Die Entscheidung mußt du treffen, Jason.«

»Ja, und ich habe sie getroffen«, sagte Jason ernst. Er machte sich auf zu den Feldern. Frank eilte ihm nach und hatte Mühe, mit ihm Schritt zu halten.

Technisch war es nicht schwierig, die Pesttiere zu töten. Sie brachten den Menschen zuviel Vertrauen und Freundlichkeit entgegen. Ein harter Schlag reichte aus. In den ersten Stunden töteten sie zwanzig von ihnen. Hager hatte den Löwenanteil daran. Jason half ihm. Es war seine Entscheidung, und jetzt durfte er sich nicht davor drücken. Er kam sich vor wie auf einem Schlachthof, und das empfand er als unwürdig. Er wünschte sich, die Katzenaffen würden ihre Intelligenz gebrauchen und selbst zu einer Lösung des Problems kommen.

Sie brauchten einige Zeit dazu, aber sie fanden ihre Lösung. Als die Menschen fünfundzwanzig Kadaver aufgehäuft hatten, zogen die Übriggebliebenen sich zurück und blieben außer Reichweite. Hager setzte ihnen nach, aber Jason rief ihn zurück. »Laß sie in Ruhe, solange sie diesen Abstand einhalten«, befahl er.

»Aber sobald wir ihnen den Rücken zukehren, machen sie sich wieder über das Korn her«, protestierte Hager.

»Das glaube ich nicht. Ich denke, es war mehr ein Test. Wenn sie das Korn wirklich mögen würden, hätten sie das ganze Feld längst abgefressen. Treib sie in den Wald zurück, wenn sie sich noch einmal blicken lassen, aber laß sie in Ruhe, solange sie dort bleiben.«

Hager bemühte sich nicht, seinen Unwillen darüber zu verbergen, aber er gehorchte.

»Danke, Jason«, flüsterte Kathy. Ihre Augen waren in den Winkeln noch feucht. Sie hatte nicht alle Tränen wegwischen können. »Ich glaube, ich hätte das Abschlachten nicht mehr lange mitansehen können.«

»Ich habe dich gewarnt, erinnerst du dich?« schalt er sie. Er schob einen Ärmel ihrer Bluse hoch. Rote Fußabdrücke waren auf dem Arm, umgeben von Blasen. »Warum hast du mir nicht gesagt, daß sie dich verletzt haben?« fuhr er sie an.

»Ich fürchtete, dann würdest du rot sehen.«

»Da hast du recht, das hätte ich getan. Ich habe mir sowieso viel zu viel Zeit mit einer Entscheidung in dieser Angelegenheit gelassen. Wir können keine Tiere in unserer Nähe zulassen, die uns Löcher in die Haut brennen. Du mußt doch vernünftig sein, Kathy. Auf Klorath ist kein Platz für Sentimentalitäten.«

»Nicht einmal ein kleines bißchen?« Kathy wurde langsam böse.

»Nicht für die Pesttiere. Vielleicht bleibt uns eines Tages nichts anderes mehr übrig, als uns ihnen anzupassen. Vielleicht sind wir aber auch eines Tages auf ihre Pelze angewiesen.«

»Ich glaube, ich verstehe dich nicht. Sollen wir denn alles, was uns wichtig ist, vergessen, bloß um diese Siedlung am Leben zu erhalten? So harte Burschen sind wir leider nicht. Und wenn wir so wären, würdest du uns nicht mehr wollen.«

Jason sah sie verwundert an. Erst in diesem Augenblick fiel ihm auf, daß sie sich mitten im schönsten Streit befanden. Und er wußte nicht, worüber sie sich eigentlich in die Haare geraten waren. Alles, was Kathy gesagt hatte, war richtig. Jason hatte sich noch nicht so sehr verändert, um das nicht mehr zu erkennen.

»Tut mir leid«, sagte er.

»Es braucht dir nicht leid zu tun. Ich denke, ich verstehe, was du meinst«, erklärte Kathy, und Jason wußte, daß sie auch jetzt ehrlich war. Kathy besaß eine scharfe Beobachtungsgabe, und sie scheute sich nie, ihre Gedanken offen auszusprechen. »Scheue dich nie davor, dich selbst anzuzweifeln, Jason«, sagte sie. »Nur Leute wie Hager zweifeln nie an sich. Und deshalb kann sich Hager auch nicht mit dir vergleichen.«

Als er kurz, aber heftig errötete, grinste sie, und ihre Zähne funkelten. »Wir machen uns besser wieder an die Arbeit. Die Siedlung baut sich nicht von alleine auf.« Kathy nahm ihre Hacke auf und kehrte zu ihrem Arbeitsbereich auf den Feldern zurück. Ihre nackten Füße traten leise, aber selbstsicher auf, und der Rock schwang dabei aufreizend um ihre sonnengebräunten Beine. Jason schüttelte verwundert den Kopf. Kathy hatte gewonnen. Sie würde sich nie vor ihm aufbauen und ihm das ins Gesicht sagen. Diesen Triumph brauchte sie nicht, er drückte sich schon in ihrem Gang aus.

Jason kehrte ins Lager zurück. Er hatte kaum den Rand der bebauten Fläche erreicht, als ein Schrei aus dem Wald ertönte. Ein Schrei, der auf furchtbare Weise an einen erinnerte, den er schon einmal vernommen hatte ... an den von Ben Traub! Jason wirbelte herum, durchquerte das Feld und sprang in gerader Linie über die Pflanzen auf die Quelle des Geräuschs zu. Wieder ertönte der Schrei, diesmal noch gellender und noch ängstlicher.

»Bringt Feuer!« rief er den erstarrt Herumstehenden zu. In panikartiger Hast donnerten seine Füße über den Boden. Im Augenblick konnte er nicht feststellen, wer von der kleinen Gruppe fehlte, aber ihm wurde abwechselnd heiß und kalt, wenn er daran dachte, es könnte Randy sein, der sich da im Wald in Todesgefahr befand.

Laufende Füße stampften hinter Jason, aber er wartete nicht ab, bis sie zu ihm aufschließen konnten. Er raste über die gerodete Fläche, brach in den Wald hinein und trampelte alles Unterholz auf seinem Weg nieder. Die Schreie vor ihm ertönten immer kläglicher, und in sie mischte sich das *Flapp-Flapp* schwerer Lederschwingen. Die Dunkelheit zwischen den Bäumen verlangsamte Jasons Schritte, und die anderen schlossen zu ihm auf. Keuchend und vor Furcht rufend stampften sie auf seinem Pfad. Jason wußte nicht, wo er sich gerade befand, aber darüber konnte er sich jetzt keine Gedanken machen. Seine Füße schlugen unablässig einen neuen Weg in den Boden.

Unterhalb der Höhle brach Jason aus dem Unterholz und blieb einen Augenblick lang stehen, um sich zu orientieren. Ein weiteres Mal ertönten die Schreie, und Jason entschied sich für den Pfad, der an den Felsen entlang führte. Der einzige Ort im Umkreis, an dem ein Riesenvogel angreifen konnte, war der Höhlenvorplatz. Neben Jason flackerte etwas. Randy hatte zu ihm aufgeschlossen und hielt eine brennende Fackel in der Hand. Randy! Die Gedanken purzelten in Jasons Kopf durcheinander, aber seine Beine hielten keinen Augenblick lang inne.

Dann sah er den Vogel, wie er über den Felsen kreiste und immer wieder herabsauste. Der Hunger blitzte in seinen gelben Augen und trieb ihn dazu, ein klägliches Wesen am Boden zu attackieren. An der letzten Biegung fielen die anderen Siedler zurück und ließen Jason und Randy allein mit dem Feuer weiterlaufen.

Das Opfer des Ungeheuers war schlecht zu erkennen, doch als Jason es endlich sah, wie es von Fels zu Fels hüpfte und verzweifelt nach einer Deckung suchte, blieb er abrupt stehen. Der Verfolgte gehörte nicht zu ihrer Gruppe! Er war ein großer und schlanker Mann mit langem schwarzen Haar und einer goldfarbenen Haut. Der Fremde war bis auf eine Hose nackt, die speckig wie poliertes Leder glänzte. Jetzt verbarg er sich hinter dem gleichen Felsen, den auch Jason als Deckung benutzt hatte. Eine seiner Schultern blutete vom Hieb einer Kralle, und seine Augen hatten für Jason etwas Vertrautes: Sie waren violett.

Randy war nicht stehengeblieben. Jason lief los, um ihn einzuholen. Sie rannten bis unter den Vogel und schwangen die Fackel vor seinem Gesicht. Das Ungeheuer kreischte auf, schlug wild mit den Flügeln und zog dann unter wildem Geschrei ab. Sie warteten auf einen neuen Angriff, aber das Ungeheuer kehrte nicht zurück. Das Schlagen seiner Flügel wurde immer leiser. Es war vor dem Feuer geflohen.

Jason ging auf den Mann mit den violetten Augen zu. Dieser sah ihn wild an und stand sprungbereit da. Seine Fäuste ballten sich und öffneten sich, so als ringe er um eine Entscheidung. Plötzlich rief er »Kouda!« und eilte, so schnell er konnte, mit langen Sprüngen die Felsen hinab auf das Tal zu, wo sie das Licht entdeckt hatten.

»Warte!« rief Frank Keller ihm nach. »Komm zurück!«

»Hat keinen Zweck«, sagte Jason.

»Aber wir können ihn doch nicht einfach davonrennen lassen.« Franks Gesicht leuchtete von plötzlicher Erregung. »Ist dir eigentlich klar, was diese Begegnung bedeutet? Welche Folgen sie hat?«

»Wahrscheinlich besser als dir«, antwortete Jason nüchtern. Er trat an den Höhleneingang und scharrte im Boden, wo das Skelett lag, aus dessen Rippen ein Speer ragte. »Jetzt kennen wir die Antwort.«

»Verstehe.« Frank rieb sich über die runzlige Stirn. Seine Erregung verebbte zusehends. »Dann ... dann haben sie sich nicht selbst umgebracht.«

»Nein.«

»Damit wäre aber auch das Licht geklärt, das du gesehen hast.« Helen suchte so nach Sicherheit, daß sie sich wie an einen Strohhalm an jede Antwort klammerte, die das Mysteriöse in etwas Greifbares verwandeln könnte. »Es *war* ein Lagerfeuer.«

»Das liegt nun auf der Hand.« Jason wünschte sich, er könnte etwas von ihrer Erleichterung verspüren. »Ich weiß, was ihr nun von mir zu hören wünscht«, sagte er leise. »Ich soll euch erklären, daß jetzt alles anders, freundlicher aussieht. Daß wir auf Klorath überleben können, wenn das auch Eingeborene können. Aber das kann ich euch nicht sagen, tut mir leid.«

»Und warum nicht?« Gus' zögernde Frage zeigte an, daß er sich vor der Antwort fürchtete.

»Weil die Eingeborenen vielleicht der Grund dafür sind, daß wir hier nicht überleben können. Ich kann nicht erklären, daß von nun an alles freundlicher aussieht. Ich kann nur sagen, daß wir nicht allein auf Klorath sind.«

KAPITEL ZWÖLF

Aber sie hörten ihm gar nicht richtig zu. Sie waren sehr froh, den Eingeborenen entdeckt zu haben, und dieser Vorfall gab ihnen Trost und Hoffnung. Nicht so bei Jason. Zu viele Unwägbarkeiten brachte diese Begegnung mit sich, zu viele Schatten umlagerten sie. Von nun an war klar, daß der Große Gott eine Heimstatt besaß.

Vorher war der Große Gott etwas Nebulöses gewesen, während sich nun Frank Kellers Überlegungen zu bewahrheiten drohten. Möglicherweise besaßen die Eingeborenen einen mächtigen Gott, der zivilisierte Menschen in den Zustand heidnischer Wilder zurückwerfen konnte.

Diese Gedanken wollte Jason den anderen nicht mitteilen, denn zu groß war die Gefahr, sie könnten auf einen fruchtbaren Boden fallen. Hatten sie sich erst einmal festgesetzt, könnten sie unkontrollierbar heranwachsen und das zur Folge haben, was Jason vermeiden wollte: die Hinwendung zu einem fremdartigen Gott.

Daneben bestand ein viel drängenderes Problem, eines, das es vor allen anderen zu lösen galt: Was hatte den Krieg ausgelöst, in dem die früheren Siedler ums Leben gekommen waren? Monster und wilde Tiere waren eine Sache, Feindseligkeiten unter Menschen aber eine ganz andere. Jason stand niemand zur Verfügung, der ihm hätte sagen können, wo die Vorgänger den tödlichen Fehler gemacht hatten. Er besaß nicht einmal die kleinste Spur. Vielleicht war schon das Selbstverständliche falsch – das Anbieten von Freundschaft oder die Errettung eines Eingeborenen aus Todesgefahr. Die früheren Siedler hatten sicher in diesem Geist gehandelt, und nun waren sie tot.

In den nächsten Nächten lag Jason unruhig in seinem

Bett und murmelte unablässig vor sich hin, während er den unterschiedlichsten Gedanken nachhing und sie einen nach dem anderen verwarf. Der Eingeborene hatte Angst gehabt. Sie hatten sein Leben gerettet, aber er war vor ihnen davongelaufen. Waren sie die ersten Erdmenschen, die er zu Gesicht bekommen hatte, oder war er solchen wie ihnen schon früher begegnet und hatte nun Angst vor ihnen?

Jason probierte jedes Mittel aus, um in Schlaf zu fallen, machte bei der Feldarbeit Überstunden und verlangte seinem Körper immer mehr ab. Aber die Mehrarbeit bescherte ihm nur einen Muskelkater, und das Schweigen der Eingeborenen – tagelang ließen sie sich weder sehen noch hören – steigerte die Frustration in ihm so sehr, daß er sich wünschte, er könne so tun, als sei es nie zu der Begegnung an der Höhle gekommen.

Am sechsten Morgen verbannte er die ganze Angelegenheit aus seinem Bewußtsein und machte sich mit Randy auf, einen Baum am Rand des Felds zu fällen. Der Tag war sonnig und ruhig und wies den besonderen goldenen Glanz dieser Welt auf. Ein Pesttier hielt sich ganz in ihrer Nähe auf, hing mit seinem dicken Schwanz träge an einem dünnen Ast und beobachtete sie kopfüber mit seinen violetten Augen. Jason und Randy warfen ihm immer wieder einen besorgten Blick zu und warteten auf seinen Sprung, aber es schien dazu zu faul zu sein. Der Katzenaffe hing einfach da, hatte seine Vorderpfoten übereinandergeschlagen und beäugte sie aus seinem spitz zulaufenden Gesicht.

Als die Stunden verstrichen, fand Jason etwas innere Ruhe. Der Schweiß fühlte sich gut an, und das Spiel der Muskeln befriedigte ihn.

Dann bemerkte Randy ohne ersichtlichen Anlaß: »Das ist er wirklich.«

»Was ist wer wirklich?« Jason sah nicht von seiner Arbeit auf.

»Ein wunderbarer Tag.«

Jason hielt jetzt doch mit der Axt inne, stellte sie auf den Boden und starrte Randy an. »Und wie kommst du gerade jetzt darauf?«

Randy sah ihn verwundert an, als ihm klar wurde, was Jason gesagt hatte. »Hast du nicht gerade etwas bemerkt? Ich dachte, ich hätte so etwas von dir gehört.«

»Vielleicht arbeitest du zu hart«, kicherte Jason. »Oder aber, der Katzenaffe hat dir etwas ins Ohr geflüstert.«

»Ich würde das nicht ausschließen.« Randy zeigte mit einem Finger auf das Tier. Es blinzelte schläfrig, strich das Fell über seinem schlanken Bauch glatt und schlug dann wieder die Vorderpfoten übereinander.

»Ja wirklich, als könnte er kein Wässerchen trüben«, bemerkte Kathy hinter ihnen.

»Jetzt redest du auch schon so«, sagte Jason.

»Was soll ich tun?«

»Du beantwortest Fragen, bevor sie überhaupt gestellt worden sind.«

»Wieso?« entgegnete sie. »Was solltest du sonst gerade über den Katzenaffen gedacht haben? Ich grüble nicht lange darüber, was er an seinen Füßen hat oder wie sein Fleisch gekocht schmeckt, Jason. Für mich ist es eines der liebenswürdigsten Geschöpfe, die ich je gesehen habe. Und erst diese Augen – fast wie Veilchen. Ich kenne nichts, das ihnen gleichkäme.«

»Ich schon«, erklärte Randy und zerstörte damit Jasons neugewonnene innere Ruhe. »Der Eingeborene hatte die gleichen Augen.«

»Eben habe ich, glaube ich, einen der Eingeborenen gesehen.« Kathys Stimme klang zu gelassen. »Ich fürchte, wir werden beobachtet.«

»Warum hast du das nicht gleich gesagt?« schimpfte Jason.

»Was glaubst du denn, warum ich hierhergekommen bin? Er stand am Rand der Felder. Ich konnte ihn aber nicht genauer ansehen.«

»Das ist ihr Vorteil gegenüber uns«, knurrte Jason. »Sie beobachten uns, während wir nicht einmal wissen, daß sie in der Nähe sind. Dagegen müssen wir etwas unternehmen. Wir tun den ersten Schritt zur Kontaktaufnahme, obwohl ich noch nicht weiß, wie.«

Randy war optimistischer. »Vielleicht warten sie ja nur darauf, daß wir den ersten Schritt tun. Immerhin sind wir hier die Fremden.«

»Also dürften wir auch einen Willkommensgruß erwarten.«

»Vielleicht haben sie hier eine andere Vorstellung von Gastfreundschaft«, sagte Kathy ruhig.

»Oder sie mußten die Erfahrung machen, daß ihnen die Gastfreundschaft nicht *gelohnt* wird.« Jason wollte ihre Selbstgefälligkeit unterminieren. »Irgendwer hat ihnen gegenüber einen großen Fehler begangen. Einen Fehler, der zum Krieg führte und die frühere Siedlung ausgelöscht hat ... oder gleich mehrere Siedlungen. Und das ist das, was mir an der ganzen Geschichte so wenig gefällt. Diese Eingeborenen könnten sich für uns als gefährlicher als tausend Riesenvögel erweisen. Sie haben *Verstand,* Randy. Sie besitzen eine Kultur und eine gewisse Zivilisation. Wir hingegen tappen bei ihnen noch im Dunkeln. Die Wahrscheinlichkeit ist für uns zu groß, einen falschen Schritt zu tun und am Ende vom Lied einen Speer im Bauch zu haben.«

»Das war es also, das dich die ganze Zeit so beschäftigt hat«, erriet Kathy. »Ich habe dich beobachtet, Jason. Warum hast du uns nichts von deinen Sorgen gesagt? Du mußt doch nicht alles allein tragen.«

»Ich habe eine Verantwortung zu tragen und kann euch nicht mit allem behelligen. Ausschüsse oder Komitees erreichen nur in den seltensten Fällen eine Entscheidung, und in dieser Situation ist eine Entscheidung dringend erforderlich.«

»Hast du denn schon zu einer gefunden?« Randy wollte ihn nun festnageln.

»Teilweise. Bis jetzt ist es noch nicht zu einer Kontaktaufnahme gekommen, und da sie nicht den ersten Schritt tun wollen, sind wir eben gefordert. So weit der Stand meiner Überlegungen.«

»Und was sollen wir tun?«

»Das, was andere auch tun würden. Wir nehmen etwas mit – etwas, das sie sicher gut gebrauchen können, aus dem sich aber keine Waffen herstellen lassen – und überreichen es ihnen. Ob wir von dieser Reise zurückkehren oder nicht, steht auf einem ganz anderen Blatt.« Jason trat gegen den Baumstumpf und warf einen Blick hinauf auf den Katzenaffen. »Er sieht so aus, als wüßte er die richtigen Antworten, will sie uns aber nicht sagen.«

»Das kann er auch schlecht«, bemerkte Kathy.

»Nein, das kann er tatsächlich nicht. Wir müssen die Antworten schon selber finden.«

Sobald er es einmal ausgesprochen hatte, wollte Jason auch nicht länger warten. Alles in ihm drängte danach, seiner Frustration ein Ende zu machen, und das Aktivwerden war das einzige Gegenmittel, das ihm einfiel. Er beschloß, in drei Tagen aufzubrechen, verkürzte die Zeit bis dorthin jedoch, als die Eingeborenen immer häufiger in der Nähe des Lagers auftauchten. Jason bestand darauf, selbst zu gehen – denn wenn es bestimmte Richtlinien auf Klorath gab, dann mußte er sie auch befolgen – und wählte Frank Keller zu seiner Begleitung, denn er hoffte, sein weißes Haar und seine Altersfalten würden ihrem Vorhaben Seriosität verleihen.

Am Vormittag brachen sie auf und trugen Früchte und Gemüse mit sich. Die junge Siedlung hatte nicht viel mehr anzubieten. Jason und Frank marschierten auf dem Pfad zu der Höhle und von dort aus weiter zu den Hügeln, von denen aus sie das Licht gesehen hatten. Es mußte einen Weg hinab ins Tal geben, denn der an den Hügeln wirkte sehr ausgetreten.

Sie marschierten schweigend, waren zu sehr darum bemüht, nach außen hin selbstsicher aufzutreten. Jason trat fest auf den Boden auf, hielt den Rücken gerade und drückte verbissen die Knie durch, damit sie nicht zu zittern beginnen würden. Um ihn herum ertönten die Geräusche des Waldes und huschten die Pesttiere durch das Unterholz. Die großen Bäume bogen sich über den Köpfen der beiden Menschen und sperrten so den Himmel aus. Jason hatte das Gefühl, er befände sich in einer abgekapselten und neuen kleinen Welt. Er hoffte, diese Welt möge noch eine Weile bestehen bleiben und nicht durch ein unerwartetes Ereignis zerstört werden.

Sie hatten die Hügelgipfel gerade erst fünfzehn Meter hinter sich gelassen, als die kleine Welt durch einen Schrei zerbrochen wurde. Vier Eingeborene erschienen auf dem Pfad. Fest und unverrückbar stellten sie sich hin und hielten Speere in den Händen. Jason blieb auf der Stelle stehen, breitete die Arme aus und hielt ihnen die Früchte entgegen. Es war die einzige Geste des Gebens, die er kannte. Die Eingeborenen kümmerten sich gar nicht um die Geschenke. In ihre violetten Augen trat eine überraschende Härte.

»Tritt mal einen Schritt vor«, meinte Frank.

Jason machte zwei vorsichtige Schritte auf die Eingeborenen zu. Die Speere fuhren sofort hoch und zeigten auf seine Brust. »Wir kommen als Freunde«, rief er ihnen zu, »und bringen Geschenke.«

Die Eingeborenen rührten sich nicht. Stocksteif standen die schlanken Körper da und schienen nicht zu wanken oder zu atmen.

Vorsichtig, um die Fremden nicht zu provozieren, bückte sich Jason und legte die Gaben auf den Boden. Hinter ihm tat Frank das gleiche. Dann traten sie zurück. Ihre Geste war deutlich, niemand hätte sie mißverstehen können. Aber die Eingeborenen ließen sich auch davon nicht ablenken. Sie blieben unbeweglich stehen und richteten ihre Speere untrüglich auf die beiden Siedler.

»Ich denke, wir machen uns jetzt besser wieder auf den Heimweg«, seufzte Jason. »Wenn sie uns lassen.«

»Das werden sie schon.« Frank klang überzeugt. »Schließlich haben sie uns nicht angegriffen, sondern uns lediglich die Grenzen gezeigt.«

Sie kehrten um. Jason mußte sich anstrengen, nicht loszurennen, aber er drehte sich nicht einmal zu den Eingeborenen um. Sein Rücken kribbelte, als sei er soeben zu eigenem Leben erwacht. Tapfer setzte Jason auf dem Weg über den Hügel hinab einen Fuß vor den anderen. Hinter ihnen war kein Laut zu vernehmen, und wenn er verstohlen einen Blick zurück warf, war auf dem Pfad nichts zu sehen. Die Eingeborenen waren verschwunden, still und plötzlich. Nur ein Katzenaffe saß dort, wo sie vorher gestanden hatten, und putzte sich. Ein triumphierendes Leuchten war in seinen Augen.

»Frag mich nicht«, brummte Jason.

»Wie bitte?« Frank beeilte sich, um mit den jüngeren Beinen Jasons Schritt halten zu können.

»Du wolltest doch gerade sagen: ›Und was machen wir jetzt?‹, nicht wahr?«

»Das liegt ja wohl auf der Hand.«

»Aber ich weiß darauf keine Antwort. Vielleicht haben wir es ganz falsch angefangen ... oder aber, und das trifft es wohl eher, sie wollen ganz einfach nichts mit uns zu tun haben.«

»Sollen wir es denn nicht noch einmal versuchen?«

»Ich denke, uns bleibt gar nichts anderes übrig. Wenn wir mit ihnen zusammen auf Klorath leben wollen, müssen wir lernen, uns gegenseitig zu verstehen.«

»Vielleicht; aber anscheinend basiert die optimale Form friedlicher Koexistenz hier auf einem gegenseitigen sich aus dem Weg gehen.«

»Da stimme ich aber nicht zu«, antwortete Jason. »Wir

denken eben weiter darüber nach. Vielleicht waren unsere Geschenke für sie nicht gut. Nicht ausgeschlossen, daß wir etwas Wertvolles von der Erde geben müssen, um bei ihnen Eindruck zu hinterlassen.«

Frank und Jason verließen den Wald und sahen, daß alle im Lager sie erwarteten. Man hatte die Feldarbeit eingestellt, und Randy kam auf sie zu, um ihnen eine Erklärung dafür zu geben, bevor sie danach fragen konnten.

»Wir sind eingeschlossen«, begrüßte er die beiden mit einem Ärger in der Stimme, die sie sonst nicht an ihm kannten. »Sie lassen uns nicht durch. Ich bin losgezogen, um Früchte zu sammeln, und auf vier Eingeborene gestoßen, die ihre Speere auf mich richteten. Sie standen einfach da und starrten mich an. Die Eingeborenen haben uns eingeschlossen, Jason. Ich habe bereits mehrere andere Wege ausprobiert, aber auf keinem bin ich weit gekommen.«

Jason setzte sich auf den Boden und fühlte sich plötzlich schwer. »Wie weit bist du gekommen?«

»Sie haben mich nach etwa zweitausend Metern aufgehalten, auf jedem Weg.«

»Und was ist mit den Feldern?«

»Die haben sie uns gelassen, Gott sei Dank«, seufzte Randy. »Aber hier im Lager bleibt uns nicht mehr viel Bewegungsspielraum.«

»Eine Quarantäne«, stellte Jason fest. »Wie paßt das zu deiner Theorie vom sich gegenseitig aus dem Weg gehen, Frank?«

»Das konnte ich natürlich nicht voraussehen«, gestand der alte Mann ein. »Sie sind ziemlich clever, Jason, das muß der Neid ihnen lassen.«

»Kein Wunder, daß sie sich nicht rührten, um unsere Geschenke entgegenzunehmen. Sie kamen nicht, um uns zu begrüßen, sondern um uns aufzuhalten.« Er warf einen kleinen Stein mit solcher Wucht auf den Boden, daß eine kleine Staubwolke entstand. »So geht es nicht. Wir können uns nicht von dem ernähren, was uns in einem Umkreis von zweitausend Metern zugestanden wird. Die Vorräte gehen ja jetzt schon zur Neige. Und wenn wir die Depots angreifen, was bleibt uns dann noch für den Winter?«

»Wir müssen einen Hebel finden«, sagte Hager. »Anders gesagt, etwas, das sie nur von uns bekommen können, damit wir mit ihnen auf der gleichen Verhandlungsstufe stehen.«

»Und was zum Beispiel?«

»Zum Beispiel ... zum Beispiel einen von ihnen. Wir nehmen einen Eingeborenen als Geisel und treten dann mit den anderen in Verhandlung.«

»Zum ersten Mal macht er einen brauchbaren Vorschlag«, lobte ihn Gus. »Ohne eine solche Maßnahme haben wir nicht die geringste Chance, sondern können hier nur so lange hocken bleiben, bis wir verhungert sind. Ein Ausbruch fällt sicher auch aus. Sie würden uns alle töten, genauso wie die anderen.«

»Das ist bestimmt die Lösung für das Rätsel der Skelette, ganz klar«, sagte Randy. »Es war überhaupt kein Krieg.«

»Und was ist mit der Botschaft auf der Ölhaut?« wollte Jason wissen.

»Du und diese Nachricht«, spottete Hager. »Das war doch bloß das Gefasel eines Sterbenden. Hör doch, Tolliver, wir haben nur eine einzige Chance ... die, von der ich gerade gesprochen habe. Und dieses Mal stimmen mir alle zu. Sollen wir diese Chance nun ergreifen oder nicht?«

»Nein, wir wollen nicht mit den offenen Feindseligkeiten beginnen. Dafür ist die Lage schon ernst genug. Wenn wir irgend etwas unternehmen, das uns in ihren Augen zu einer Gefahr macht, schlachten sie uns ab.«

»Willst wohl wieder den Weg des geringsten Widerstands gehen, was?«

»Jetzt habe ich aber wirklich die Nase von dir voll«,

warnte ihn Jason. »Ich dachte, du hättest es endlich kapiert.«

»Aber dieses Mal wollen alle meine Lösung«, beharrte Hager. »Du kannst dich nicht gegen uns alle stellen.«

»Ich *werde* mich gegen alle stellen, wenn ihr ohne nachzudenken handeln wollt.« Jasons Blick streifte herausfordernd über die Gruppe. »Also, wie steht's mit euch?«

Randy zuckte nur die Achseln, und Frank sagte: »Du bist immer noch der Boß, Jason. Ich tue das, was du vorschlägst.«

Hager traf überall auf die gleiche Antwort, an wen er sich auch wandte. Verdrossen und geschlagen setzte er sich hin.

Jason übernahm wieder das Kommando. »Zuerst sehe ich mir selbst einmal diese Blockade an. Und es wäre sicher nicht schlecht, wenn ihr anderen derweil wieder an die Arbeit zurückkehrt.« Ihm gefiel selbst nicht der rauhe Ton seiner Worte, aber er konnte nichts dagegen tun. Er hatte jetzt genug davon, in diese oder jene Richtung drängen oder von ganz woanders beginnen zu müssen. Ihm war klar geworden, daß die Siedlung *einen* Kopf und *einen* Plan benötigte und diese beiden sich in seiner Person vereinigten.

Jason lief allein in den Wald. Zuerst wählte er den üblichen Weg. Aber Randy hatte recht gehabt. Nach zweitausend Metern versperrten ihm vier hochgewachsene, schlanke und violettäugige Eingeborene den Weg. Sie sprachen kein Wort. Nur ihre Augen brannten sich ausdruckslos, aber kalt und bedrohlich in ihn ein. Jason zog sich zurück und versuchte es auf einem anderen Pfad, und dann auf einem dritten. Aber er hatte kein Glück – alle waren versperrt.

Mit jeder neuen Niederlage wuchs der Ärger in ihm, und er unternahm nichts, um ihn zu dämpfen.

Jason kehrte mit langen Schritten zum Ausgangspunkt zurück und brach auf geradem Weg durch das

Unterholz. Er überquerte den ursprünglichen Weg und versuchte, die Blockade so zu umgehen. Das Gebiet um das Lager war groß und meistenteils bewaldet. Wie sollten die Eingeborenen da jeden Quadratmeter überwachen können. Wenn er sich ruhig verhalten und auf einer Art Zickzackroute bewegen würde, könnten sie ihn kaum je entdecken.

Ein Katzenaffe verfolgte ihn, schwang sich in einer sonderbaren Mischung von Fuß- und Schwanzgriffen von Baum zu Baum hinter ihm her. Jason beobachtete ihn kurz, interessierte sich dann aber mehr dafür, einen unauffälligen Weg durch das hier nur spärlich vorhandene Unterholz zu finden. Die Geräusche des Waldes waren ihm nun vertraut, und sie gaben ihm so etwas wie Geborgenheit. Das Sonnenlicht brach in goldenen Speeren durch das Blattwerk und unterteilte den Boden in helle und in Schattenstellen. Jason bemühte sich, in den dunkleren Gebieten zu bleiben. Sein Ärger verebbte und machte einem merkwürdigen Gefühl der Freude Platz. Jason wurde in diesem Augenblick bewußt, daß er zum ersten Mal ganz allein auf Klorath war. Und daraus erwuchs ein gutes, ein befreiendes Gefühl.

Als er sich sagte, jetzt etwa zweitausend Meter zurückgelegt zu haben, sah er sich nach den Eingeborenen um. Stille herrschte im Wald, und keine störenden Schatten tauchten an den hellen Stellen auf. Er war allein.

Jason kam an einen Baum, der mehrere hundert Jahre alt sein mußte. Sein Stamm war gewaltig verschrammt. Jason mußte den Kopf in den Nacken legen, um seine Krone sehen zu können. Hoch und ungebeugt ragte sie über ihm empor, genauso wie alles andere auf Klorath.

»Wir stutzen euch schon noch zurecht«, sagte Jason laut. »Wartet es nur ab.«

Er machte sich wieder auf den Weg, kam aber nicht

weit. Keine drei Meter vor ihm standen vier Eingeborene und hielten Speere in den Händen.

»Aber wie ist das möglich?« rief Jason in ihre verständnislosen Ohren. Ihre Mienen blieben unbewegt.

Jason ließ die Hände sinken und marschierte davon. Diese Eingeborenen waren entweder überall und wußten über alles Bescheid, oder der Großmächtige Gott nahm sich der Seinen in ganz besonders fürsorglicher Weise an. Ganz gleich, welches von beiden zutraf, die Siedlung befand sich auf jeden Fall in ernsten Schwierigkeiten. Jason gab es nur ungern zu, aber vielleicht war Hagers Vorschlag wirklich die einzige Lösung, die der kleinen Gruppe angesichts dieser Übermacht blieb.

KAPITEL DREIZEHN

Jason setzte sich erschöpft zum Frühstück hin. Er hatte eine lange Nacht mit wenig Schlaf hinter sich. Alle waren heute ungewöhnlich still, schienen seine Verdrossenheit zu bemerken und auf seinen nächsten Schritt zu warten. Jason gefiel das nicht. Im Wald hatte er die Einsamkeit genossen, aber hier fühlte er sich allein. Er war wie durch eine Mauer von seinen Freunden getrennt. Jason hatte den Schritt vom ersten unter gleichen zum mehr oder weniger autoritären Anführer getan, und jetzt stand er alleine da. Die anderen konnten nicht mehr zu ihm aufschließen.

Die morgendliche Stille wurde von einem scharfen Schrei Beths unterbrochen. »Onkel Jason, sieh doch! Da kommt ein Mann!«

Jason rappelte sich auf und ließ dabei seine Tonschüssel fallen. Auf dem Weg am Fluß entlang kam ihnen mit erhobenem Haupt und sicherem Schritt ein Eingeborener entgegen. Er marschierte wie ein stolzer, hochrangiger Krieger, und die violetten Augen glänzten in seinem goldenen Gesicht. Ein Pesttier hockte auf seiner Schulter, versuchte, sich bei seinen Bewegungen im Gleichgewicht zu halten, und schnurrte zärtlich an dem Ohr des Mannes.

Alle warteten darauf, daß Jason reagierte. Er trat dem Fremden allein entgegen und blieb auf der Hälfte des Weges stehen, um den Krieger zu ihm kommen zu lassen. Jason war unruhig. Beobachteten ihn von allen Seiten Augen, oder war der Mann allein, wie es den Anschein hatte?

Jason konzentrierte seine Gedanken auf den Fremden und vergaß dabei seine Unruhe. Er beobachtete jede Bewegung des Klorathiers und merkte sich jede Kleinigkeit an ihm. Der Eingeborene war sicher zwei Meter groß und besaß einen muskulösen, geschmeidigen Körper. Ein glänzender Schopf pechschwarzen Haares fiel ihm bis auf die Schultern herab. Ein rotes Stirnband hielt ihm die Haare aus dem Gesicht. Er blieb einen knappen Meter vor Jason stehen und sah ihm direkt ins Gesicht. Jason konnte sich im letzten Moment zurückhalten, vor diesem Fremden zurückzuweichen. Diese Augen waren klar und wachsam, und purpurrote Schatten zeigten sich in ihnen.

Das Pesttier rieb sich an seinem Kopf, als er sagte: »Sei gegrüßt. Ich bin Xaca.«

Jason bemühte sich, seiner Überraschung Herr zu werden und selbst etwas zu sagen: »Nun ... willkommen, Xaca. Ich heiße dich willkommen.« Er zeigte auf die anderen Siedler und war sich bewußt, wie ungelenk und unbeholfen seine Bewegungen neben der Anmut des hochgewachsenen Fremden wirken mußten. Er riß sich zusammen und sagte ihm Worte, die aus dem Nichts zu kommen schienen – einfache Worte in einfachen Sätzen, dazu angelegt, dem Fremden etwas von seiner ehrfurchteinflößenden Würde zu nehmen und ihn zu einer freundlicheren Haltung zu bewegen. »Ich freue mich, daß du zu uns gekommen bist«, endete er. »Ich hoffe, dein Volk und meines können Freundschaft schließen.«

»Das bleibt abzuwarten«, antwortete Xaca, »aber aus diesem Grund bin ich gekommen.« Seine Stimme klang tief und gedämpft und deutete so an, daß seine Zunge an weiche Töne gewöhnt war. Seine Hand umschlang den Schwanz des Pesttieres; nicht grob, aber fest genug, um ihm Halt zu geben. Jason zuckte zusammen, als er entdeckte, daß die Füße des Katzenaffen keine roten Spuren auf der nackten Schulter und dem bloßen Arm des Mannes hinterließen. Die Klorathier waren offensichtlich immun gegen die Säure der Pesttiere und diesen Geschöpfen freundschaftlich verbunden.

»Möchtest du mit uns essen?« fragte Jason als nächstes, während er krampfhaft in seinem Gedächtnis nach allem über den Umgang mit primitiven Kulturen suchte, das er gelesen hatte. Das Mahl zu teilen wurde überall als Zeichen der Freundschaft verstanden.

»Nein, aber ich werde mich zu euch setzen.« Xaca trat in den Kreis der Siedler und nahm Platz. Die anderen machten ihm bereitwillig Platz, aber mehr aus Furcht vor dem Pesttier. Der Eingeborene bemerkte das und ließ dann absichtlich den Schwanz des Geschöpfes los.

»Ich habe versucht, zu euch zu gelangen.« Jason ließ sich neben dem Klorathier nieder. »Aber man hielt mich auf. Warum habt ihr euch eigentlich so unfreundlich gezeigt?«

»Wir hatten in der Vergangenheit oft genug Grund dazu. Und euch können wir auch noch nicht trauen.« Mit Baßstimme trug er seine Worte vor. Sein Englisch klang etwas abgehackt, aber geübt. »Ihr habt etwas getan, das wir nur als Akt der Freundschaft bewerten können: Ihr habt einen der unseren vor einem Monstervogel gerettet. Ich bin gekommen, um euch dafür zu danken.«

»Wir haben gerne geholfen«, entgegnete Jason. »Es ist immer besser, wenn man miteinander teilt ... zusammenarbeitet und sich gegenseitig hilft.«

»Das ist nicht immer das beste«, antwortete Xaca ruhig. »Nur dann, wenn die Zeit dazu reif ist.«

»Du sprichst unsere Sprache sehr gut.«

»Wir mußten sie lernen, es blieb uns nichts anderes übrig. Gegenseitiges Verstehen und Verteidigungsvorbereitungen sind eng miteinander gepaart.«

»Verteidigung wogegen?«

Xaca verlagerte sein Gewicht, und bei dieser Bewegung verließ das Pesttier die Schulter des Mannes, um sich neben ihn zu hocken. »Ich würde gern die Waffe sehen, mit der ihr das Monster vertrieben habt.«

Jason trat ans Feuer und zündete eine der Fackeln an.

»Ganz einfach, nur das.« Er kehrte mit der Fackel zu dem Fremden zurück.

Xaca fuhr zusammen, bekam sich jedoch rasch wieder in die Gewalt. »Ich habe schon Feuer gesehen, an anderen Orten. Die Menschen vor euch hatten auch Feuer. Aber ich habe nie gesehen, daß man es als Waffe gegen die Monster verwenden kann.«

»Wie wehrt ihr euch denn gegen die Vögel?« fragte Jason.

»Wir haben nichts. Mein Volk bemüht sich, ihnen aus dem Weg zu gehen. Daher müssen wir ein Nomadenleben führen. Wir folgen den Riesenvögeln und ziehen rechtzeitig weiter, bevor sie zurückkehren.«

»Aber mit dieser Waffe bräuchtet ihr nicht mehr vor ihnen zu fliehen.«

»Wir haben kein Feuer«, sagte Xaca.

»Aber ...« Jason konnte sein Erschrecken verbergen. »Aber ihr müßt doch kochen ... oder euch warmhalten ...«

»Wir besitzen kein Feuer und haben es nie gebraucht.« Seine Worte klangen so, als sei es das Selbstverständlichste auf der Welt.

Jason sah, wie Frank Keller ihn fragend anstarrte. Wenn die Eingeborenen kein Feuer besaßen, was für ein Licht hatten sie dann im Tal gesehen?

»Wenn dieses Feuer jedoch Tieren keinen Schaden zufügt«, fuhr Xaca fort, »könnten wir uns vielleicht daran gewöhnen. Einige der Vögel bleiben immer zurück, wenn die anderen weiterziehen, und diese bedeuten für uns eine Gefahr.« Er hielt inne und sah dann scharf auf. Seine violetten Augen glühten. »Das führt mich zu einer anderen Sache. Warum habt ihr die Purnta getötet?«

»Wen?«

»Die Purnta.« Xaca zeigte auf sein Pesttier. »Wir haben einen ganzen Berg ihrer Leichen in eurem Garten gesehen. Warum habt ihr das getan?«

Jason räusperte sich unbehaglich. War das der große Fehler, den sie begangen hatten? »Sie bedeuten für uns eine Gefahr. Ihre Pfoten rufen Brandblasen auf unserer Haut hervor. Sieh nur.« Er rollte seinen Ärmel auf und zeigte die Male von seiner letzten Begegnung mit einem Pesttier. »Sie schmerzen uns. Und diese Tiere stören uns auch erheblich auf den Feldern.«

»Meinst du, es ist richtig, ein Wesen zu töten, bloß weil es dich stört?« Xaca war es ernst damit. »Eine solche Haltung kann ich nicht verstehen. Auch Gott kann so etwas niemals verstehen.«

Jason ruckte auf und versuchte, nicht zu erschrocken zu klingen. »Euer Gott verbietet das Töten?«

»Jeder Gott verbietet das Töten«, antwortete Xaca nur. »Die Purnta sind harmlose und freundliche Wesen. Wenn sie euch angesprungen haben, dann nur aus dem Grund, weil sie das bei uns so gelernt haben. Wir lieben und schätzen diese Geschöpfe. An eurer Stelle würde ich sie nicht mehr töten.«

Jason schluckte die versteckte Drohung herunter und wunderte sich, warum er nicht widersprach. Die Pesttiere – oder Purnta – mochten ja für die Klorathier harmlos sein, ganz sicher waren sie das nicht für die Siedler. Aber Xaca hatte sich wohl dafür entschieden, diesen Umstand zu ignorieren.

Xacas Purnta machte sich auf und hüpfte und hoppelte um das Feuer herum. Er kam dabei den nackten Beinen der Siedler bedrohlich nahe. Aber Jason konnte sich jetzt nicht auch noch darauf konzentrieren. Der Eingeborene mit seiner stolzen Erscheinung und den sonderbaren Augen, hinter denen sich viele Geheimnisse zu verbergen schienen, interessierte ihn mehr. Jason wollte zu diesen Geheimnissen vorstoßen, aber Xaca hielt ihr Gespräch auf einem eher oberflächlichen Niveau. Wahrscheinlich war er nur gekommen, um sich hier umzusehen.

Ein tiefes Knurren von Hager ließ sie alle auffahren.

Das Purnta klammerte sich an eines seiner Beine, und er schüttelte es, um den Plagegeist loszuwerden. Aber das Pesttier hielt sich so fest, daß es sich davon kaum beeindrucken ließ.

»Weg! Weg mit dir!« fuhr Hager es an und schlug mit einem seiner mächtigen Arme nach ihm. Er traf es am Rücken, und das Purnta flog zwei Meter weiter auf den Boden, rappelte sich erschrocken wieder auf und floh den Hügel hinauf in den Wald.

»Hager!« Jason war aufgesprungen. Die Worte hämmerten in seinem Gehirn und drängten danach, ausgestoßen zu werden. »Was um alles in der Welt ist ...« Er hielt inne. Hager hatte sich das Hosenbein hochgekrempelt und besah sich mit schmerzender Miene die acht roten Blasen, die noch anschwollen und sich mit Wasser füllten. Jason konnte nichts mehr sagen.

Xaca stand ebenfalls auf, und seine Augen waren vom Ärger noch etwas dunkler geworden. Jason stellte sich vor ihn. »Es tut mir leid, daß das geschehen mußte, aber gleichzeitig hast du mit eigenen Augen sehen können, was diese Tiere uns antun.«

Xaca sah ihn nur an, sagte aber nichts. Sein Gesichtsausdruck hatte sich verändert. Er wirkte jetzt noch weniger offen, noch stärker in sich gekehrt.

»Er konnte doch nichts dafür. Wenn du geschlagen wirst, schlägst du doch sicher zurück. Man kann einen Mann nicht für seine Reflexe verantwortlich machen.«

Xaca gab immer noch keine Antwort. Seine Hände ballten sich nervös zusammen und öffneten sich wieder, und sein Blick wandte sich dem Hügel zu, wohin das Purnta verschwunden war. Dann sah er wieder Jason an. Er trug den Kopf höher als zuvor, und seine Wangenmuskeln traten hervor. »Ich gehe«, sagte er nur.

»Aber daraus kannst du uns doch keinen Vorwurf machen«, unterstützte Randy Jason. »Es war doch nur ein dummer Zufall ... Du kannst doch nicht wegen eines dummen Zufalls alle Freundschaft zu uns abbrechen!«

Hager humpelte heran. Sein Gesicht war vor Scham gerötet, als er etwas tat, was niemand von ihm erwartet hätte. »Hör mich an«, brummte er. »Es tut mir leid, daß ich dieses Wesen geschlagen habe. Ich wollte es nicht so fest treffen.«

Jason wartete auf eine Reaktion, aber Xaca stand unbeweglich da. Als die Sekunden verstrichen, beschloß Jason, in die Offensive zu gehen. »Hager hat sich entschuldigt. Hat sich im Grunde für etwas entschuldigt, wofür man sich nicht zu entschuldigen braucht. Wirst du das nun akzeptieren oder nicht?«

Xaca wirkte sonderbar verwirrt, so als könnte er die Worte nicht verstehen, die man ihm sagte. Jason kannte diesen Gesichtsausdruck sehr gut. Er hatte ihn oft bei den Liga-Schergen gesehen, die sie gefangengenommen hatten. Auch sie konnten Fragen nicht beantworten, für die ihnen das Verständnis fehlte. »Verstehe«, sagte Jason verächtlich, »mit einem Mal hast du unsere Sprache vergessen, was? Allerdings nimmt dir keiner von uns ab, wenn du dich jetzt plötzlich dumm stellst. Du stehst hier allein, während wir einige Blessuren aufzuweisen haben. Dennoch sind wir bereit, mit deinem Volk zu kooperieren ... sind sogar bereit, uns auf eure Spielregeln einzulassen. Allerdings mußt du uns schon ein kleines Stück entgegenkommen.«

Xacas violette Augen sahen durch ihn hindurch. »Ich gehe«, sagte er nur.

»Nein«, sagte Jason rasch und entschieden. »Ich glaube nicht, daß du uns jetzt schon verläßt. Nicht bevor wir von dir ein paar Antworten erhalten haben.«

»Jetzt wirst du endlich vernünftig.« Hager nickte Jason zu.

»Vielleicht.« Frank Keller hatte einige Zweifel.

»Ob vernünftig oder nicht«, entfuhr es Jason, »ich will jetzt Antworten auf meine Fragen hören. Wer weiß, wann ich wieder Gelegenheit dazu erhalte.« Er wandte sich an Xaca. »Jetzt setz dich hin. Wir haben noch einiges miteinander zu bereden.«

Xaca sah ihn wieder verwirrt an.

»Ich sagte ›hinsetzen‹!« Jason zeigte auf den Boden. »Und wir wollen jetzt mit den Spielchen aufhören. Wir befinden uns beide in unterschiedlichen Lagern. Dieser Tatsache müssen wir uns stellen und von dem Punkt an weitermachen. Ob ihr nun in der Übermacht seid oder nicht, wehren können wir uns immer noch.«

Xaca nahm ohne Widerspruch seinen Platz wieder ein. Jason kniete sich vor ihn hin und rief über die Schulter den anderen Anweisungen zu. »Hager und Frank sollen bei mir bleiben. Der Rest von euch geht.«

Zögernd verschwanden sie. Jason bemerkte Kathys Blick, und Zweifel brannten in seinem Magen. Zu vorwurfsvoll war ihre Miene gewesen.

Er stellte dem Eingeborenen Frage um Frage, doch die Antwort blieb stets gleich unbefriedigend. Xaca sagte entweder überhaupt nichts oder murmelte ein »Ich gehe«. Manchmal wiederholte er einzelne Worte von Jason, doch nie ging er auf sie ein. Jason unternahm eine letzte Anstrengung mit der wichtigsten Frage, und als er sie aussprach, kamen ihm die Worte idiotisch vor. »Wer oder was ist der Großmächtige Gott?«

»Der Großmächtige Gott?« fragte Xaca zurück.

»Es hängt alles zusammen, nicht wahr? Das Pochen, die unnatürliche Stille, das Licht und ... und der Große Gott, oder? Wer ist euer Gott?«

Xaca schien nach Worten zu suchen, aber als er schließlich antwortete, kam von ihm mehr, als Jason erwartet hatte. »Gott macht alles. Gott tut alles.«

Jason warf einen Blick auf Frank, doch der alte Mann zuckte nur die Achseln und meinte: »Gott ist eben Gott, Jason. Versuch nur einmal, ihm zu erklären, wer *unser* Gott ist, dann stößt du selbst auf Schwierigkeiten.«

Franks Antwort ärgerte Jason, weil sie so ruhig vorgetragen und so richtig war. »So kommen wir nicht weiter.«

»Wir könnten ihn zum Reden zwingen.« Hager ballte die Fäuste.

»Nein«, winkte Jason ab. »Wir sind hier auf Klorath, Hager, und nicht in einem Gefängnis der Liga.«

»Und was willst du jetzt tun?« fragte Frank.

»Ich denke, ich lasse ihn ziehen«, sagte Jason nach einer Weile und wandte sich dann direkt an Xaca: »Wenn ich dich jetzt gehen lasse, hebt dein Volk dann die Blokkade auf? Werdet ihr das Tal für uns wieder öffnen?«

»Ich gehe«, sagte Xaca.

»Du hast mir noch keine Antwort gegeben.« Jason hatte große Lust, diese unschuldigen violetten Augen laut zu beschimpfen. Aber Xaca bat weiterhin um nichts anderes als die Erlaubnis zu gehen. »Na schön, geh!« knurrte Jason.

»Du machst einen großen Fehler«, warf Hager ihm vor. »Er ist unser einziger Trumpf.«

»Ich treffe hier die Entscheidungen«, raunzte Jason zurück. Er bedeutete Xaca aufzustehen. Der Eingeborene erhob sich und überragte Jason um einen halben Kopf.

Die violetten Augen strahlten Jasons braune an. »Ich danke dir«, sagte Xaca. »Vielleicht werde ich verstehen. Ich gehe.« Selbstbewußt und gleichzeitig wachsam überquerte er die Lichtung und ging zum Fluß. Er erinnerte Jason an das erste Purnta, das er gesehen hatte. Es hatte sich ähnlich zurückgezogen: zu stolz um zu rennen, aber zu sehr auf der Hut, um zu säumen.

Hager fluchte und stapfte davon. Er wagte es nicht, Jason jetzt zur Rede zu stellen. Aber sein Widerwille war nicht zu übersehen, und Jason seufzte.

»Habe ich mich richtig verhalten?« fragte er Frank.

»Du konntest gar nicht anders handeln.«

»Aber wir sind zu keinem einzigen Ergebnis gekommen, und vielleicht hat sich unsere Lage jetzt noch verschlechtert. Ich hätte ihn wohl doch nicht hierbehalten sollen. Eigentlich war es ja Hagers Idee.«

»Er ist nicht hierher gekommen, um Fragen zu beantworten«, sagte Frank.

»Er hat uns überhaupt nicht weitergeholfen.« Jason setzte sich wieder auf den Boden. Obwohl es noch nicht spät war, fühlte er sich mit einem Mal sehr müde. »Dieses Licht ... das war kein Lagerfeuer. Gott macht alles, Gott tut alles«, sagte er mehr zu sich selbst. »Sie sind ein sehr religiöses Volk, Frank. So wie Xaca es gesagt hat ... ich kann es nur schlecht ausdrücken, aber er klang so unglaublich überzeugt, so sicher, fast so, als würde er seinen Gott tatsächlich kennen ... als ob er ihm sehr nahe gewesen sei, ihn sehr deutlich gehört hätte ...« Jasons Stimme erstarb.

»Naturgottheiten können so sein. Götter sind stets personalisiert. Je einfacher die Kultur eines Volkes ist, desto einfacher ist auch ihre Religion. Nur hochstehende Zivilisationen verkomplizieren ihren Gott und überhöhen ihn so weit, bis er für den Einzelnen nicht mehr greifbar ist.«

Die Meinungen über Jasons Handlungsweise waren geteilt, mehr noch, die Grenzen zwischen den Lagern waren insoweit fließend, als die Siedler immer wieder ihren Standpunkt änderten. Nur zwei aus der Gruppe blieben bei ihrer Meinung: Jason und Hager. Jason blieb keine andere Wahl: Er mußte dazu stehen, wie er gehandelt hatte.

Sie warteten. Mit jedem neuen Tag brach einer von ihnen auf, um nach der Blockade zu sehen, und kehrte stets nach einer Stunde wieder zurück. Am vierten Tag zog Jason selbst los und war froh, den zweifelnden und kritischen Blicken zu entkommen. Ohne viel Hoffnung marschierte er auf den Wegen und wußte genau, was er dort vorfinden würde.

Ein neuer Ton war in den Geräuschen des Waldes, als

sie an sein Ohr drangen. Sie erschienen ihm wie Vorzeichen. Die Siedler hatten in diesem Tal begonnen und könnten an diesem Ort auch enden.

Plötzlich blieb Jason abrupt stehen. Ein merkwürdiges Gefühl überkam ihn, und er sah sich nach Anzeichen für eine neue Gefahr um. Aber nichts sah ungewöhnlich aus. Jason ging ein paar Schritte weiter, blieb wieder stehen, drehte sich und sah bei jedem Schatten und jedem Gebüsch genauer hin.

Dann atmete er erleichtert aus, als er erkannte, was hier heute anders war. Er hatte den Blockadekreis überschritten. Deutlich sah er hinter sich den großen Baum mit dem weißen Fels daneben. Die Eingeborenen hatten immer genau dort gestanden und ihre Speerspitzen auf den Weg gerichtet. Aber nun waren sie fort.

Jason rannte los. Jeder Schritt, den er vorankam, erfüllte ihn mit Freude. Er mußte nur noch herausfinden, wie weit er ungehindert kommen konnte. Aber niemand stellte sich ihm in den Weg, und als sein Atem nur noch stoßweise ging, warf er den Kopf in den Nakken und begann wie ein Verrückter zu lachen. Die Blokkade war aufgehoben, und Klorath war wieder frei für sie.

KAPITEL VIERZEHN

Nachdem die goldene Sonne untergegangen war, verließ Jason die Feuerstelle, nahm eine noch nicht brennende Fackel mit und ging allein hinaus, um etwas von der Nacht in sich aufzunehmen und sich mit ihr vertrauter zu machen. Allmählich mochte er das Alleinsein, das Gefühl, von den anderen getrennt zu sein. Es zeigte eine Veränderung in ihm an, ließ ihn sich wie ein Teil dieser Welt fühlen. Er konnte auf den Wegen gehen und dabei an seinen Vater und an sein Versprechen denken ... und alle Probleme vergessen.

Er hatte fast die Höhle erreicht, als es begann. Zuerst war es nur ein Ploppen in seinen Ohren und stieg dann rasch zu einem Druck an, den er in den Trommelfellen spürte. Es pochte und pochte, bis er wie vor einer wabernden Wand stand, pulsierte in seinem Blut und zwang sein Herz, sich auf diesen Rhythmus einzustellen. Ein stilles Geräusch, das vor allem aus einem pulsierenden Druck und dessen Echo bestand. Jason kauerte sich auf den Pfad.

Als das Pochen noch gewaltiger wurde, fühlte Jason sich wie unter dem Zwang, auf die Knie zu fallen und vor ihm das Gesicht in den Staub zu drücken. Das Fremde war um ihn und in ihm – es atmete mit Klorath und gebot gleichzeitig über Klorath. Die Sterne glichen ihre Bahn dem Pochen an, und der Mond zog auf seinem Atem über den Himmel.

Jason schwankte. Es zitterte in seinen Beinen und arbeitete sich bis zu den Lidern hoch. Nicht weit voraus, jenseits des Hügelkamms würde das Licht pulsieren, und im Tal würden im Auf und Ab des Pulsierens Schatten hin- und herschwingen.

Jason preßte die Hände an den Kopf, um wieder zu

Verstand zu kommen. Er starrte auf die Bäume und die Felsen, bis sie wieder ihre gewohnte Form annahmen, und machte die Beine steif, um das Zittern zu unterdrücken.

Vorsichtig kroch er weiter, doch als er den Hügelkamm erreichte, wo das Licht pulsierte und den Pfad abwechselnd in helles Licht tauchte und verdunkelte, richtete Jason sich gerade auf und begann, im Rhythmus zu rennen. Er schwitzte das überschüssige Adrenalin und die Furcht hinaus, sprang den Hügel hinunter, kletterte auf einem unbekannten Weg durch die Felsen und bog dann ins Tal ab auf das Herz des Lichts zu.

Als er glaubte, die Lichtstrahlen mit seinen Händen greifen zu können, hielt er im Lauf inne und ging vorsichtig weiter. Der Wald wurde hier von jedem Lichtstoß erhellt, und die Bäume nahmen dann eine gespenstische Färbung an, wechselten von einem fahlen Grün in ein dunkles Grau und umgekehrt. Jason bewegte sich von einem Stamm zum nächsten vorwärts und spürte, daß er hier auf Deckung angewiesen war. Und er bemerkte, daß er die Luft anhielt in Erwartung des Augenblicks, in dem er das pulsierende Wesen vor sich sehen würde, und er zwang seine Lungen auszuatmen.

Als er es dann wirklich sah, krampfte sich alles in ihm zusammen, und er unterdrückte nur mit Mühe einen Schrei. Jason legte sich auf den Bauch, kroch Zentimeter für Zentimeter weiter und schob lästige Farne beiseite, die ihm die Sicht versperrten.

Und dort war es. Er starrte mit sonderbarer Ehrfurcht auf die Szene. Vor ihm breitete sich das Lager der Eingeborenen aus. Die Klorathier hatten sich versammelt. Gleichmäßig verteilten sie sich Kreis um Kreis auf dem Boden. Ihre Augen waren geschlossen und ihre Gesichter wie in Trance. Ihr Blick war nach innen gerichtet, und ihre Körper waren entspannt und schlaff. Jedem saß ein Purnta auf der Schulter, auch sie erstarrt und leblos. Nur durch das goldene Fell fuhr bei ihrem langsamen Atmen ein Schimmer, und wie unter Hypnose wedelten ihre Schwänze.

Im Zentrum der Versammlung hockte ein Kreis violettäugiger Katzenaffen. Manche saßen aufrecht, andere standen auf allen vieren. Auch sie still, fast ehrfurchtsvoll, während ihre Silhouetten im pulsierenden Licht hinter ihnen scharf hervortraten und wieder gelöscht wurden. Jason blinzelte trockene Tränen aus seinen Augen und versuchte, auf das Licht zu blicken, das sich im Mittelpunkt der Kreise befand.

Es handelte sich dabei um eine Kristallkugel von einem Meter Durchmesser, die auf einer Säule ruhte. Sie war transparent und gleichzeitig von einem reinen Weiß, und das Licht bildete ihre eigentliche Essenz. Es zog sich in ihr bis auf Nadelspitzengröße zusammen und breitete sich dann wie eine sich öffnende Blume aus, bis es die gesamte Kugel ausfüllte, darüber hinaus strahlte und das ganze Tal erleuchtete. Danach zog es sich rasch wieder zu einem winzigen Punkt tief im Herzen des Kristalls zusammen, unisono mit dem allgegenwärtigen Pochen.

Das Zucken und Zittern in Jason kehrte zurück, und er veränderte seine Lage. Er achtete darauf, dabei keinen Lärm zu machen, obwohl er gleichzeitig wußte, daß das doch niemand im Dorf hören würde. Dazu waren sie alle, Menschen wie Purnta, viel zu sehr in ihr Tun vertieft. Sie wirkten, als hätten sie zu einem außerhalb der Realität existierenden Wesen eine Verbindung hergestellt, und ihre Gesichter prägte eine sonderbare Mischung aus innerem Frieden und heiterer Gelassenheit, die Jason erschreckte. Es konnte sich hier nur um eine religiöse Zeremonie handeln. Bei keinem anderen Beisammensein konnte solch allgemeines Entzücken im Bewußtsein echter Geborgenheit entstehen; so als hielte Gott selbst seine Kinder in den Händen und ließe sie glücklich sein.

Der Glanz der Kugel fing ihre Seelen ein. Goldene

Menschen und goldene Tiere waren einander unendlich nahe im reinen, pulsierenden Licht. Gelbfarbene Gestalten, der Glanz von schwarzen Haarschöpfen, das Funkeln von primitivem Schmuck an goldhäutigen Oberarmen, das kurze Aufblitzen violetter Purntaaugen, das ständige Schlagen von mehr als hundert Schwänzen. Der Große Gott kam aus diesem Tal, sprach zu seinem Volk mit pochender, dröhnender Stimme und badete sie im Licht seiner pulsierenden Gegenwart.

Etwas griff nach Jason, zog ihn heran und lud ihn unwiderstehlich ein, an dieser Zeremonie teilzunehmen, aber er kämpfte dagegen an. Als dieses Etwas immer stärker wurde, kroch er auf allen vieren davon und stand erst wieder auf, als er sich im tiefsten Wald befand. Dort begann er zu rennen und betete darum, die Felsen würden vor ihm auftauchen, bevor das Etwas, was immer es auch sein mochte, ihn von hinten übernahm.

Er blieb nicht stehen, bis er den Gipfel an der heimischen Lichtung erreicht hatte und unter sich das Lagerfeuer brennen sah.

Unten im Lager hockten die Siedler beisammen. Jason erkannte sofort, daß sie Angst hatten. Während ihm das klar wurde, stellte er überrascht fest, daß alle Furcht von ihm gewichen war. Er hatte etwas so Mächtiges gesehen, daß für Angst kein Raum mehr blieb. Etwas, das ihn so sehr überragte, daß er es nicht mehr fürchten konnte als eine Ameise die für sie gewaltige Größe eines Menschen. Als Jason sich auf den Boden setzte und sich mit dem Rücken an die rauhe Rinde eines Baumes lehnte, änderte sich das Pochen. Es wurde sanfter und immer noch sanfter, bis er in seinem Kopf nur noch die Erinnerung an den Rhythmus vernahm. Jason sah in den Nachthimmel. Die unfaßbare Existenz war verschwunden.

Die Tiere beschäftigten Jason. Sie waren ein so integraler Bestandteil der Zeremonie gewesen. Was hatten sie mit dem Großen Gott zu tun? Er zuckte bei dem Gedanken an die zusammen, die sie umgebracht hatten. Die Purnta waren heilig. Eines von ihnen umzubringen kam der Schändung einer Kathedrale gleich. Andererseits konnte er von seiner Anordnung nicht wieder abrücken. Die Siedlung mußte sich verteidigen.

Als er schließlich beschloß, zu den anderen nach unten zu gehen, eilte Kathy ihm schon entgegen. Ihre dunklen Augen funkelten, und scharfe Linien zeigten sich um ihren Mund. »Ich dachte, du wärst tot«, sagte sie.

»Wie kommst du denn darauf?«

»Wie? Als dieses entsetzliche Pochen wieder begann und du alleine losgezogen bist, blieben nicht viele andere Möglichkeiten übrig, oder? Klorath hat zu viele Gesichter, und keines von ihnen ist besonders angenehm für uns.«

»Und ich dachte immer, du seist das Mädchen mit dem kühlen Kopf«, stichelte er und freute sich gleichzeitig darüber, sie beruhigen zu können.

Ihre Miene wurde sanfter und verwandelte sich in den Gesichtsausdruck, dem er nicht widerstehen konnte. Er wußte, daß sie jetzt Siegerin bleiben würde. »Es war ja auch wirklich nicht richtig von dir, einfach so zu verschwinden. Und weise war es erst recht nicht.«

»Ob weise oder nicht, dafür habe ich etwas entdeckt, Kathy. Ich weiß zwar nicht genau, was es ist, aber auf jeden Fall handelt es sich dabei um etwas Gewaltiges.«

»Was denn?« Sie wollte es sofort hören, vor den anderen.

Kathy bohrte so stark, daß er ihr fast schon den Gefallen getan hätte, aber er wußte, daß er nicht mehr die Kraft besaß, die Geschichte zweimal zu erzählen. Daher zog er sie fest an sich heran und lächelte. »Du erfährst es noch früh genug.«

Die Gruppe nahm die Neuigkeit so auf, wie er das erwartet hatte. Helen zitterte, während Hager sofort etwas zu den Tieren zu sagen hatte. »Von nun an fassen wir sie nicht einmal mehr an.«

»Uns bleibt leider nichts anderes übrig«, entgegnete Jason. »Wir können nur so weitermachen wie bisher.«

Frank sah ihn kalt an. »Du machst da vielleicht einen Fehler, Jason. Wenn wir die Tiere weiterhin umbringen, stehen uns sicher die allergrößten Gefahren bevor.«

Jason wandte sich an ihn. »Ich habe mir alle Argumente schon selbst überlegt und bin auf die einzig mögliche Lösung gekommen.« Er zeigte mit einem anklagenden Finger auf Hager. »Du solltest am ehesten von uns allen wissen, wovon ich rede. Wir hatten die Chance, in einen freundschaftlichen Kontakt mit ihnen zu treten, aber du hast alles kaputt gemacht. Warum? Weil du das Brennen der Tierfüße nicht ertragen konntest. Bist du *nun* unempfindlich geworden?«

Hager sah zu Boden.

»Wenn beim nächsten Mal ein Purnta auf deine Schulter springt, wirst du ihn wieder abschütteln, wahrscheinlich auch wieder mit Faustschlägen. Es ist eben ein Reflex, nicht mehr und nicht weniger. Wenn wir uns jemals hätten zusammennehmen sollen, dann in dem Augenblick, als Xaca bei uns war. Damals konntest du das nicht, also kannst du es auch in Zukunft nicht. Genauso wenig wie ich!«

»Aber wir müssen sie ja nicht gleich umbringen«, wandte Frank ein.

»Wir versuchen, es zu vermeiden.« Jason verlor allmählich die Geduld. »Doch das ist nicht unser Hauptproblem. Keiner von euch sieht weiter als bis zu seiner Nasenspitze. Was soll hier nur für eine Kolonie entstehen, wenn keiner über etwas Weitblick verfügt?«

»Weitblick? Wohin denn?« Randy wenigstens wollte wissen, wie es weiterging.

»Die Eingeborenen sind unser eigentliches Problem,

nicht die Purnta. So wie wir mit den Klorathiern fertig werden, werden wir auch mit der Zukunft fertig. Wir können mit einiger Sicherheit davon ausgehen, daß unsere Vorgänger die Beziehungen zu den Eingeborenen irgendwie vermurkst haben. Und was aus ihnen geworden ist, haben wir alle gesehen. Wir müssen die Klorathier also dazu bringen, ihr Verhalten uns gegenüber zu ändern. Sie sollen lernen zu verstehen, daß wir ihnen weder Gefahr bringen noch sie ausbeuten wollen.«

»Das ist ein frommer Wunsch«, sagte Randy. »Immerhin haben sie einige Trümpfe in der Hand.«

»So?«

»Ich meinte damit, sie sind ziemlich stark. Wenn sie sich entschließen, uns als überflüssig anzusehen, brauchen sie sich nicht erst lange eine Strategie auszudenken. Die Eingeborenen können uns ganz einfach überrennen.«

»Und wie stark sind sie wohl?« fragte Hager verächtlich. »Letztendlich sind sie nichts anderes als Wilde. Wir haben Gewehre, sie nur Speere. Eine Übermacht spielt nicht mehr eine so große Rolle, wenn man zu allem entschlossen ist.«

»Wilde, ja«, schaltete sich Jason ein, »aber etwas Mächtiges steht hinter ihnen. Was ich in dieser Nacht gesehen habe ... ich kann es mit Worten nicht beschreiben, aber es war so gewaltig, daß es uns alle ohne größere Anstrengung zerdrücken könnte.«

»Du glaubst, diese Lichtkugel war eine übernatürliche Manifestation, nicht wahr?« Frank grinste schief und sarkastisch. »Nicht mehr lange, und du bist selbst ein Anhänger des Großmächtigen Gottes, was?«

»Mach mich nicht mit deinen verschrobenen Theorien an, Frank. Im Augenblick kann ich damit gar nichts anfangen«, sagte Jason kühl. »Ich mache mir nämlich Gedanken über die Auswirkungen und Möglichkeiten unserer jetzigen Lage.«

»Ich wollte dich nur auf den Abgrund hinweisen, auf den du dich zubewegst.«

»Herzlichen Dank, aber noch brauche ich keinen Blindenhund.«

Frank fuhr überrascht zurück. »Jason!« Kathy hatte sich erhoben. »Jetzt halt dich aber mal zurück! Wir sind doch nicht deine Feinde!«

Jason suchte nach Scham in sich, um eine Grundlage für eine Entschuldigung zu finden, aber er entdeckte nichts außer Frustration und wiedererstarktem Verdruß. »Uns bleibt nichts anderes übrig, als mit den Klorathiern zu einer Vereinbarung zu kommen, und ich starte morgen einen neuen Versuch dazu. Wenn Xaca nicht mehr zu uns kommen will, dann muß ich eben zu ihm.«

Er verließ das Lagerfeuer und begab sich zum Fluß und der Ruhe seines monoton plätschernden Wassers. Kathy folgte ihm, aber er schenkte ihr keine Beachtung.

»Dein größter Vorteil ist deine Entschlossenheit, Jason«, sagte sie leise. »Dein Vater wäre sicher stolz auf dich.«

Er beobachtete, wie das Mondlicht auf ihren Zügen spielte, aber in ihm waren keine Worte, um ihr zu antworten.

»Du darfst dich nicht von mir entfernen«, flüsterte sie sanft. »Und du darfst dich nicht zu sehr verändern. Ich kann dich etwas verstehen, aber du sollst mir nicht böse sein, wenn ich nicht überall mitkomme. Wir bemühen uns, Jason. Randy, Karen und sogar Frank. Er macht sich große Sorgen um dich.«

»Wenn er sich mehr um seine eigenen Angelegenheiten kümmern würde, hätten wir alle sicher Vorteile davon.«

»Vielleicht ist er nicht egoistisch genug, um nur an sich selbst zu denken. Vielleicht mag er es sogar, anderen zu helfen.«

Jason drehte sich von ihr weg, denn Kathys Worte taten ihm weh. »Wenn die Leute dort am Feuer nur eine

Ahnung davon hätten, wie unsicher ich bin, würden sie in Panik ausbrechen. Ich bin hilflos, aber sie verlangen von mir Stärke und Entscheidungskraft.«

»Meinst du nicht, daß ich das weiß? Ich bin nicht blind, Jason, und mir mangelt es auch nicht an einem Gespür für dich. Wenn du Hilfe willst, dann gebe ich sie dir, so viel oder so wenig, wie ich vermag. Aber im Moment bleibt mir nichts anderes übrig, als bereitzustehen und zu versuchen, rechtzeitig da zu sein, wenn du mich doch endlich brauchen solltest.«

»Du bist ein merkwürdiges Wesen«, sagte er versöhnlicher. »Ich weiß nicht, woher du deine Loyalität oder deinen Glauben bekommst, aber du scheinst genug davon für uns beide zu haben.«

»Das habe ich wirklich, und das darfst du nie wieder vergessen. Vielleicht verbirgt sich hinter meinem Glauben an diese neue Welt nur mein unerschütterliches Vertrauen in dich.«

Er suchte angestrengt nach Worten, um ihr seine Dankbarkeit auszudrücken. Kathy bot ihm ihre Stärke an, und die brauchte er jetzt. Jason zog sie mit einer Heftigkeit an sich, die er für abgestorben gehalten hatte, um pulsierendes Leben von ihr zu empfangen.

»Halt diesen Glauben ganz fest, Kathy«, sagte er, »denn du bist die einzige, die über ihn verfügt.«

KAPITEL FÜNFZEHN

Beim Frühstück unterbreitete Jason seinen Plan. Er wollte allein zu den Klorathiern gehen, genauso wie Xaca ohne Begleitung zu ihm gekommen war, und den Gegenstand mitnehmen, von dem er glaubte, er sei für die Eingeborenen das Wertvollste überhaupt, genauso wie Xaca das Purnta mitgebracht hatte. Jasons Geschenk tat den Siedlern nicht weh, aber für die Klorathier mußte es etwas Besonderes sein: Feuer.

Er wies alle Einwände gegen seinen alleinigen Aufbruch ab, als er sich der Worte seines Vaters erinnerte: »Du mußt den Menschen Vertrauen entgegenbringen, Jason. Aber beim letzten, beim entscheidenden Vorstoß darfst du dich nur auf dich selbst verlassen.« Erst in diesem Augenblick verstand er seinen Vater. Er war sich sicher, seine Gefühle im Zaum halten zu können, sich allem zu stellen, was ihm im klorathischen Dorf begegnen mochte, und einen weiteren Störfall zu vermeiden. Aber bei den anderen konnte er sich nicht darauf verlassen.

Jason brach allein auf und nahm acht neue Fackeln und eine fast zu große Menge an Streichhölzern mit. Als er die Hügelkette hinunterging und sich dem Dorf näherte, bemühte er sich um einen ruhigen und gleichmäßigen Schritt, damit eventuelle Beobachter glauben sollten, er käme ohne Furcht. Die Geräusche des Waldes veränderten sich deutlich, und Jason spannte seine Muskeln an, um sich auf alles vorzubereiten, was nun folgen mochte. Die Vögel sangen nicht mehr, sondern schimpften mit ihren rauhen, tschirpenden Stimmen. Jason ließ beide Seiten des Pfades nicht mehr aus den Augen und war vor jeder verdächtigen Bewegung auf der Hut.

Es krachte plötzlich im Unterholz, und dann sprangen sie vor ihm auf den Weg: vier hochgewachsene Eingeborene mit Speeren. Bevor Jason sich rühren konnte, rannten zwei Klorathier an ihm vorbei. Sie hatten einen Kreis um ihn gezogen. Keine Wärme strömte aus ihren violetten Augen, sondern sie bedachten ihn mit unfreundlichen und mißtrauischen Blicken. Dabei konzentrierten sie sich auch auf die Fackeln in seinem Arm, so als befürchteten die Eingeborenen, er würde damit nach ihnen schlagen oder werfen. Aber Jason blieb unbeweglich stehen, um ihnen keinen Anlaß zu der Befürchtung zu geben, er sei zum Kämpfen gekommen.

Ein Purnta schwang sich von einem nahen Baum und sprang auf die Schulter des größten Eingeborenen. Es drängte seinen Kopf so zärtlich fest an den Hals des Mannes, daß es in diesem Moment voller Anspannung fehl am Platz wirkte. Der Klorathier starrte Jason feindselig an und fragte dann in rauhem, forderndem Tonfall: »Was willst du hier?«

Jason atmete tief durch und bemühte sich, ruhig und gefaßt zu klingen. »Ich bin gekommen, um eurem Volk Geschenke zu machen. Eine Gabe, die euch vor den Monstervögeln schützt. Ich bin als Freund gekommen ... so wie Xaca zu uns kam.«

Die violetten Augen verwandelten sich in drohende, purpurrote Scheiben. »Ihr habt Xaca nicht als Freund behandelt.«

Jason ließ sich dadurch nicht aus der Bahn werfen. »Das tut mir auch leid. Ich bin gekommen, um unsere Entschuldigung vorzubringen und einen neuen Versuch zur Verbesserung der Beziehungen zu unternehmen.« Die Miene auf dem goldfarbenen Gesicht änderte sich nicht, und Jason setzte mit einem Trumpf nach, von dem er hoffte, er würde für ihn sprechen. »Ich habe einen aus eurem Volk vor einem Monstervogel gerettet. Das allein schon sollte eigentlich die Grundlage für eine Freundschaft zwischen unseren Völkern sein. Oder verschließt ihr die Augen vor dem Guten und behaltet nur das Schlechte im Gedächtnis?«

Die Wangenmuskeln des Eingeborenen traten hervor. »Du bist wie alle aus deinem Volk. Du erzählst von Dingen, die sich wahr anhören, aber hinter ihnen befindet sich nichts. Eure Worte sind leere Hülsen, die eure wahren Vorhaben verdecken sollen.« Er hielt inne und hob eine Hand, um das Purnta zu streicheln. Dann entschied er überraschenderweise: »Du kommst mit in unser Dorf. Xaca soll dort bestimmen, wie mit dir zu verfahren ist.«

Er drehte sich abrupt um und schritt auf dem Pfad voran. Jasons Zögern fand ein rasches Ende, als er Speerspitzen in seinem Rücken spürte.

Sie traten aus dem Wald und gelangten ins Dorf. Jason konnte zum ersten Mal bei Tageslicht einen Blick darauf werfen. Sie betraten es aus einem anderen Winkel und kamen an Reihen behaglich wirkender kleiner Hütten vorüber, die man aus Farnen, Schößlingen und großen, tropischen Blättern gebaut hatte. Aus dem Umriß der Reihen schloß Jason, daß sie halbkreisförmig mit Blick auf den Fluß und mit dem Wald im Rücken errichtet waren. Dieses Dorf war nicht zur Verteidigung angelegt; mit Ausnahme der Riesenvögel, denen die Klorathier aus dem Weg gingen, hielt diese Welt keine Gefahren für sie bereit. Diese Form des Aufbaus sagte Jason auch, daß die Eingeborenen keine Kriege untereinander führten.

Als sie die letzte Reihe hinter sich ließen, wäre Jason trotz aller Bemühungen fast ins Straucheln geraten. Vor ihm breitete sich die Lichtung aus, die er vor einigen Nächten schon einmal beobachtet hatte. Bei Tageslicht, wo die Eingeborenen sie überquerten, um ihren Geschäften nachzugehen, sah sie wie eine ganz normale, beliebige Lichtung aus. Doch in der Mitte ruhte auf der Säule die große Kugel und glühte durchsichtig und gleichzeitig weiß im Sonnenlicht. Sie war ein grob behauener, aus einem größeren Stein herausgehauener Block, doch so rund, wie geduldige Hände mit primitivem Werkzeug sie nur machen konnten. Etwas Unheilvolles ging von ihr aus.

Jasons Eskorte blieb mit ihm auf halbem Weg zur Kugel stehen. Jason sah sich vorsichtig um, beobachtete die Hütten und die Leute und war von der Schönheit der klorathischen Frauen überrascht. Das war ihm bisher nicht aufgefallen. Doch jetzt, vom Sonnenlicht beschienen, statt in unheimliche Strahlen gebadet, besaß ihre Haut einen angenehmen goldgelben Schimmer, und ihr Haar setzte sich aus blauschwarzen Wellen zusammen. Die violetten Augen leuchteten sanft und warm, und die Lippen schienen Jason anlächeln zu wollen, hielten sich aber aus Vorsicht zurück. Überall liefen Purnta frei herum, jagten sich und turnten über die Hütten.

Eine Hand berührte Jason an der Schulter. Er drehte sich um und sah in das Gesicht von Xaca. Er erkannte ihn sofort unter den anderen, wußte aber keinen Grund dafür zu nennen. Bis auf einige Größenunterschiede sahen alle Klorathier für ihn gleich aus. Doch Xaca hob sich allein schon durch seine Haltung von den anderen ab, oder durch sein verschlossenes Gesicht, das seine wahren Regungen geschickt verdeckte. Jason war nichtsdestotrotz erleichtert, ihn zu sehen.

Jason wollte sein Wiedererkennen als Punkt für sich nutzen und sagte: »Xaca, ich bin erfreut, dich wiederzusehen.«

Ein rascher Blick von einem seiner Wächter brachte Jason zum Schweigen. Das Verhalten der Eingeborenen hatte sich plötzlich verändert. Achtung und Ehrerbietung schien von ihnen auszuströmen, die sich auf Xaca konzentrierten.

Xacas erste Worte lösten dieses Rätsel für Jason. »Als Häuptling meines Volkes gewähre ich dir Zutritt zu diesem Dorf, aber ich heiße dich nicht willkommen.«

Jason nahm die Worte ruhig auf. »Ich hatte eigentlich gehofft, du würdest mich willkommen heißen. Doch ich habe dir ein Geschenk mitgebracht – die Waffe gegen die Monstervögel.«

»Zeigt ihm die anderen Geschenke«, befahl Xaca ungerührt.

Sie breiteten eine lange Reihe irdischer Güter vor Jasons Augen aus: Töpfe, Kessel, Seile, Messer, Konserven und Schmuck.

»Was forderst du für *deine* Gabe?« fragte Xaca hart.

»Fordern?« Jason fragte eher aus Überraschung als nach Erklärung. »Meine Gabe ist nicht mit Forderungen verbunden. Siehst du denn nicht, daß mein Geschenk sich von den anderen unterscheidet? Eine solche Fakkel«, er hielt sie hoch, damit alle sie sehen konnten, »könnt ihr auch selbst anfertigen. Es handelt sich um keine Gabe, die euch in eine Abhängigkeit zu uns bringt, sondern um ein Geschenk, das euch stets nützen wird; um etwas, das ihr gut gebrauchen könnt.«

Jason nahm die Gelegenheit wahr, um seine Bewacher zu verlassen. Doch die vier machten ihm bereitwillig Platz. Er legte sieben der Fackeln auf den Boden, entzündete ein Streichholz und brachte damit die achte zum Brennen. Sie flammte hell auf und stieß schwarzen Rauch aus. Die erste Reihe der Eingeborenen floh erschrocken nach hinten.

»Nein«, rief Jason, »ihr braucht keine Angst zu haben. Das hier ist ein Werkzeug, keine Waffe.« Die Klorathier verblüfften ihn. Wie konnte ein Volk ohne Feuer existieren? Jason entdeckte ihre eigenen Kochtöpfe vor den Hütten. Sie standen auf Steinen, und in ihnen dampfte und kochte es. Strahlten die Steine etwa Wärme aus?

Er ließ die Frage in seinem Kopf und konzentrierte sich lieber wieder auf die Fackel. Ein Klorathier näherte sich ihm vorsichtig. Er war ein besonders schlanker Mann und trug am linken Oberarm einen primitiven Verband aus Blättern. »Ich zeige es meinen Leuten«, sagte er freundlich, »denn ich schulde dir sehr viel. Daher will ich dir helfen, ihnen zu demonstrieren, daß Feuer etwas Gutes ist.«

Erst jetzt erkannte Jason den Mann. Es war der, den er vor dem Vogel gerettet hatte. Jason dankte ihm für seinen Mut und zeigte ihm bereitwillig, wie man ein Streichholz anzündet und damit die Fackel in Brand setzt.

Der Eingeborene nahm nervös das Streichholz entgegen und hielt es am äußersten hinteren Ende. Er lächelte Jason kurz an und rieb dann das Streichholz rasch an einem Stein. Es flammte hell auf, und die anderen begrüßten es mit bewundernden »Ohs«. Mutiger geworden hob der schlanke Mann die Fackel und hielt vorsichtig das Zündholz daran.

Endlich berührte die Flamme die Fackel und brachte sie zum Brennen. Zuerst war es nur ein Funken, doch bald brannte der ganze Kopf. Erschrocken schrie der Mann auf, sprang hin und her und schwang dabei die Fackel herum. Feuer breitete sich auf seinem Arm aus und fuhr ihm über die Brust. Er kreischte zu Tode erschrocken und schien unfähig, die Fackel fallenzulassen, während sie ihn verbrannte.

Jason stürmte auf ihn zu, riß ihm die Fackel aus der Hand und drückte sie am Boden aus. Als er wieder auf den Eingeborenen sah, starrte der verwirrt auf seine Verbrennungen und sah zu, wie sie sich immer stärker röteten. Plötzlich schrie er auf, als ihm der Schmerz bewußt wurde, und er rannte mit großen Sprüngen zum Fluß. Jason wollte ihm folgen, wurde jedoch zurückgehalten.

Xacas Augen hatten vor Ärger eine dunkelrote Färbung angenommen. »Dies ist wirklich ein einmaliges Geschenk, Jason Tolliver. Ein Versuch reicht schon aus, einen Menschen zu töten. Aber dein Plan ist nicht aufgegangen, du hast dich zu früh verraten.«

»Das ist nicht wahr«, rief Jason, senkte dann jedoch

seine Stimme, als er die argwöhnischen Blicke um ihn herum bemerkte. »Das war doch nur ein unglücklicher Zufall. Wenn er nicht so viel Angst vor dem Feuer gehabt hätte ...«

»Dein Volk scheint unglückliche Zufälle wie ein Magnet anzuziehen«, erwiderte Xaca. »Wir haben schon früher mit euch Erfahrungen sammeln können.«

»Ich kann nichts für das, was andere vor mir getan haben und kann nur für mich sprechen. Ich will keine Feindschaft zwischen uns, das kannst du mir glauben! Keiner von uns will das. Wir wollen mit euch in Freundschaft leben und zusammenarbeiten. Man hat uns gegen unseren Willen hierher gebracht, und auch wir wollen leben. Und um hier überleben zu können, brauchen wir eure Hilfe.«

»Du verlangst Unmögliches«, erklärte Xaca unerbittlich. »Wir wollen Menschen von eurer Art nicht auf unserer Welt. Ihr werdet genauso handeln wie die vor euch. Ihr werdet uns anlügen und unser Vertrauen erschleichen wollen. Und wenn euch das gelungen ist, werdet ihr uns für eure Zwecke ausbeuten. Wir haben das schon zu oft miterlebt. Ihr kommt wieder und wieder, strömt endlos auf unsere Welt. Aber wir werden verhindern, daß ihr euch hier ausbreitet.«

Der Häuptling wollte ihm einfach nicht zuhören, und Jason wußte, daß seine Argumente nicht zu den Eingeborenen durchdrangen. Aber so leicht wollte er nicht aufgeben.

»Sag mir einmal klipp und klar, was ihr von uns verlangt«, bat Jason, »und wir wollen unser möglichstes tun. Wo haben die anderen Fehler begangen? Warum soll ein Zusammenleben unserer Völker unmöglich sein?«

Xaca wurde etwas ruhiger, und seine Augen leuchteten von innen. »Unsere Lebensart ist zu verschieden, und ihr könnt euch nie ändern. Ich habe euch gewarnt, die Purnta nicht mehr umzubringen, und dennoch haben wir zwei weitere von ihnen tot aufgefunden. Ihr beleidigt Gott mit euren Taten. Wenn Gott zornig ist, bleibt auch von uns nichts mehr übrig. Wir aber lieben unser Leben viel zu sehr, um es uns durch euch nehmen zu lassen.«

»Xaca spricht recht«, unterstützte ihn ein hochgewachsener Eingeborener mit strammer Haltung und einem kriegerischen Blick. »Wir haben euch erlebt und beobachtet, und wir wissen, daß es gegen euch nur ein Heilmittel gibt.«

»Dann wollt ihr uns den Krieg erklären?«

»Ich habe kein Wort von einem Krieg gesagt«, wehrte der Häuptling entschieden ab.

»Aber ihr tragt Speere in den Händen, und als ich durch das Dorf kam, sah ich, wie weitere Speere gemacht wurden. Zu welchem Schluß soll ich also sonst kommen?«

»Darüber können wir uns nicht den Kopf zerbrechen. Ich kann dir nur sagen, wie wir denken, und daraus mußt du dann deine eigenen Schlüsse ziehen.«

»Du bist ungerecht.« Jasons verbissenes Bemühen, die Kontrolle über sich zu behalten, war allmählich nicht mehr stark genug. »Sieht so die Weisheit eures Großen Gottes aus? Bestraft man bei euch einen Menschen für etwas, das er nicht getan hat?«

»Und was sollte das sein, das du nicht getan hast?« Auch Xaca erhob die Stimme. »Ihr habt mich in eurem Lager festgehalten – als Gefangenen. Und erst als ihr gesehen habt, daß ich nicht sprechen konnte, hast du mich gehen lassen ... gegen den Willen deiner Freunde. Heute bist du zu uns gekommen, angeblich, um Geschenke zu bringen, aber statt dessen hast du uns Zerstörung gebracht. Reicht das noch nicht?«

»Ich habe euch etwas gebracht, von dem ich annahm, es könnte nützlich für euch sein, könnte euch vielleicht sogar gefallen«, sagte Jason langsam und betonte jedes einzelne Wort, um den Häuptling dazu zu zwingen, ihn zu verstehen. »Vorher schon habe ich versucht, euch so harmlose Geschenke wie Obst und Kräuter zu bringen, aber ihr habt mich nicht einmal durchgelassen.«

»Jetzt verstehst du sicher auch, warum«, antwortete Xaca.

»Und warum bist du in unser Lager gekommen? Warum hast du mich zu täuschen versucht, indem du Freundschaft vorgegeben hast, als du eigentlich etwas ganz anderes wolltest?«

»Der Grund ...« Xaca zögerte. »Ich bin gekommen, um die Purnta zu retten. Ihr brachtet sie in großer Zahl um, und ich wollte dem ein Ende machen.«

»Du wolltest uns außerdem ausspionieren! Wolltest feststellen, wie stark wir sind! Gib es zu!« fuhr Jason ihn an. »Damit ist auch Xaca ein Lügner. Du wolltest in Wahrheit feststellen, wie gut wir uns verteidigen können. Und du wolltest sehen, was es mit unserem Feuer auf sich hat.«

»Wir streiten uns nicht mit euch. Ich habe alles gesagt, was von meiner Seite zu sagen ist. Ich erlaube dir, zu deinen Leuten zurückzukehren, und danach werden wir einander nie mehr sehen.«

»So leicht wirst du mich nicht los.« Jason sah sich in der Menge um, entdeckte jedoch kein freundliches Gesicht. Selbst bei den Frauen war die Neigung verschwunden, ihn anzulächeln. Diese Klorathier waren durch ein unsichtbares Band miteinander vereint. Sie bildeten eine Einheit, so wie die, die er in jener unheimlichen Nacht gesehen hatte. Resignierend fragte er: »Soll ich meinen Leuten die Botschaft überbringen, daß ihr Krieg gegen uns führen wollt?«

»Ich habe nicht von Krieg gesprochen«, wiederholte Xaca.

»Aber du kannst mir nicht versprechen, daß es nicht doch dazu kommen könnte.«

»Nein, das kann ich nicht versprechen. Wie einer aus deinem Volk mir einmal sagte, ist es stets von Vorteil, den Überraschungseffekt auf seiner Seite zu haben. Dir bleibt somit nichts anderes übrig, als abzuwarten.« Xaca trat in die Reihen seines Volkes zurück. »Nun darfst du gehen. Einer meiner Krieger führt dich zum Weg.«

Jasons letzter Versuch, doch noch zu einem freundlicheren Ergebnis zu kommen, wurde durch eine Speerspitze an seiner Brust beendet. Für Menschen, die nicht töten wollten, waren diese Speere ein merkwürdiger Besitz. Jason warf noch einmal einen Blick auf Xacas unbewegtes Gesicht und marschierte dann niedergeschlagen davon. Widerspruchslos ließ er sich zu seinem Pfad über die Hügelkette führen. Der Eingeborene verließ ihn grußlos und kehrte ins Tal zu seinen Leuten zurück.

Jason wollte nicht zu den Siedlern. Er hatte diese Reise mit zu großen Hoffnungen angetreten, um vor ihnen seine Niederlage einzugestehen.

Anscheinend war er von einem Fettnäpfchen ins nächste getreten, aber er konnte sich kaum Vorwürfe deswegen machen. Kein anderer Siedler hätte mehr als er vermocht. Und wenn Hager an seiner Stelle der Anführer gewesen wäre, würde mittlerweile keiner der Siedler mehr am Leben sein.

Wenn die Klorathier nur nicht eine so große Gefahr für sie darstellen würden. Mehr noch, sie waren ein fatales Problem, und Jason wußte nicht, wie er es überwinden sollte. Wenn er die Fackeln nicht mitgenommen hätte ... Er verbannte diesen Gedanken rasch wieder. Jason *hatte* die Fackeln mitgenommen, und ein Eingeborener hatte sich an ihnen verbrannt. Und nun mußte er einen Weg finden, diesen Schaden wieder gut zu machen.

KAPITEL SECHZEHN

»Und wie schätzt du deinen Auftritt dort ein, Jason?« fragte Randy, nachdem Jason ihnen Bericht erstattet hatte. »Was glaubst du, warum er dir ständig ausweicht?«

»Ich vermute, er will Zeit gewinnen«, antwortete Jason mit neuer Selbstsicherheit. »Sie sind noch nicht für einen Angriff auf uns gerüstet und brauchen mehr Zeit für ihre Vorbereitungen.«

»Hast du schon einmal daran gedacht, daß sie uns zwanzig zu eins überlegen sind?«

»Wir haben immer noch einen Vorteil«, antwortete Jason. »Als Xaca hierher kam, hat er unsere Gewehre gesehen. Wahrscheinlich weiß er, was man damit anfangen kann. Deshalb will er jetzt möglichst viele Waffen haben, bevor er ernst macht. Unsere Vorgänger haben möglicherweise ihre ganze Munition auf die Riesenvögel verschossen. Das haben wir nicht getan – und deshalb zögert Xaca noch. Er ist nämlich alles andere als dumm, Randy. Diese Klorathier sind keine dummen Eingeborenen, die wir nach Belieben beschwatzen und hinters Licht führen können. Hinter ihren violetten Augen befindet sich ein scharfer Verstand, und sie haben bei unseren Vorgängern schon etliche Erfahrungen mit Leuten unserer Art machen können.«

Randy schüttelte das blonde Haupt. Seine Miene war angespannt. »Die ersten Siedler müssen sich ja verheerend aufgeführt haben. Seit damals ist die Decke wohl zerrissen.«

»Genau so sehe ich es auch. Xaca hört mir einfach nicht zu. Er geht davon aus, daß ich lüge. Wie soll man da zu einer Verständigung mit ihm kommen? Man dringt ja gar nicht bis zu ihm durch.«

Randy hob einen kleinen Stein vom Boden auf und ließ ihn zwischen seinen Fingern hin und her gleiten. »Und wir besitzen nichts, worum sie mit uns verhandeln wollten«, sagte er.

»Nein«, widersprach Jason, »sie brauchen uns mehr als sie glauben. Aber ich kann es ihnen nicht begreiflich machen, sie scheinen mich ja nicht zu verstehen.«

»Und wo liegt ein Ausweg? Sollen wir einfach warten, bis sie heranrücken und uns ihnen dann zum Kampf stellen?«

»Nein, das tun wir nicht.« Jason erhob sich und straffte seine Gestalt erleichtert darüber, daß er nach so vielen Stunden der Unschlüssigkeit zu einer Entscheidung gefunden hatte. »Wir ergreifen die Initiative. Eine andere Lösung gibt es für uns nicht.«

»Ich kann noch nicht erkennen, wo sich uns die Möglichkeit zu einer Initiative bietet.«

»Was meinst du wohl, wie viele Eingeborene in dem Dorf leben?« fragte ihn Jason rasch. »Einhundert, Frauen und Kinder eingerechnet? Darunter vielleicht vierzig erwachsene Männer? Mehr sind es meiner Ansicht nach nicht. Kaum mehr als vierzig Männer, die uns bekriegen können. Wir sind fünf ... sieben, wenn man Kathy und Karen dazurechnet. Sie können die Gewehre nehmen.«

»Na und?« Randy sah ihn scharf an. »Das ist immer noch eine ganz schöne Übermacht.«

»Aber wir haben Gewehre. Ein Gewehr kann aus einer größeren Entfernung töten als ein Speer, und man kann es mehrmals abfeuern. Damit hätten wir doch eine akzeptable Chance.« Jason wartete auf Randys Reaktion und freute sich dann über den Hoffnungsfunken in den blauen Augen seines Freundes. »Allerdings gibt es da noch ein anderes Problem: Haben sich in der Umgegend weitere Stämme niedergelassen?«

»Das ist wirklich ein störendes Problem, nicht wahr? Dazu noch eins, das wir nicht lösen können. So weit können wir gar nicht auf Erkundung gehen, um ihre genaue Anzahl festzustellen.«

»Nun, wenn wir das Problem physisch nicht lösen können, können wir es doch logisch angehen. Wie Xaca sagte, sind die Klorathier Nomaden. Sie ziehen hinter den Riesenvögeln her, und die Purnta begleiten sie. Sie betreiben keinen Ackerbau und gehen nicht auf die Jagd. Die Eingeborenen ernähren sich ausschließlich von den Früchten und Kräutern ihrer Welt.«

»Und?« Randy wartete ungeduldig auf die Quintessenz.

»Damit dürfte wohl auf der Hand liegen, daß sie sich nicht zu größeren Gruppen zusammenschließen. Die Klorathier leben in kleinen Stämmen, die einander nicht in die Quere kommen und großen Abstand voneinander halten. Jeder einzelne Stamm braucht zu seiner Erhaltung alle Nahrung in einem ziemlich weiträumigen Gebiet.«

»Das heißt, in der mittleren Umgebung leben keine anderen Stämme.«

»Somit ist klar, welche andere Möglichkeit uns bleibt. Wir könnten weiterziehen und es darauf ankommen lassen. Ein anderer Stamm könnte uns freundlicher gesonnen sein oder auch nicht. Xacas Stamm hat mit den früheren Siedlern schlechte Erfahrungen gemacht, aber wenn die anderen davon erfahren haben, haben sie es nur aus zweiter Hand und nicht selbst erlebt.«

»Aber von hier wegziehen ...« Randys Miene verfinsterte sich, und sein Blick schien auf dem Boden zu kleben. »Die Aussaat und die anstehende Ernte ...«

»Und die Blockhäuser«, ergänzte Jason, »nicht zu vergessen die ideale Lage dieses Ortes. Daran muß ich auch ständig denken. Uns bleibt somit nur die andere Möglichkeit, und die gefällt mir ganz und gar nicht. Trotzdem müssen wir sie wahrnehmen. Wie Xaca sagte, ist es immer gut, den Überraschungseffekt auf seiner

Seite zu haben. Also, wir bereiten ihnen eine Überraschung, die sie so bald nicht vergessen sollen. Und wenn wir dabei siegen, müssen die Klorathier zu uns kommen, um einen Kontakt herzustellen.«

Zum ersten Mal wurde Jasons Plan widerspruchslos angenommen. Niemand wollte die schlanken und hochgewachsenen Eingeborenen wirklich töten, Jason am allerwenigsten, aber sie hatten keine Alternative bis auf die, auf die Klorathier zu warten und sich von ihnen abschlachten zu lassen. Wenn die Siedler die Streitmacht der Eingeborenen empfindlich treffen könnten, säßen sie endlich am längeren Hebel. Sie brauchten dann nicht mehr um Freundschaft zu betteln, brauchten sich nicht mehr für angebliche Fehler zu entschuldigen, die in Wahrheit unglückliche Zufälle waren, und brauchten sich endlich nicht mehr zu fürchten. Primitive Kulturen bewunderten Mut, und wenn schon nichts anderes, so konnten sie damit wenigstens in den Augen der Klorathier besser dastehen, vielleicht ihnen sogar etwas Respekt abnötigen.

Jason befahl, die Gewehre zu reinigen und die Munition zu zählen. Er schickte Frank in den Wald, um dort Holz für Pfeile und Bögen zu schneiden. Sie hatten wenig Zeit, sich in diesen Waffen zu üben, denn Jason war fest entschlossen, den Angriff zum frühestmöglichen Augenblick zu starten, aber schließlich waren den Eingeborenen auch Pfeil und Bogen unbekannt. Und Pfeile hatten eine größere Reichweite als Speere. Jasons Truppe würde auf einen großen Abstand zu den klorathischen Kriegern achten und sie trotzdem besiegen.

Während der fieberhaften Vorbereitungen begann Jason, sich wieder als Mensch zu fühlen. Er half den anderen, wo er konnte, und spürte zum ersten Mal seit Wochen wieder Leben in seinen Adern pulsieren. Er glaubte sogar, bei Hager so etwas wie grimmige Fröhlichkeit zu entdecken. Vielleicht war dies der einzige

Boden, auf dem er und Hager sich treffen konnten, aber diesem Boden haftete nichts Negatives an, denn er diente einer guten, lebenswichtigen Sache.

Die Männer nutzten die wenige Zeit, um zu lernen, wie man mit einem Bogen zielt und wie groß die Abzugskraft sein mußte, um einen Pfeil ins gewünschte Ziel zu tragen. Die Frauen konnten nicht an den Gewehren üben, denn die Siedler besaßen nicht genug Munition, aber Jason wußte, daß die beiden mit diesen Waffen umzugehen verstanden. Er hatte Kathy einmal beim Schießen zugesehen. Ihre Treffsicherheit war tödlich.

Er setzte eine Zeit von zwei Tagen für die Vorbereitungen fest. Als die goldene Sonne von Klorath hinter rosafarbenen Wolken unterging, rief Jason seine kleine Streitmacht am Fluß zusammen und stellte sich voller Entschiedenheit vor sie.

Die innere Anspannung war allen deutlich anzumerken, aber gleichzeitig war auch so etwas wie Hoffnung in ihnen. Sie warteten darauf, daß er das Schweigen brach. Schließlich erklärte er ihnen kurz und bündig: »Morgen ist es soweit.«

»Schon?« flüsterte Kathy.

»Es geht nicht anders. Wir müssen sie erwischen, bevor sie uns überraschen können. Und sie hatten eine längere Vorbereitungszeit als wir.«

»Wie wollen wir vorgehen?« Gus zitterte. Sein Gesicht war vor Erregung rot angelaufen.

Jason hockte sich auf den Boden, nahm einen Stock und malte eine grobe Karte in die weiche Ufererde. »Wir nehmen nicht den Pfad«, erklärte er, »sondern bewegen uns parallel dazu. Hinter den Felsen versuchen wir, so nahe wie möglich an das Dorf heranzukommen. Sie haben nicht sehr viel Grips dabei verschwendet, auf natürliche Verteidigungsmöglichkeiten zu achten. Der Wald erstreckt sich bis zur ersten Hüttenreihe.«

»Schleichen wir uns also ins Dorf hinein? Damit kämen wir zu nahe an sie heran, würden in die Reichweite ihrer Speere geraten«, merkte Frank an.

»Daran habe ich auch schon gedacht. Ich schätze, am besten nähern wir uns ihnen doch von der Lichtung aus. Von dort aus können wir ins Dorf hineinschießen, sind aber selbst vor ihren Speeren geschützt. Wir brauchen noch jemand, der uns den Rücken frei hält. Pfeil und Bogen sollten dort genügen.«

»Das übernehme ich«, bot sich Frank an.

Jason nickte zustimmend, malte die Karte am Boden zu Ende und wies die anderen auf die strategisch wichtigen Punkte hin.

Kathy fragte ihn mit einem Zögern, das ihm gar nicht gefiel: »Wir töten nur die Männer und nicht Frauen oder Kinder, oder wie lautet dein Befehl?«

»Natürlich, so lautet mein Befehl. Wir wollen kein Massaker anrichten. Das darf keiner von uns vergessen.« Er warf einen Seitenblick auf Hager. »Wir wollen nur ihrer Kampfkraft einen empfindlichen Stoß versetzen.«

»Mich brauchst du gar nicht so anzusehen«, beschwerte sich Hager. »Wofür hältst du mich eigentlich?«

Jason ging nicht auf Hager ein, sondern beugte sich über seine Karte. »Ich will, daß jeder die geographischen Gegebenheiten im Schlaf kennt. Vielleicht werden wir getrennt und müssen uns auf eigene Faust ins Lager zurückschlagen.«

Bevor die Sonne aufging, verließen sie das Lager. Der Himmel begann gerade erst stumpfgrau zu glühen, als sie den Hügel bestiegen und dahinter in den Wald eintauchten. Bis zu der Höhle folgten sie dem Pfad parallel. Oben angekommen marschierten sie dreißig Schritt tief ins Unterholz und stolperten durch den dunklen Wald weiter. Mancher unterdrückte einen Fluch, wenn er sich zum wiederholten Mal den Kopf oder das Schienbein stieß.

Jason marschierte an der Spitze. Der Bogen fühlte sich fremd in seiner Hand an, und der grobe Köcher hüpfte auf seinem Rücken. Alle seine Gedanken richteten sich auf die Felsen an seiner Seite. Er betete darum, daß sein Plan nicht schon hier sein vorzeitiges Ende finden würde. Wenn es hier nicht mehr weiterging und nur der eine Weg, den er schon zweimal benutzt hatte, nach unten führte, hätten die Siedler den Überraschungseffekt verloren.

Jason erreichte den Gipfel der Hügelkette und sah in die Finsternis des Waldes vor ihm, um einen Weg nach unten zu entdecken. Probeweise ging er ein paar Schritte hinunter und stellte fest, daß der Boden hier gangbar war. Sein Herz hüpfte vor Freude und trieb mit seinem Schlag die Füße rascher voran. Die Überraschung würde ihnen gelingen. Jason wollte das Dorf zu dem Zeitpunkt erreichen, wo man dort das Frühstück einnahm. Dann wären die Klorathier abgelenkt genug und würden sich leichter überraschen lassen.

Die Erregung ließ Jason schneller atmen. Er keuchte und warf immer wieder finstere Blicke hinauf zu den Purnta, die schläfrig und träge in den Bäumen hingen. Wenn eines von ihnen unerwartet auf einen Rücken sprang, würde der Schmerzensschrei des Opfers alle ihre Pläne zunichte machen. Jason schritt schneller aus, um so die Gefahr möglichst rasch hinter sich zu bringen.

Nach einer Weile mußte er sich nicht mehr auf dem Weg nach unten abstützen, sondern befand sich auf ebenem Boden im Tal. Er griff den Bogen fester, verlangsamte seine Schritte und lauschte nach einer Veränderung in den Geräuschen des Waldes. Aber die Purnta schnurrten und die Vögel sangen wie gewöhnlich, um den neuen Tag auf Klorath zu begrüßen. Ruhe und Frieden lag über dieser Welt. Jason würde diesem Frieden ein Ende setzen, aber er hoffte, es würde nur ein kurzes Ende sein. Danach würde vielleicht der

Friede für immer auf Klorath einkehren, und mit ihm Ruhe und Geborgenheit.

Jason gab den anderen ein Zeichen, ihm zu folgen, und zusammen schlichen sie vorsichtig, ohne ein unnötiges Geräusch zu machen, durch das Unterholz. Wenn Jason richtig gerechnet hatte, lag das Dorf nur noch einen knappen Kilometer entfernt. Er machte die vereinbarte Handbewegung, und die Siedler schwärmten aus. Nur Frank blieb stehen, drehte sich um und ging mit seinem Bogen, auf dem bereits ein Pfeil lag, in Stellung.

Jason lächelte. Alles klappte zufriedenstellend. Sein Plan würde aufgehen. Nur noch wenige Meter trennten sie vom Ziel, und ihre Überraschung würde vollständig sein.

Plötzlich zischte mit einem furchteinflößenden *Sssstt* ein Schaft an seinem Kopf vorbei. Jason warf sich zu Boden und hielt rechtzeitig den Bogen weit von sich, damit sein Körpergewicht ihn nicht zerbrach. Ein gellender Schrei brach aus den Bäumen. »Ho-ho-ka!« erönte es wild, und der Boden vibrierte vom Stampfen unzähliger rennender Füße.

Ein weiterer Schrei erscholl zu seiner Rechten und wurde von einem zu seiner Linken beantwortet. Sie waren in einen Hinterhalt geraten!

Kathy kroch neben ihn. Ihr Gesicht war aschfahl, und ihre Hände, die das Gewehr hielten, zitterten. »Wenn ich sie doch nur ausmachen könnte«, stöhnte sie. »Wenn ich doch nur einen von ihnen sehen könnte!«

Jason zog einen Pfeil aus dem Köcher und legte ihn ungeschickt auf den Boden. Der ganze Wald schien durch laufende Füße und Schreie, die ihren furchteinflößenden Zweck erfüllten, zum Leben erwacht. Purntas kreischten und kletterten wie verrückt von Ast zu Ast. Ihre Augen leuchteten vor Furcht tiefrot.

Dann kamen die Klorathier. Ihre großen und muskulösen Leiber brachen aus dem Unterholz, die Speerspitzen in ihren Händen funkelten, und ihre goldenen Gesichter waren hart und entschlossen. Sie umkreisten Jasons Streitmacht, umzingelten sie und hoben die Arme, um ihre Waffen zu werfen.

»Gib mir das Gewehr!« Jason riß es Kathy aus der Hand. »Wir können hier nicht untätig herumliegen!« Er nahm das Gewehr an die Schulter, rappelte sich auf und brüllte die Eingeborenen an.

Das Gewehr spuckte Donner, und ein Klorather brach zusammen. Ein zweiter fiel durch einen Pfeil von Hagers Bogen, und dann schien der Wald erschrocken den Atem anzuhalten, als die Speere durch die Luft flogen, Pfeile ihnen entgegensausten und zwei Gewehre donnerten. Pulvergeruch vermischte sich mit dem Morgentau und der Süße von heißen, eingewachsten Bogensehnen.

Jason lud und feuerte. Kathy zog ihn zur Seite, und er folgte ihr unbewußt, während er unablässig schoß und sich vor Speeren duckte, die er rechtzeitig zu sehen hoffte. Hager stand aufrecht. Er hatte seine Pfeile verschossen. Seine gewaltigen Arme schleuderten nun Steine, die klaffende rote Wunden in goldfarbenes Fleisch rissen.

»Hierher zurückziehen!« rief Kathy.

Sie folgten ihr automatisch und schossen dabei weiter in die Masse der Eingeborenen. Es waren nun nicht mehr ganz so viele, aber auch die Übriggebliebenen zogen den Kreis um die Erdmenschen unablässig enger. Karen erreichte Jason und Kathy, dann Randy und auch Gus. Sie deckten sich gegenseitig nach allen Seiten, und die größere Reichweite ihrer Waffen zwang die Klorathier, auf Distanz zu bleiben. Die meisten ihrer Speere fielen viel zu früh zu Boden. Jasons kleine Truppe zog sich weiter zurück. Als sie nicht mehr weit von Frank Keller waren, kam der ihnen schon entgegengelaufen.

»Paß auf unsere Rückfront auf!« brüllte Jason ihn an.

»Hinter uns ist nichts«, rief Frank zurück. »Da bin ich

gekommen, um euch zu helfen. Der Weg bis zu der Hügelkette ist frei.«

»Dann lauf schon los!« Jason hielt sich nicht damit auf, die Lage zu beraten. Er wußte zu gut, wieviel Munition ihnen noch blieb und daß sein Gewehr das einzige Mittel war, die Eingeborenen auf Abstand zu halten.

»Hager, Gus, zieht euch mit den Frauen zurück!« befahl er. »Wenn ihr die Hügelkette erreicht habt, ruft ihr, aber laut! Wir folgen dann.«

Sie liefen stockend davon und wurden von den Frauen behindert, die nicht weichen wollten. Jason und Randy zogen sich zusammen, Rücken an Rücken zurück, während Frank sich schlangengleich bewegte, um sie zu decken. Ewigkeiten schienen vergangen zu sein, als Jason endlich Hagers Ruf vernahm. Er brüllte eine Antwort und erklärte dann Frank: »Du gehst als nächster. Renn, als ob der Teufel hinter dir her wäre. Wir zählen bis zwanzig und folgen dir dann.«

Frank ließ sich nicht zweimal bitten. Ihm war klar, daß Jason mit dem Befehl auf seine älteren Beine und sein verbrauchtes Herz Rücksicht nahm. Jason zwang sich, langsam bis zwanzig zu zählen, bevor er Randy mit sich riß. Sie kletterten die Hügel hinauf, und ihre Beine drohten von der Belastung und der aufkommenden Panik einzuknicken. Jason feuerte zurück und verschwendete damit nur Munition. Aber die Eingeborenen wagten dadurch nicht, näher heranzukommen. Endlich sagten ihm seine Beine, daß er den Gipfel erreicht hatte, und Jason stürmte ohne Zögern auf die Höhle zu.

Die anderen erwarteten ihn bereits dort. Sich in der Höhle zu verschanzen, hatte wenig Wert, erkannte Jason sofort. Die Klorathier könnten sie umgehen und die Siedlung in Gefahr bringen. »Nach Hause!« rief er daher seinen Leuten zu und bildete den Schluß bei ihrer hastigen Rückkehr.

Sie stolperten den Pfad hinab. Jason drehte sich alle

zehn Schritte um, um auf eventuelle Verfolger zu schießen. Aber er brauchte keine Kugel mehr abzufeuern. Der Wald lag still da. Die Eingeborenen verfolgten sie nicht.

Sie kamen vor ihrer Lichtung aus dem Wald und starrten voller düsterer Vorahnungen vom Hügel hinunter. Hatten die Klorathier noch etwas von der Siedlung übriggelassen? Aber das Lagerfreuer brannte friedlich vor sich hin, und Anna, Helen und Beth winkten ihnen zu.

Gus stürmte sofort hinunter. Jason hingegen hatte keine besondere Eile. Es gab keinen Grund, sich noch weiter abzuhetzen, und seine Beine und seine Lunge waren ausgepumpt. Jason warf einen Blick auf Hager und wartete auf die erste Beschuldigung, auf die ersten Verdächtigungen. Aber Hager war viel zu sehr damit beschäftigt, sich den Schweiß aus dem Gesicht zu wischen, um etwas sagen zu können.

Jason legte einen Arm um Kathy, um ihr beim Weg nach unten eine Stütze zu geben. Sie zitterte immer noch, und es kam von tief in ihr. Das Mädchen kämpfte gegen ihre Tränen an. Jason drückte sie und versuchte, ihr damit etwas Geborgenheit zu geben. »Jetzt ist doch alles wieder gut. Sie sind uns nicht gefolgt.«

»Ich weiß«, flüsterte sie rauh. »Tut mir leid, ich kann auch nichts dafür. Wahrscheinlich, weil ich noch nie wirklich um mein Leben kämpfen mußte.«

»Ich hätte dich besser hier gelassen.«

»Haben es alle geschafft?«

»Ja, alle, und das ist das Seltsamste daran. Etliche Male sind die Eingeborenen uns verdammt nahe gekommen. Diese Speere flogen so rasch und so zahlreich ... Man könnte fast annehmen, sie haben überhaupt nicht mit ihnen nach uns gezielt.«

»Vielleicht war es wirklich so.« Randy trat neben die beiden.

»Aber das ist doch unsinnig.«

»Und wieso?«

»Weil wir mindestens fünf von ihnen getötet haben. Das werden sie doch nicht einfach so hingenommen haben.«

»Sie können sich mit ihrer Rache Zeit lassen. Vielleicht wollten sie uns jetzt *nicht* töten, weil sie darauf noch keinesfalls vorbereitet sind.«

»Wenn du schon bei den Warums und Wiesos bist«, meldete sich Frank zu Wort, der gerade an Jasons Seite auftauchte, »dann kannst du vielleicht auch die Frage beantworten, wie uns die Eingeborenen überhaupt entdeckt haben?«

Jason gab ihm keine Antwort, sondern konzentrierte sich darauf, mit den Füßen fest genug beim Weg nach unten aufzutreten. In der Siedlung hatte Gus schon seine Familie erreicht. So wie sie alle nun die Schultern hängen ließen, wußte Jason, daß sie schon von ihrem Scheitern erfahren hatten.

»Nun?« drängte Frank.

»Irgend etwas an unserem Plan war falsch«, grübelte Randy. »Sie müssen rund um ihr Dorf Wachen postiert haben.«

»Nein«, sagte Jason endlich, »daran liegt es nicht.«

»Was meinst du mit ›daran‹?« Kathys Miene war angespannt, als sie zu ihm aufsah.

»Ich habe schon einmal versucht, sie auszutricksen, damals während der Blockade. Ich ließ mich bei meinem Weg absolut vom Zufall leiten. Und ganz sicher sind sie mir auch nicht von irgendwoher gefolgt. Ich wußte ja selbst nicht, wohin ich mich wandte. Aber die Eingeborenen sind eben immer da, das ist alles. Irgendwie wissen sie, wo wir uns gerade befinden, und kommen dorthin, um uns abzufangen.«

Frank sah ihn scharf an. »Vielleicht hat ihr Medizinmann Visionen.«

»Also schön, was willst du damit sagen?« Jason war stehengeblieben und baute sich jetzt vor dem alten

Mann auf. Sein Gesicht widerspiegelte den Ärger in den faltigen Zügen Franks.

»Nicht mehr und nicht weniger, als daß du immer wieder im Übernatürlichen endest. Ich habe dich beobachtet, und dieser Zug an dir gefällt mir nicht. Du warst es doch schließlich, der *mich* davor gewarnt hat, und jetzt redest du schon selber so.«

»Vielleicht habe ich einen Grund dafür.«

»Ich weiß«, ließ Frank nicht nach. »Jetzt gleich sagst du ›Wenn du gesehen hättest, was ich gesehen habe ...!‹ und so weiter und so fort. Nun bitte, ich habe es nicht gesehen, aber ich bezweifle, daß ich heute anders reden würde, wenn ich es gesehen hätte.«

»Wovon redet er eigentlich?« wollte Kathy wissen. »Was soll das heißen, du hättest ihn gewarnt?«

»Es war diese Nachricht«, erklärte ihr Jason. »Wir unterhielten uns darüber, wieso ein Erdmensch einem fremden Gott anhängen kann.« Er wandte sich wieder Frank zu. »Ich denke, daß dieser Planet eine völlig fremde Welt ist ... und daß es hier einen völlig fremden Gott *gibt.* Ein Gott, der mit seinem Volk spricht und es warnt, wenn eine Gefahr im Verzug ist. Ein Gott, der sein Volk lenkt. Als ich ihre Gesichter in der Versammlung sah und wie das Licht auf ihren Zügen pulsierte – diesen Anblick kann ich nie vergessen. Zweifelsfrei ist das eine Religion, Frank, nicht mehr und nicht weniger. Und ihr Gott beschützt sie!«

»Dann können wir gleich einpacken.«

»Vielleicht hat Jason recht«, bemerkte Randy. »Du hast doch auch schon von den Regentänzen primitiver Kulturen gelesen, mit denen sie wirklich Regen vom Himmel fallen lassen. Oder von anderen Wundern. Nicht ausgeschlossen, daß auch die Klorathier über solche Mittel verfügen – durch ihren Gott.«

»Also, ich hätte das nie für möglich gehalten«, schimpfte Frank. »Erwachsene Männer – und Christen – werfen allen Glauben über Bord und bekennen sich zu einem heidnischen Naturgott. Demnächst stellt ihr hier noch Götzenbilder auf.«

»Darum geht es doch gar nicht«, winkte Jason ab. »Das alles mag sich vielleicht auf den simplen Umstand reduzieren, daß die Klorathier noch wissen, wie sie mit ihrem Gott in Kontakt treten können, daß sie noch nicht verlernt haben, ihm zuzuhören.«

»Aus deinem Mund hört sich das wunderbar logisch an.« Frank wollte ihm keine Möglichkeit zum Herauswinden lassen. »Du bist wirklich davon überzeugt, daß die Klorathier einen neuen und anderen Gott haben. Gib es zu, Jason, du *glaubst* an einen Großen Gott von Klorath, zusätzlich zu unserem Herrn des Universums.«

»Ich will mich nicht mit dir herumstreiten«, schloß Jason ab. »Du bist müde und ich auch. Es bringt doch nichts, wenn wir unsere Frustrationen an uns gegenseitig auslassen.« Er nahm seinen Marsch hinunter zur Siedlung, zu Nahrung und Ruhe wieder auf. Nach wenigen Schritten blieb er jedoch stehen und rief zurück: »Die Zeit wird dieser Debatte ein Ende setzen, Frank. Und gut möglich, daß sie auch *uns* ein Ende setzt!«

KAPITEL SIEBZEHN

Es dauerte Tage voller klorathischen Sonnenscheins, um die Schmerzen aus ihren Körpern zu vertreiben. Obwohl es unsinnig schien, die tägliche Arbeitsroutine wieder aufzunehmen, bestand Jason darauf. Sie konnten wenigstens so tun, als hätten sie noch eine Zukunft.

Sie arbeiteten, und er arbeitete mit ihnen, aber ständig wartete er; wartete auf den Schrei »Ho-ho-ka« oder das Zischen eines Speerschafts. Der Rachefeldzug der Eingeborenen konnte jeden Moment kommen. Jasons Plan war gescheitert, und dieses Scheitern hatte die Gefahr für die Siedler noch vergrößert. Fünf Eingeborene waren ums Leben gekommen. Jason hatte den Kodex dieser Welt gebrochen und hatte seine Worte vom guten Willen Lügen gestraft. Schlimmer noch, er hatte Xaca die Möglichkeit gegeben festzustellen, wie schwach die Siedler wirklich waren. Aber nichts geschah.

Einige Tage später, in einer wolkenverhangenen Nacht, ertönte das Pochen wieder durch die Wälder und hallte von den Flüssen und von den Sternen wider. Jason lief ein Frösteln über den Rücken, und er zog die Decke über den Kopf, um die Kälte aus seinen Knochen zu vertreiben. Jason schloß die Augen, aber unter den Lidern blieb ein bestimmter Anblick bestehen: die Versammlung goldfarbener Menschen und Tiere, die im Takt schlagenden Schwänze und die entrückten Gesichter und das unheimliche, helle Lichtherz, das sich ausbreitete, das ganze Tal erleuchtete. Jason wollte wie vorher davonlaufen, wollte mit stoßendem Atem und strömendem Schweiß das Pochen und den Anblick vertreiben. Aber Beths vertrauensseliger Blick und Helens nervöse Finger ließen ihn nicht los.

Er beobachtete Frank Keller, der wiederum seine Frau

beobachtete. Sie hatte sich hingekniet und die Hände gefaltet, und ihre Lippen bewegten sich betend. So verbrachte sie immer die Zeit des Pochens.

Jason stand auf. Er konnte das Pochen nicht länger ertragen. »Kommt, wir singen ein Lied«, sagte er, und es klang albern. Er schämte sich seiner Worte, kaum daß er sie ausgesprochen hatte, aber als Zustimmung und Erleichterung um ihn herum offenbar wurden, versuchte er, der Spannung mit einem Scherz zu begegnen. »Zumindest hat es einen tollen Rhythmus, und für irgendwas muß es ja gut sein.«

Kathy begann, und dann sangen sie ihre Rebellenlieder und schließlich alte Lieder von der Erde. Ihre Stimmen ertönten in grimmigem Trotz gegen das Pochen, klangen mutig und doch klein gegen seine Macht. Die Töne trieben mit dem aromatischen Rauch des Lagerfeuers in den Nachthimmel; blieben stets im Rhythmus mit der ehrfurchteinflößenden Wesenheit, die über Klorath wandelte und durch die Sterne reiste.

Sie hatten sich zum Frühstück hingesetzt, als das furchtbare Zischen kam. Es sauste an Jason vorbei und grub sich tief in den Boden am Flußufer ein. Der Schaft zitterte vom Aufprall, blieb aber aufrecht stehen. Jason rannte auf den Speer zu. Er hatte nicht ihm oder einem anderen Siedler gegolten, denn etwas war an seinem Schaft befestigt, das jetzt leicht schaukelte und das Sonnenlicht reflektierte.

Jason riß es vom Speer fort und warf es dann voller Abscheu fort. Ein Auge hatte an dem Schaft gehangen. Ein großes, gelbes Auge eines der Riesenvögel, jetzt getrocknet und glänzend.

»Was mag das zu bedeuten haben?« Gus war blaß. »Warum haben sie das getan?«

»Das ist ihre Methode, uns den Krieg zu erklären«, erklärte Jason bestimmt.

»Ich denke, du bist etwas voreilig in deinen Schlüssen«, widersprach Randy.

»Nein, ganz und gar nicht. Die Klorathier fürchten auf ihrer Welt nichts so sehr wie die Riesenvögel. Und dieses Auge ist für sie das Abscheulichste, das sie sich vorstellen können. So etwas verschenkt man kaum an Freunde.«

Randy drehte sich zu Frank um und sah ihn fragend an, doch der alte Mann nickte. »Das paßt durchaus in die Sitten und Gebräuche einer primitiven Kultur. Jason hat recht.«

»Aber sie können uns doch nicht den Krieg erklären!« Helen riß Beth an sich. »Wir können uns gar nicht verteidigen. Das wäre Mord!« Als niemand ihr darauf antwortete, brach es aus Helen heraus: »Du bist daran schuld, Jason. Du hast unsere einzige Chance zerstört, mit ihnen zu einer Verständigung zu kommen, Du mit deinem Angriff und deinem großen Plan. Du trägst die Schuld daran, und jetzt müssen wir alle dafür bezahlen.«

Hager trat auffällig einen Schritt zur Seite, um neben Helen zu kommen. »Das geschieht uns nur recht!« rief er. »Mit allem, was wir getan haben, sind wir nur dem Abgrund näher gekommen. Und das nur, weil wir immer auf Jason gehört haben. Dieser Herr weiß ja überhaupt nicht, was er anrichtet, und jetzt hat er uns dorthin geführt, von wo aus es kein Zurück mehr gibt und wir dem Untergang unausweichlich geweiht sind.«

»Warum konnte nicht *einer* von den Speeren dich treffen?« zischte Jason.

»Weil ich dein Gewissen bin, Jason.« Hager spürte Oberwasser. »In diesem Haufen bin ich der einzige, den du nicht aufs Kreuz legen kannst.«

»He, was soll das?« Karen stellte sich Hager entgegen. Ihr ohnehin schon weißes Gesicht war vor innerer Anspannung noch blasser geworden. »Für dumme Streitereien haben wir jetzt wirklich keine Zeit. Wir müssen uns vielmehr überlegen, was zu tun ist.«

Kaum hatte sie die Worte ausgesprochen, schien allen

die Antwort auf ihr Problem klar zu sein. Jason marschierte davon und überließ die anderen Hager. Am nächsten Tag würde er dieser unsinnigen Auseinandersetzung ein Ende bereiten.

»Wo willst du hin?« Kathy hielt ihn am Arm zurück.

»Ist doch wohl egal, oder?« knurrte er.

»Das glaube ich nicht. Du kannst uns jetzt nicht allein lassen. Dies hier ist dein Problem, und du mußt dich ihm stellen. Wenn es nichts mehr zu tun geben sollte, dann sprich das aus, und damit hast du getan, was du konntest. Wenn du aber noch eine Chance siehst – und sei sie noch so gering –, dann greif mit beiden Händen danach.«

»Warum?« fragte er unwirsch. »Was machen denn zehn Tote mehr aus? Weit über hundert Menschen sind vor uns gestorben. Warum sollen wir uns nicht zu ihnen gesellen?«

Sie fuhr vor ihm zurück, und ihr Körper bebte. »Geh zu den Gräbern, Jason, und wiederhole diese Worte vor den Gebeinen deines Vaters.«

Jason zuckte zusammen. Ein kalter Schauer lief ihm über den Rücken. Doch als er sich wieder zu ihr umdrehte, um ihr zu antworten, war sie verschwunden.

Wütend stapfte er in den Wald und verließ ihn ein Stück flußabwärts wieder. Er sah hinauf zu den Bäumen und der goldenen Sonne und begann zu lachen. Klorath, das Paradies, wohin die Liga ihre Störenfriede schickte, damit sie dort ein neues Leben nach ihren eigenen Vorstellungen führen sollten. Dieses Klorath war die größte Lüge des Universums, aber es gab keine Möglichkeit, ihr ein Ende zu machen. Die Liga brauchte keine Henker und keine Hinrichtungskommandos zu beschäftigen; die hielt sie sich sozusagen kostenlos auf Klorath. Wo die Riesenvögel nicht ausreichten, besorgten die Eingeborenen den Rest. Die Liga besaß somit goldfarbene Henker mit violetten Augen, denen putzige, wuschelige Tiere auf den Schultern saßen.

Er atmete tief durch. Vor einiger Zeit hatte er gesagt, die Eingeborenen seien mehr auf die Siedler angewiesen, als sie selbst es für möglich hielten. Und das war auch jetzt noch richtig. Die Zukunft der Klorathier hing ebenso wie die der Siedler von einer Zusammenarbeit ab. Aber wie sollte Jason ihnen das klarmachen? Konnte er seine Worte so einfach und doch so eindringlich wählen, daß Xaca zu überzeugen war? Er mußte es einfach versuchen. Es war Jasons Chance, seine letzte Chance.

Jason lief durch den Wald und verließ ihn jenseits der Felsen, nahe beim klorathischen Dorf, wieder. Als er die letzten Bäume hinter sich ließ und auf die Lichtung trat, blieb er kurz stehen. Sein Blick fiel direkt auf die Kugel, und sie schien auch ihn anzusehen. Er zwang sein Bewußtsein, die Erinnerung an jene Nacht zu verdrängen und sich auf das Jetzt zu konzentrieren.

Die Klorathier strömten zusammen. Sie überquerten den Dorfplatz und stellten sich neben ihrer Kugel auf. Ihre Gesichter waren goldfarben und ausdruckslos. Xaca stand in der ersten Reihe. Jason glaubte, Bewunderung in den violetten Augen des Häuptlings zu erkennen. Er warf die Schultern zurück, als er mit langen Schritten auf Xaca zumarschierte.

Der Häuptling ließ ihn nicht aus den Augen. Seine Miene verwandelte sich von Mißbilligung in Neugierde. »Du bist ein Rätsel für mich«, sagte er. »Entweder besitzt du eine besondere Weisheit, oder du bist besonders töricht. Wie soll ich mich entscheiden?«

Jason sah auf die zahllosen Purnta und die versammelten Eingeborenen und suchte in ihren Gesichtern nach irgendeiner Regung. »Zu gewissen Zeiten ist ein Mann sowohl weise als auch töricht, Xaca. Ich war beides, und nun bin ich gekommen, um dich darum zu bitten, mir meine Torheit zu verzeihen. Ich denke, jetzt bin ich weise.«

»Du willst uns sicher noch mehr erzählen.« Xacas Worte klangen eher wie eine überdrüssige Feststellung als eine Frage. »Warum glauben du und deine Leute immer, mit Reden könnte man etwas erreichen? Alle wichtigen Worte zwischen uns sind bereits gefallen.«

»Nein, das sind sie nicht«, entgegnete Jason. »Die wichtigsten Worte warten noch darauf, ausgesprochen zu werden.«

»Deine Worte im Wald waren sehr stark. Fünf von meinen Leuten sind an ihnen gestorben.«

»Dafür kann ich mich wohl nicht entschuldigen. Es war falsch, und die Folgen sind zu schwer für eine Entschuldigung. Du hast mir so viel Angst gemacht, daß ich glaubte, nicht anders handeln zu können. Ich sage dies nicht, weil mein Angriff fehlgeschlagen ist. Denn erst jetzt verstehe ich, und würde ich noch einmal in die gleiche Lage geraten, würde ich kein zweites Mal so handeln.«

Xaca blieb unbeeindruckt, aber Jason wollte jetzt kein Schweigen aufkommen lassen, sondern seine möglichen Chancen nutzen. »Ihr seid nicht bereit, uns so zu akzeptieren, wie wir sind. Vielleicht kann ich euch daraus nicht einmal einen Vorwurf machen, aber es gibt andere Gründe, Xaca ... Gründe, die drohend über uns allen hängen. Wir sind aufeinander angewiesen.«

»Versuchst du, mir Angst einzujagen, um mich so herumzubekommen?« fragte Xaca gefährlich leise, und Mißtrauen stand überdeutlich in seinem Gesicht.

»Wenn du mir zuhören willst, erkläre ich es dir.«

»Dann erkläre.« Xaca setzte sich auf den Boden. Er sah hinüber zu der Säule, so als wollte er aus der Kugel irgend etwas beziehen.

Der Rest der Dorfbewohner folgte dem Beispiel ihres Häuptlings, und bald war Jason der einzige, der noch stand. Um zu Xaca sprechen zu können, mußte er der Kugel den Rücken zukehren, und das gefiel ihm nicht. Unruhe war in ihm, ob die Kugel nicht plötzlich wieder pulsierte, sich ausdehnte und ihn verschlang. Aber ihm blieb nichts anderes übrig, als sich umzudrehen, und er begann. »Vielleicht weißt du, warum meine Leute hierher kommen.«

»Ich habe etwas von einer Liga gehört, die euch zum Sterben auf unsere Welt schicken soll«, antwortete Xaca. An seinem Tonfall war deutlich zu erkennen, daß er das alles für Schwindel hielt.

»Das ist richtig.« Jason mußte so fortfahren, als würde der Häuptling diese Geschichte glauben. »Die Liga ist stark und böse. Sie besteht aus Männern, die nur Macht wollen, die alles daran setzen, Menschen zu beherrschen und sie nach ihrem Willen zu formen, bis sie an das glauben, was diese Männer wollen. Wenn sich aber Menschen der Liga widersetzen, schickt man sie hierher nach Klorath. Die Liga erzählt den Ausgewiesenen, Klorath sei eine paradiesische Welt, und hier würde bereits eine Siedlung bestehen. Sie schickt sogar Kinder hierher, Xaca, hilflose und unschuldige Kinder. Die Liga weiß genau, wie es auf Klorath aussieht. Die Männer an der Spitze der Liga wissen genau, daß die Menschen – und die Kinder – hier von den Riesenvögeln getötet werden. Aber das klappt nicht immer bei allen. Manchmal schaffen es die Menschen, so wie wir, die Riesenvögel in die Flucht zu schlagen. Und in einem solchen Fall steht ihr bereit, um die Überlebenden umzubringen.«

Er erhoffte, beim Häuptling so etwas wie Betroffenheit erkennen zu können, fand aber in seiner Miene kein Anzeichen dafür. Xaca war immer noch ungerührt.

»Ich habe dir das alles erzählt, damit du die Gefahr erkennst, die von der Liga ausgeht. Die Männer an ihrer Spitze sind durch und durch böse. Menschenleben kümmern sie nicht ... das begreifst du am besten, wenn du daran denkst, daß sie auch kleine Kinder diesen Gefahren aussetzen. Und du mußt begreifen, daß die Liga nicht etwas weit Entferntes ist. Sie ist sehr nahe, Xaca. Sie ist euch ganz nahe, und sie bringt euch Gefahr.«

Xacas Kopf ruckte auf. »Ich weiß, daß die Liga hierher kommen kann. Sie liefert euch hier ab, also kann sie auch selbst kommen.«

»Und sie *wird* kommen. Die Liga besitzt viele Welten zur Besiedelung, aber es sind nie genug. Früher oder später streckt sie ihre Hand auch nach Klorath aus. Schließlich findet man auf dieser Welt immer noch paradiesische Zustände vor, und das weiß die Liga. Deshalb wird sie Klorath eines Tages wollen.«

»Aber die Riesenvögel ...« Xaca wollte es immer noch nicht wahrhaben.

»Die Liga besitzt Waffen, mit denen man alle Riesenvögel auf Klorath restlos vernichten kann. Verstehst du denn nicht, Xaca? Die Waffen, die wir mitgebracht haben, sind primitiv und altmodisch, denn wir glaubten ja, hier gebe es nichts, wovor man sich fürchten müßte. Die Liga hingegen besitzt starke und moderne Waffen. Wenn sie mit ihnen nach Klorath kommt, kann sich ihr nichts in den Weg stellen. Dann töten die Männer der Liga die Monstervögel, roden die Wälder, errichten Betonstädte, dämmen die Flüsse ein und zerstören die Ruhe dieser Welt. Natürlich seid ihr dann noch da. Aber ihr würdet euch nie in ihrem Leben der Gewalt und der Niedertracht zurechtfinden. Also bleibt der Liga nichts anderes übrig, als euch wie die Vögel zu vernichten. Das ist die Zukunft deines Volkes, Xaca, nicht mehr und nicht weniger. Gegen die Liga habt ihr nicht die geringste Chance.«

Xaca sah auf seine Leute und dann auf die Kugel. Harte Linien zogen sich durch sein Gesicht, so wie Jason es noch nie an ihm gesehen hatte. Sie nahmen dem Häuptling die Illusion der Jugend, und erst jetzt erkannte Jason, daß Xaca eigentlich ein alter Mann war. Als der Häuptling endlich sprach, klangen seine Worte schwer, so als wenn er Jason glauben wollte und sich gleichzeitig dagegen wehrte. »Du bist sehr geschickt im Umgang mit Worten und hast recht überzeugend geklungen. Aber warum hast du uns das erzählt? Was steckt dahinter?«

Jason setzte sich hin. Er spürte eine starke Erregung in sich, weil die Klorathier jetzt endlich gewillt waren, ihm zuzuhören. »Zusammen, Xaca, zusammen sind wir vielleicht in der Lage, Klorath zu verteidigen. Meine Leute kommen von der Welt, auf der die Liga sitzt, und wir kennen ihre Waffen. In einiger Zeit können wir sie auch herstellen. Wir benötigen sicher Jahre dafür, sie zu entwickeln und neue Möglichkeiten zu finden, aber wenn man uns die Chance dazu gibt, können wir es schaffen. Wir brauchen diese Chance. Wir könnten heute hundert sein, die zusammen an einer Verteidigung für diese Welt arbeiten, doch leider ist es durch Mißverständnisse und Kriege anders gekommen. Wenn du mich verstanden hast, Xaca, mußt du uns einfach diese Chance geben.«

Xacas Miene verriet nun wieder Mißtrauen, und Jason spürte eine Gänsehaut auf seinem Körper.

»Das hat also dahintergesteckt«, sagte Xaca, »du wolltest nur um euer Leben bitten, nicht wahr? Alle deine Worte und alle Gefahren, die du uns ausgemalt hast, galten nur diesem einzigen Ziel. Du bittest mich, dir Glauben zu schenken, doch dahinter verbirgt sich so viel mehr. Und du würdest es dir wirklich zu einfach machen, wenn du mich belügst, um dein Leben zu retten.« Er streckte eine Hand aus und hob ein Purnta hoch. Seine Finger versanken tief im flauschigen Fell. Das Tier rollte den Schwanz um Xacas Nacken und kletterte so lange herum, bis es bequem auf den Schultern des Mannes saß.

»Wenn du mir nicht glauben willst, bleibt mir nichts mehr zu tun«, seufzte Jason. »Ich kann dich nicht überzeugen ... Ich kann nicht mal mit dir reden, ohne daß du jedes Wort aus meinem Mund für gelogen hältst.«

»Was sollte ich denn deiner Ansicht nach tun?« Xaca war ebenso voller Zweifel wie Jason frustriert.

»Glaube mir einfach!« Jason konnte den schrillen Ton in seiner Stimme nicht ganz unterdrücken. »Ich bin mit guten Absichten und voller Hoffnung gekommen, und ich bin allein gekommen, obwohl ich dadurch mein Leben aufs Spiel setzte. Das sollte dir eigentlich Beweis genug sein, daß ich nicht nur mein Leben retten will. Da hätte ich auch in den Wald flüchten können, wo du mich nie finden würdest, wenn ich das nicht wollte. Wenn du mich einem Test unterziehen willst, dann bin ich bereit dazu.«

Xaca gab keine Antwort. Seine Hand strich weiter über das Fell des Purntas. Seine Gedanken schienen weit weg zu sein, suchten nach etwas als Entscheidungshilfe. Dann sagte der Häuptling nur: »Die Furcht vor dem Tod ist etwas anderes als die Furcht vor dem Schmerz.«

Jason starrte ihn verwirrt an. Das Purnta schnurrte und blinkte mit den wäßrigen Augen.

»Ein Mann kann im Angesicht eines raschen Todes Mut entwickeln«, fuhr Xaca in einem sonderbaren ruhigen Tonfall fort. »Aber wenn er weiß, daß ihn Schmerzen erwarten, zerplatzen oft seine Lügen und machen der Wahrheit Platz. Genauso wird es sich auch mit dir verhalten. Du sprichst von Freundschaft und gegenseitiger Achtung, aber wenn ein Purnta dir Schmerzen zufügt, bringst du ihn gleich um.«

»Was soll das jetzt wieder bedeuten?« In Jason wuchs die Ungeduld. »Wir haben uns ehrlich bemüht, die Tiere nicht töten zu müssen. Bis vor kurzem wußten wir noch nicht, wie wichtig diese Tiere für euer Leben sind.«

»Hier irrst du dich«, verbesserte ihn der Häuptling. »Die Purnta sind nicht für unser Leben wichtig, sie *sind* unser Leben. Als ihr sie umbrachtet, habt ihr uns in große Bedrängnis gebracht. Wir sahen mit eigenen Augen, wie ihr unser Leben genommen habt, und danach kamt ihr und wolltet Freundschaft mit uns schließen. Wie sollten wir da Aufrichtigkeit bei euch erkennen?«

»Ich weiß nicht, worauf du jetzt hinauswillst. Ich denke, was du da aufgeführt hast, ist längst Vergangenheit.«

»Du hast dich bereit erklärt, die Wahrheit in deinen Worten von mir auf die Probe stellen zu lassen«, erklärte Xaca widerwillig. »Da die Purnta der Hauptpunkt unserer Differenzen zu sein scheinen, sollte eine Probe mit ihnen diese Angelegenheit klären.«

Nur mit Mühe konnte Jason ein aufkommendes Zittern in seinem Körper unterdrücken.

»Du behauptest, du hättest dich in große Gefahr für dein Leben begeben, als du zu uns gekommen bist, um mir angebliche Wahrheiten zu sagen«, fuhr der Häuptling fort. »Wenn du nun Schmerzen erleiden mußt, bleiben deine Wahrheiten dann bestehen? Dies soll die Probe sein. Ein Purnta wird die Entscheidung bringen.«

Was Jason bislang befürchtet hatte, schien nun unausweichlich. Jede Faser seines Körpers lehnte sich gegen die Erkenntnis auf. Jason mußte all seinen Mut zusammennehmen, um Xaca zu fragen: »Wie soll die Probe aussehen? Sag es mir, und ich will mich ihr stellen.«

»Du hast große Angst«, antwortete ihm der Häuptling. »Vielleicht wünschst du jetzt schon, deine Meinung und deine Worte zu ändern.«

»Sag mir, wie die Probe aussieht!«

Xaca sah ihm in die Augen. Sein vorgeschobenes Kinn drückte Festigkeit und Entschiedenheit aus. »Bist du bereit, deinen guten Willen in einer Schmerzprobe zu bestätigen? Bist du bereit, deinen Oberkörper zu entkleiden und ein Purnta auf deine Schultern klettern zu lassen? Du hast gesagt, ihre Pfoten verbrennen eure Haut, und sie fügen euch dabei solche Schmerzen zu, daß ihr die Tiere töten müßt. Ist also deine Wahrheit gefestigt genug, um solche Schmerzen zu überstehen?

Oder möchtest du jetzt eingestehen, daß deine Worte Lügen waren, und somit der Probe entgehen?«

Jason beschloß, so ehrlich wie möglich zu sein. »Ich möchte diese Probe nicht über mich ergehen lassen, Xaca, denn ich habe diese Pfoten schon vorher gespürt. Du verlangst Unmögliches für eine Probe.« Die violetten Augen ließen ihn nicht aus ihrem Blick. Jason griff nach dem obersten Knopf seines Hemdes. »Aber ich werde mich dieser Prüfung stellen ... Anscheinend gibt es keine andere Möglichkeit, dich zu überzeugen. Laß das Purnta los.«

Der Häuptling nahm das Tier sanft von seinen Schultern. »Wieder kann ich nur sagen, daß du entweder sehr weise oder sehr töricht bist. Ich hätte nicht geglaubt, daß du dich dieser Probe stellen würdest.«

»Habe ich denn eine andere Wahl?« fragte ihn Jason verbissen. »Gib das Tier her, damit wir die Sache hinter uns bringen.«

Xaca reichte das Purnta, und Jason nahm es entgegen, wobei er instinktiv darauf achtete, nicht die Pfoten zu berühren. Einige lange Sekunden hielt er es von seinem Körper fern, um seiner Haut Gelegenheit zu geben, sich auf das Kommende vorzubereiten. Aber überall begann es zu jucken und zu krabbeln. Am liebsten hätte er das Purnta fortgeschleudert. Dann atmete Jason tief durch und setzte das Tier auf seine Schulter.

Vier sengende Abdrücke brannten in seine Haut, und er schrie laut auf, rührte sich jedoch nicht. Das Purnta wanderte von Jasons linker Schulter zur rechten, und er biß bei dem neuen Schmerz die Zähne zusammen. Jason schämte sich nicht mehr der Geräusche, die tief aus seiner Brust kamen. Blut rann unter den Pfoten aus Jasons brennendem Fleisch, und er bewegte die Schultermuskeln, damit das Tier sich fortbewegte. Es kehrte auf die linke Schulter zurück, trat in alte Pfotenwunden und brannte neue ein. Das Purnta blieb dort hocken, setzte sich auf die Hinterbeine und stützte sich mit den

Vorderpfoten auf Jasons Brust. Leicht und zärtlich stieß es mit der Schnauze an den Kopf des Mannes und schnurrte.

Blut sickerte über Jasons Rücken, und Schweiß strömte über sein Gesicht, aber stur richtete er seinen Blick weiterhin auf den Häuptling und wartete auf das Zeichen, das die Probe beendete. Endlich hob Xaca das Purnta von der Schulter des Mannes und starrte verblüfft auf die Brandlöcher in Jasons Fleisch.

»Du bist ein tapferer Mann«, sagte er.

Jason fiel auf alle viere. Erleichterung mischte sich in den Schmerz. Die Säure brannte sich immer noch weiter in sein Fleisch. »Habt ihr eine von diesen gelben Früchten?«

Eine Frau kam zu ihm und reichte ihm eine. Jason riß sie auf und preßte den Saft auf Brust und Schultern. Angenehm und wie ein Eiswürfel lief es über sein Fleisch. Der Fruchtsaft nahm dem Schmerz seine Heftigkeit, das Pochen in den Wunden konnte er jedoch nicht stoppen.

Mühsam erhob sich Jason und wischte sich mit dem Hemd den Schweiß aus dem Gesicht. »Ich habe deine Probe bestanden. Glaubst du nun meinen Worten?«

Xaca sah auf seinen Stamm, um ihre Reaktionen abzuwägen. Zweifel stand auf ihren Gesichtern, und auch Furcht. »Man könnte versucht sein, dir zu glauben«, erklärte der Häuptling, »denn du bist sehr mutig gewesen.«

Während Jason verwirrt wartete, beriet sich Xaca kurz mit drei Männern seines Stammes. Die Vier nickten sehr oft und wedelten viel mit den Armen durch die Luft. Vorsichtig zog Jason sein Hemd an, riß es aber gleich wieder herunter. Der Stoff schabte zu sehr über die offenen Wunden.

Dann wandte Xaca sich wieder ihm zu. Seine Miene war steinern. »Mein Stamm ist zu dem Schluß gekommen, daß die Probe zu einfach war.«

»Zu einfach? Sieh dir mal meinen Rücken an und behaupte das dann ein zweites Mal.«

»Ich habe schon gesagt, daß du ein mutiger Mann bist. Du hast dem Schmerz widerstanden. Das habe ich auch nicht mit ›zu einfach‹ gemeint. Wir glauben, jede Probe, der wir dich unterziehen, würde nicht das gewünschte Ergebnis bringen. Du selbst müßtest eine Probe finden, um deinen guten Willen zu beweisen; sie muß aus deinem Herzen, aus deiner Seele kommen. Wenn wir dir sagen würden ›Ertränke dich im Fluß‹ würdest du das vielleicht tun, aber bewiesen wäre damit gar nichts. Um zu beweisen, daß du uns verstehst und das, was du gesagt hast, wirklich meinst, mußt *du* eine Probe bestimmen. Aus der Art, wie du sie auswählst und wie du sie bestehst, erkennen wir das, was wir wissen wollen.«

Jason schüttelte den Kopf. Jetzt hatte er seine Antwort, die gleichzeitig seine Niederlage bedeutete. »Das hört sich gut an, Xaca, läßt mich aber völlig mit leeren Händen dastehen. Ich muß dir zugestehen, du bist wirklich weise. Du kannst einen Menschen ins Nichts stürzen.«

»Verlange ich denn so viel von dir?« Die Unschuld in Xacas Augen war echt.

»Viel? Du verlangst Unmögliches. Welche Probe würde genügen? Gleich, für welche ich mich entscheide, sie würde dich und deinen Stamm nicht überzeugen.«

»Aber es muß doch etwas geben.« Jason wurde aus dem Häuptling nicht schlau. Er schien jetzt sogar besorgt um den Erdmenschen zu sein. »Mir gefällt es nicht, wenn ich sehen muß, wie ein so tapferer Mann so leicht aufgibt. Gott hat dir eine starke Seele eingepflanzt. Willst du denn nun ohne Kampf aufgeben?«

»Hast du denn vielleicht eine Idee, was ich tun könnte?« fragte Jason sarkastisch.

»Die habe ich nicht«, gestand der Häuptling ein.

»Wie sollte ich denn eine haben? Die Purnta wären mir vielleicht noch eingefallen, aber was bleibt dann noch?«

»Das ist dein Problem«, erklärte Xaca schroff. »Mein Volk hat entschieden, dir drei Tage zu geben, bevor wir zu dir kommen. Innerhalb dieses Zeitraums mußt du etwas gefunden haben. Mir selbst fällt es nicht leicht, dir dies aufzubürden, und ich habe großen Respekt vor dir, aber auf der anderen Seite können wir nur schwer glauben, jemand sei auf dem Weg, uns zu vernichten. In diesem Punkt würde ich es sogar begrüßen, wenn sich durch die Probe deine Worte als Lüge erweisen.«

»Damit hast du ja schon zugegeben, daß du mir nicht glauben willst, egal, was ich unternehme.«

»Wenn deine Probe überzeugend genug ausfällt – falls du uns deinen guten Willen und deine Aufrichtigkeit beweisen kannst –, werde ich dir glauben, ganz gleich, welche Folgen daraus entstehen. Geh jetzt nach Hause. Die drei Tage sind allzu rasch vergangen.«

KAPITEL ACHTZEHN

Drei Tage, und er hatte keinen Plan. Eine unmögliche Forderung. Welche Probe konnte Eingeborene davon überzeugen, daß keine Lügen im Spiel waren? Xaca hatte ihn überlistet, und mit ihm die Siedlung der Rebellen. In drei Tagen würde es keine Siedlung mehr geben.

Jason lag im Schatten eines dürren Baums, lag flach auf seinem Bauch und hoffte so, die Schmerzen am Rücken ignorieren zu können. Kathys zarte und sachkundige Finger hatten das Brennen lindern können, aber die Wunden waren zu tief und zu frisch. Aber das war jetzt Jasons geringste Sorge. Klorath hatte sich für die Siedler als zu groß erwiesen. Jason fragte sich verwundert, woher er die Kühnheit genommen hatte, dort zu gewinnen, wo sein Vater schon gescheitert war.

Jason hielt einen Grashalm vor sein Gesicht und schielte daran vorbei auf die Lichtung. Wenn er nicht zu genau hinsah, konnte er glauben, auf der Erde zu sein. Aber in seinen Gedanken tauchten immer wieder Xaca und sein Stamm auf. Die großen, goldfarbenen Menschen mit den violetten Augen und mit all ihrer Unbegreiflichkeit. Die Probe mit dem Purnta war schlimm genug gewesen, aber nun, wo er das Gröbste hinter sich hatte, erinnerte er sich, was er dabei tief in seinem Innern gefühlt hatte. Von den Klorathiern ging etwas aus, das ihn unruhig machte. Eine sonderbare ›Ausstrahlung‹, wie Jason sie nie zuvor erlebt hatte. Ihre Wirkung ähnelte dem Gefühl, das ihn befiel, wenn das gewaltige Pochen über das Land fuhr. Jason spürte dabei die Anwesenheit von etwas Großem, etwas Übernatürlichem. Die Klorathier hatten ihren Gott, und er lebte unter ihnen in ihrem Tal. Daß seine Macht sich nicht bis zur

Siedlung erstreckte, war merkwürdig, aber Jason wußte, daß er sich nur in den Nächten der Vereinigung mit seinem Volk in einem weiteren Umkreis bemerkbar machte.

Grasgedämpfte Fußschritte sagten Jason, daß sich ihm jemand näherte. »Wie geht es deinem Rücken?« fragte Randy, als er sich neben dem liegenden Jason hinsetzte.

»Den Umständen entsprechend gut ... es ist noch die Frage, ob es ihm je besser gehen wird.« Jason bemühte sich nicht, seine Weltuntergangsstimmung zu verbergen.

»Nun mach dir doch nicht länger solche Vorwürfe. Du hast dein Bestes gegeben, und das ist mehr, als man über den Rest von uns sagen kann.«

»Ich habe auch alles heraufbeschworen«, entgegnete Jason, »und das ist ebenfalls mehr, als man über den Rest von uns sagen kann. Besser, ich hätte Hagers Rat angenommen und wäre mit euch woanders hingezogen.«

»Wir könnten doch alle von hier fortziehen«, schlug Randy allen Ernstes vor.

»Das glaube ich nicht. Dafür ist es zu spät. Da die Eingeborenen stets zu wissen scheinen, wo wir uns gerade aufhalten, könnten sie uns mühelos folgen. Nein, die Klorathier lassen uns nicht mehr in Ruhe. Xaca hat mich dazu gebracht, nur noch etwas Unmögliches als Ausweg zu sehen, und daraus sollte ich euch gegenüber keinen Hehl mehr machen. Wir sind am Ende, über kurz oder lang gibt es unsere Siedlung nicht mehr.«

»Sieht wohl ganz so aus«, stimmte ihm Randy lahm zu. »Selbst Hager lacht nicht mehr über dich. Nur Kathy oder Karen kannst du damit nicht entmutigen. Sie glauben nicht daran, daß die Eingeborenen uns abschlachten wollen – uns alle, Beth eingerechnet. Sie meinen, deine mutige Vorstellung habe etwas bei den Klorathiern bewirkt und Xaca bluffe jetzt nur.«

»Sie haben leider nicht recht«, erklärte Jason.

»Dann haben wir nicht die geringste Chance?«

»Wie sollten wir eine haben? Ich habe doch alles versucht, abgesehen vielleicht davon, vor ihrem Gott auf die Knie zu fallen. Wenn ich ihn finden könnte, würde ich sicher sogar das tun.« Jason setzte sich auf und achtete nicht auf den Schmerz, der durch seinen Rücken schoß. »Vor langer Zeit habe ich meinen großen Fehler begangen, Randy, als ich anordnete, die Purnta umzubringen. Kathy bat mich damals eindringlich darum, es nicht zu tun, aber ich habe nicht auf sie gehört. Xaca sagte mir, die Purnta seien das Leben der Klorathier. Und das ist uns ja auch schon demonstriert worden. Nimm einem Eingeborenen sein Purnta fort, und er verstummt augenblicklich. Kein Wort kommt mehr über seine Lippen. Ohne ein solches Tier auf der Schulter scheint den Klorathiern ein essentieller Teil zum Leben zu fehlen.«

»Wie könnte denn ein Tier so wesentlich für die Existenz eines Menschen sein?« Randys Frage schwankte zwischen ehrlicher Verwunderung und distanziertem Spott.

Jason hieß ihn zu schweigen. Sein ganzer Körper spannte sich in dem Bemühen an, Klarheit über einen neuen Gedanken zu gewinnen. »Einen Moment mal!« rief er und wiederholte dann seine Worte von vorhin. »Nimm einem Eingeborenen sein Purnta fort, und er verstummt augenblicklich. *Randy, ich brauche sofort einen Eingeborenen!*«

»Was?« Randy kroch neben ihn. »Hast du den Verstand verloren?«

»Im Gegenteil, ich denke, ich bin jetzt erst zu Verstand gekommen. Und jetzt brauche ich dringend einen Eingeborenen!«

»Um uns damit schon vor Ablauf der Frist den ganzen Stamm auf den Hals zu hetzen? Jetzt beruhige dich und denk doch erst einmal in Ruhe nach.«

»Paß auf, Randy, direkt vor unserer Nase haben sich die erstaunlichsten Dinge abgespielt, nur waren wir mit anderen Sorgen zu beschäftigt, um sie zu bemerken. Gewisse Vorfälle in den Feldern ... das merkwürdige Gefühl ... Warum sind die Purnta für die Klorathier so wichtig?«

»Ich denke, sie sind Bestandteil ihrer Religion.«

»Und wenn sie die direkte Verbindung zu ihrem Großen Gott wären?«

»Jason!« Eine ungewohnte Strenge war in Randys Stimme. »Frank hatte wohl recht. Dieser heidnische Gott hat dich komplett verrückt gemacht.«

»Das bleibt noch abzuwarten. Zuerst brauchen wir einmal einen Eingeborenen.«

Er rannte davon, bevor Randy ihm sein Vorhaben ausreden konnte. Die anderen Siedler reagierten ähnlich wie Randy, als er ihnen von seinem neuen Plan erzählte. Frank bescheinigte ihm, den Verstand verloren zu haben, und selbst Kathy hielt nicht mehr zu ihm.

»Das kannst du nicht tun, Jason«, ermahnte sie ihn. »Jede Chance, die uns vielleicht noch geblieben ist, wäre damit zunichte gemacht. Willst du denn wirklich einen Eingeborenen gefangennehmen, um damit deine Aufrichtigkeit zu beweisen? Denk doch mal nach, damit zerstörst du jede Basis.«

»Und wenn uns keine andere Möglichkeit mehr bleibt?« setzte Jason dagegen.

»Dann haben wir zumindest unser möglichstes getan.« Gus wollte sich auf kein Wagnis mehr einlassen. Er teilte mittlerweile Helens Ängste und war nun bereit, auf das Schlimmste zu warten.

»Einfach hier herumzusitzen und darauf zu warten, daß sie uns angreifen, ist ja wohl auch nicht das Wahre«, fuhr Jason ihn barsch an. »Xaca hat mir gesagt, ich sollte selbst etwas tun, und das werde ich auch. Ob euch das nun paßt oder nicht, spielt für mich keine Rolle mehr. Bis zum heutigen Tag habt ihr stets Entscheidungen von mir verlangt, und jetzt treffe ich eben eine Entscheidung ganz allein für mich.«

»Dann ist es wohl an der Zeit, dir die Führerschaft abzusprechen.« Hager erhob sich mit seiner ganzen riesigen Erscheinung. »Ich wußte von Anfang an, daß dieser Augenblick kommen mußte.«

»Aber es ist nicht dein Augenblick, Hager, ich bin bereit für dich.« Jason hatte plötzlich ein Gewehr in der Hand und hielt es fest. »Ich habe diesen Augenblick ebenfalls kommen sehen, und ich sage dir eines: Ein Toter mehr zum Segen der neun anderen läßt mich kalt.«

Frank und Gus rührten sich und stellten sich neben Hager. »Dann muß es mehr als einen Toten geben«, sagte Frank ruhig und bestimmt. Er hatte die faltigen Hände fest zusammengepreßt. Helen trat mit Beth zu ihnen. »Nun sind es fünf Tote zum Segen von vier anderen. Läßt dich das immer noch kalt?«

Anna Keller schwankte ängstlich und unentschlossen zwischen ihrem Mann und dem Gewehrlauf hin und her. Doch als sie sich endlich entschieden hatte, stand sie nicht auf Jasons Seite.

»Damit dürfte der Fall wohl klar sein.« Hager konnte sein Triumphgefühl nicht verbergen. »Ich habe jetzt die Mehrheit, die mir eigentlich schon seit langer Zeit zusteht. Jetzt leg das Gewehr auf den Boden und stell dich den Tatsachen.« Siegessicher trat Hager auf ihn zu.

»Bleib, wo du bist«, warnte ihn Jason. »Keiner von euch hält mich jetzt noch auf. Ihr seid ein einziger Haufen von Narren, und vielleicht würde es euch nur recht geschehen, wenn die Klorathier euch abschlachten. Ich weiß mir im Augenblick zwar auch keinen rechten Rat, aber ich weiß, daß ich mich *nicht* meinem Schicksal ergebe. Und wenn das Verhältnis sechs zu vier gegen mich steht, dann sind hier sechs zu viel anwesend.«

Hager lief krebsrot an, und vor unterdrücktem Zorn traten die Adern an seinen Schläfen dick hervor. Er trat ein kleines Stück vor. »Mit einem Gewehr in der Hand fühlst du dich stark, Jason Tolliver.«

»Ich erinnere mich an einen anderen, der sich auch stark gefühlt hat ... mit einem Speer in der Hand. Ich hingegen verberge mich nicht mit der Waffe, Hager, ich stelle mich direkt vor dich.«

Hager wagte sich einen weiteren Schritt vor. »Die Abstimmung war eindeutig. Du bist überstimmt. Ist unsere Gemeinschaft plötzlich zu einer Diktatur geworden? Haben Mehrheitsentscheidungen mit einem Mal keine Bedeutung mehr?«

»Eine Mehrheit von Narren kann nicht bindend abstimmen! Ich warne dich jetzt zum letzten Mal, geh zurück!«

Hager blieb wie angewurzelt stehen. Eine Sekunde lang, die sich endlos auszudehnen schien. Dann spannte er seine Muskeln, stieß einen wütenden Schrei aus und stürmte mit gesenktem Kopf auf Jason los.

Jason riß das Gewehr hoch und drückte ab. Als der Schuß krachte, stolperte Hager. Eine zweite Kugel wirbelte ihn herum. Er ging in die Knie und preßte die Hände gegen seine Brust. Dann fiel sein Kopf hinab, und sein Gesicht drückte sich in die Erde. Sein liegender Körper zuckte noch zweimal und lag dann still.

Helen kreischte und drehte Beth weg von dem Anblick. Kathy war vor Schock unfähig, sich zu rühren. Sie wollte nicht glauben, was sie da gesehen hatte, und ihr Gesicht verzerrte sich. Kathy wollte etwas sagen, aber die Worte kamen ihr nicht über die Lippen. Plötzlich drehte sie sich rasch um und rannte davon zum Fluß.

»Mörder!« zischte Frank. »Du bist ja wahnsinnig geworden, Jason Tolliver. Du bist krank!«

»Das Verhältnis ist nun vier gegen vier Erwachsene. Soll ich es bei einem Unentschieden belassen, oder soll ich das Verhältnis weiter zu meinen Gunsten verändern?

Helen drückte Beth schützend an sich. »Wir tun alles, was du sagst«, schluchzte sie.

»Du zählst sowieso nicht viel«, sagte Jason scharf und hart. »Du hängst dein Mäntelchen nach dem Wind. Ich will von Gus und von Frank eine Antwort hören. Wie steht es mit euch? Wollt ihr mir helfen?«

»Haben wir denn eine andere Wahl?« murmelte Gus.

»Frank?« Jason forderte von ihm eine Antwort.

Franks altes Gesicht wurde von Enttäuschung überschattet. »Wenn Anna nicht wäre, würde ich gegen dich kämpfen. Du hast dich selbst verloren. Du bist jetzt schlimmer als das, gegen das du aufgestanden bist, und von nun kannst du nie mehr siegen.«

»Ihr habt ihn dazu gezwungen«, bemerkte Randy. Er schien zu verstehen, wo die anderen nur ihren Gefühlen nachgaben. »Dies ist nicht mehr Jason Tolliver. Dies ist der Mann, der zu lange die Verantwortung für euch alle tragen mußte.«

»Du brauchst mich nicht bei ihnen zu entschuldigen«, erklärte Jason. »Ich habe mich tatsächlich *verändert.* Jetzt weiß ich ohne Restzweifel, was getan werden muß. Und ich werde es tun. So einfach ist das.« Er warf das Gewehr auf den Boden und wischte sich die Hände ab. »Wer holt mir den Eingeborenen?«

Ein Tag war vergangen. Jason rannte ins Lager, wo Randy und Gus mit dem Gefangenen warteten. Er wußte nicht, ob er sich Vorwürfe machen sollte oder nicht, und das überraschte ihn. Er hatte einen Mord begangen, er hatte die anderen bedroht und er hatte gegen seine eigenen Prinzipien verstoßen. Wie sollte er es Kathy erklären, wenn er selbst nicht einmal eine Antwort darauf wußte. Andererseits fühlte er sich bestätigt und erleichtert. Die Abrechnung mit Hager hatte angestanden, genauso wie jetzt der Zeitpunkt gekommen war, mit eiserner Hand zu führen.

Jason marschierte auf den Eingeborenen zu und sah ihn durchbohrend an. Ein junger Krieger, ein ängstlicher junger Mann. Er besaß nicht Xacas Ausstrahlung und Selbstsicherheit. Er zitterte sogar, und seine violetten Augen fuhren wie die eines in die Falle gegangenen Tieres herum. Auch das Purnta auf seiner Schulter fürchtete sich. Es schnurrte leise und blinzelte, legte ständig den Schwanz um den Hals des Eingeborenen und zog ihn wieder ein.

»Wie ist dein Name?« fragte ihn Jason.

»Tehar«, antwortete der junge Mann und versuchte, alle drei Männer gleichzeitig im Auge zu behalten. »Was habt ihr mit mir vor?«

»Wir wollen uns nur mit dir unterhalten, Tehar.« Jason lag daran, den Jungen zu beruhigen. Etwas an seiner Haltung und seiner Miene rief Mitleid in ihm hervor, und er konnte ihm nicht mit Härte begegnen.

»Mein Volk wird davon erfahren.«

»Das weiß ich, aber ich habe keine Angst davor. Ich möchte bloß, daß du dich mit mir unterhältst ... daß du mir ein paar Fragen beantwortest. Gehört dieses Purnta dir allein?« Jason hatte die Frage rasch gestellt.

»Es gibt keine Purnta, die einzelnen gehören«, antwortete Tehar. »Die Purnta gehören Gott allein.«

Jason bemerkte Randys Blick, aber sein Freund schien zuviel in die Worte des Eingeborenen hineinzuinterpretieren. »Wie gehören sie Gott?«

»Gott macht alles, und Gott tut alles. Alles gehört Gott.« Tehars Antwort klang so unschuldig ehrlich, daß Jason nicht glaubte, er habe nur eine ausweichende Wahrheit erfahren. Xaca mochte in Rätseln sprechen, aber nicht dieser Junge.

Jason bückte sich und hob einige Lumpen vom Boden, die er dort hatte hinlegen lassen. Er wickelte sie sich um die Hände, bis sie dick verpackt waren. »Du sprichst unsere Sprache sehr gut, Tehar«, sagte Jason, als der Blick der violetten Augen verwirrt und wie magisch angezogen auf den Stoff an seinen Händen fiel.

»Das ist nicht allzu schwer.«

Jason wickelte das letzte Stück Stoff herum und schob

das lose Ende in eine Falte. Dann streckte er rasch einen Arm aus und riß das Purnta von der Schulter des Eingeborenen. Er hielt das Tier möglichst weit weg von seiner empfindlichen Haut. »Jetzt wollen wir miteinander reden, Tehar. Erzähl mir von der Macht Gottes.«

Der Junge tastete wie blind nach seinem Purnta, aber Jason hielt es außerhalb seiner Reichweite. Der Klorathier hatte ungeheure Angst. »Bitte«, sagte er.

»Warum bedeuten euch die Purnta so viel?« fragte Jason weiter.

»Bitte«, sagte Tehar wieder.

»Beantworte mir nur diese eine Frage, und ich gebe dir das Purnta zurück. Warum bedeuten diese Wesen euch so viel?«

Zwei verwirrte, violette Augen sahen ihn unsicher an. »Ich gehe«, sagte Tehar leise.

Jason lächelte und setzte das Purnta wieder auf die Schulter des Eingeborenen. »Vielen Dank, Tehar, mehr wollte ich nicht wissen. Sage Xaca, ich sende ihm meine besten Grüße und hätte dir kein Leid zugefügt.«

»Darf ich denn gehen?« Der Junge wirkte sehr aufgeregt. Seine Furcht schwand zusehends, und in seine violetten Augen trat wieder Ruhe.

»Komm gut nach Hause. Du hast mir alle Antworten gegeben.«

Tehar packte den Schwanz des Purnta und rannte mit eleganten und flinken Schritten über die Lichtung.

»Willst du uns jetzt endlich erklären, was du eigentlich herausgefunden hast?« insistierte Randy.

»Das kann ich nicht. Ich verstehe es selbst noch nicht so ganz«, gestand Jason ein. »Ich weiß nur, daß Xaca die Wahrheit gesprochen hat. Diese Wesen *sind* das Leben der Klorathier. Der Junge konnte ohne sein Purnta nicht mehr reden.«

»Das hört sich aber sehr phantastisch an«, murrte Gus.

»Nicht phantastischer als einige andere Dinge, die wir

in ihrem Dorf gesehen haben.« Jason sprach rasch weiter, um den anderen keine Gelegenheit zu geben, ihm wieder Hirngespinste vorzuwerfen. »Ich habe Töpfe gesehen, die auf nichts anderem als Steinen kochten ... Und von diesen Klorathiern ging eine sonderbare Ausstrahlung aus. Wenn wir eine Antwort auf diese Vorkommnisse finden, wird sie auf jeden Fall phantastisch sein. Und wir können sie dann nicht verwerfen, bloß weil sie uns zu unglaubwürdig erscheint.«

»Du siehst so aus, als würde es in deinem Gehirn brodeln.« Randys Gedanken beschäftigten sich mit den unmöglichsten Hypothesen, und er fürchtete, sich in ihnen zu verlieren. »Welches Geheimnis steckt also dahinter?«

Jason setzte vorsichtig zu einer Antwort an: »Ich habe dir doch einmal gesagt, Randy, daß ich alles tun würde, außer vor ihrem Gott auf die Knie zu fallen. Nun denn, vielleicht ist das der Schlüssel zur Lösung.«

Frank kam zu ihnen und hörte die letzten Worte. »Na bitte, dann wären wir also so weit. Jetzt glaubst du schon an ihren Gott.«

»Und wenn es so wäre?« entgegnete Jason.

»Dann wärst du nicht allein«, gab Frank brummig zu. »Die Frauen sind zu dem Schluß gekommen, daß an diesem Gott etwas sein muß. Ich fürchte, sie sind bereit, sich diesem Kult sofort anzuschließen, wenn du den Befehl dazu gibst.«

»Vielleicht ordne ich das an.« Jason wartete auf eine Reaktion des alten Mannes. »Wir können diese Welt nicht unseren Vorstellungen anpassen, Frank. Diese Welt ist fremd und hat einen eigenen Kodex. Und wenn wir auf diesem Planeten überleben wollen, müssen wir uns den Bedingungen Kloraths unterwerfen.«

»Und was schlägst du vor?« wollte Randy wissen.

Jason sprach langsam, konnte ihnen endlich die Antwort geben, die er selbst nach langem Suchen gefunden hatte. Er hoffte, sie würden ihm dabei die Unterstützung nicht versagen. »Wir demonstrieren unseren ehrlichen Willen, indem wir ihre religiösen Riten übernehmen.«

Sie gaben ihm keine Unterstützung, sondern standen nur wie vom Donner gerührt da.

»Das ist die einzige Möglichkeit, die uns noch geblieben ist, versteht ihr das denn nicht? Wie sollen wir den Klorathiern beweisen, daß wir auf ihrer Seite sind, wenn wir nicht ihrer Art folgen, wenn wir nicht das tun, was sie begreifen können? Und was wäre dabei überzeugender, als ihre Religion anzunehmen?«

»Was könnten sie als größere Verhöhnung verstehen?« bemerkte Frank düster. »Wenn sie es nicht so sehen, wie du es ihnen vorführen willst, könnten sie es als schlimmste Beleidigung auffassen.«

»Dein Einwand ist richtig, wenn auch nicht der schwerwiegendste. Was mir viel mehr Sorgen macht ist, was geschieht, wenn wir ihre Riten nachahmen und keine Reaktion von ihrem Gott bekommen? Was mag Xaca dann von uns denken?«

»Wenn du schon so gewichtige Einwände hast, hältst du es dann immer noch für sinnvoll, ein solches Unternehmen zu beginnen?« Jetzt sprach auch Randy seine Zweifel aus.

»Warum nicht?« antwortete Jason unverblümt. »Wir haben nichts mehr zu verlieren. Davon abgesehen habe ich mich dazu entschlossen. Ich habe mir das Hirn zermartert, um eine Lösung zu finden, und die Hinwendung zu ihrem Gott ist das einzige, was mir eingefallen ist. Also machen wir uns daran.«

»Damit bleibt uns wohl keine Wahl«, seufzte Frank, »außer dem wenig angenehmen Beispiel Hagers zu folgen.«

»Da bin ich aber froh, daß du meinen Standpunkt endlich verstehst«, spottete Jason, der der ständigen Mäkeleien des alten Mannes überdrüssig war.

KAPITEL NEUNZEHN

Bis auf Frank Keller erklärten sich alle mit Jasons Plan einverstanden und boten ihre Unterstützung an. Das Pochen hatte erheblich an ihren Nerven gezerrt und ihre Gedanken mehr als alles andere beschäftigt. Sie konnten nun nicht mehr anders, als an die gewaltige Macht des klorathischen Gottes zu glauben.

Anna Keller sprach das als erste aus und bezog damit Stellung gegen ihren Mann. »Ich kann Ihn spüren«, wimmerte sie. »Ich weiß, Er ist in diesem Pochen. Er ist stark und schrecklich. Du kannst ruhig über mich lachen, Frank, aber wir Frauen haben einen besonderen Sinn dafür, und ich weiß es. Ich habe zwar Angst, Ihm zu begegnen, aber wenn es nicht anders geht, so will ich es tun.«

Als Jason diese ängstlichen Worte hörte, war er froh, in seinem Innern einen Widerwillen dagegen zu bemerken. So weit war es mit ihm noch nicht. Frank hatte ihm das zwar einreden wollen, aber Anna bewies das Gegenteil.

Sie hatten nur wenig Zeit zur Verfügung und mußten noch so viel unternehmen. Die Riten der Klorathier zu übernehmen, hieß auch, sich mit Purnta zu umgeben. Ohne sie ging es offensichtlich nicht. Aber keiner wollte sich den Verbrennungen aussetzen, die Jason bei der Probe im Dorf erlitten hatte. Sie mußten eine andere Möglichkeit finden. Jason spürte ein Zögern in sich. Anna hatte den Grund dafür ausgesprochen. Was würde geschehen, wenn ihr Experiment funktionierte und der Gott ihnen erschien? Als es ihm bei dieser Überlegung heiß und kalt über den Rücken lief, verdrängte er diesen Gedanken wieder und konzentrierte sich lieber auf das Problem der Purnta.

Randy hatte gar nicht so sehr falsch gelegen, als er bemerkte, die Purnta seien die direkte Verbindung der Klorathier zu ihrem Gott. Offensichtlich bestand zwischen den Tieren und den Menschen eine tiefere Beziehung, als es auf den ersten Blick den Anschein hatte. Jason hatte in dieser Hinsicht seine Vermutungen und Ideen, aber er wußte nicht, ob er sie jemals in der Praxis erproben konnte. Vielleicht würden alle Rätsel von diesen goldfarbenen Tieren selbst beantwortet.

Und eine Antwort konnten sie ihm jetzt schon geben. »Das Fell!« entfuhr es Jason aufgeregt. »Mit den Fellen der toten Purnta müßte es gehen. Wenn wir sie bearbeiten, können wir sie als Schutz auf unsere Schultern legen. Dann kann uns die Säure nichts mehr anhaben.«

»Das hört sich gut an.« Ein Teil seines Enthusiasmus' war auch auf Randy übergegangen. »Versuchen sollten wir es zumindest.«

Jason teilte unermüdlich die Arbeit ein. Randy und Gus sollten die Tierleichen einsammeln. Helen und Anna setzten einen großen Topf mit Wasser auf, um die Säure herauszukochen. Frank schärfte die Messer zur Häutung der Tiere. Jason war erleichtert. Vielleicht stand ihnen ja doch noch genügend Zeit zur Verfügung.

Der Geruch der kochenden Felle verpestete den ganzen Nachmittag lang die Luft, und der Topf erinnerte bald an einen brodelnden Hexenkessel. Jason fragte sich, ob er den Gestank je wieder los würde. Als der erste Schub aus dem Topf kam, untersuchte er besorgt die Felle und hoffte, das heiße Wasser habe die Felle nicht ruiniert. Aber sie hatten Glück. Sie hatten nicht genug Zeit, um die Felle sorgfältig zu schaben und zu bearbeiten. Ein langes Sonnenbad härtete die Felle und gab den Pelzen ihren natürlichen Glanz zurück.

Der Nachmittag verging rasch, doch als die Nacht hereinbrach, hatten die Siedler ihren Schulterschutz. In der letzten Trockenphase hatten sie die Felle aufgespannt und so gestreckt. Danach vergruben sie die Kadaver. Natürlich hätten sie die toten Tiere auch in den Fluß werfen können, aber Jason wollte lieber nicht das Risiko eingehen, daß die Klorathier sie im Wasser treibend entdeckten.

Erschöpft gingen sie an diesem Abend ins Bett. Der Gestank steckte immer noch in ihren Nasen, und in ihren Herzen waren Anspannung und Furcht vor dem, was der nächste Tag bringen würde. Die Erwartung, einem Speer gegenüberzustehen, war nicht so schrecklich wie die, einem leibhaftigen Gott zu begegnen.

Jason konnte nicht schlafen. Er stand auf, spazierte draußen herum und sah zu, wie Klorath sich veränderte, als der Mond aufging. Ein Schatten und sanfte Schritte waren um ihn herum. Dann stand Kathy neben ihm. Der Mondschein hob die Umrisse ihres Gesichts deutlich hervor.

»Konntest du auch nicht schlafen?« fragte er.

»Vielleicht ist dies unsere letzte Nacht, Jason«, flüsterte sie. »Ich wollte sie nicht einfach so verstreichen lassen.« Sie nahm seine Hand. Ihre Berührung war zärtlich gemeint, aber Jason entging die Verzweiflung in ihr nicht. »Was glaubst du, haben wir eine Chance?«

»Wir haben nicht allzu viel voneinander gehabt, nicht wahr?«

»Es war uns eben nicht mehr möglich. Diese Welt gestand uns das nicht zu, was wir uns erhofften oder was wir aus ihr machen wollten.«

»Wir hätten uns diese Welt einfach nehmen und uns den Teufel um irgendwelche Restriktionen scheren sollen.« Der Ärger in Jason stand kurz vor dem Aufflammen.

»Es gibt keine Restriktionen mehr.« Kathys Augen strahlten ihn an. Sie waren weit und drückten ihre Bedürfnisse aus. »Wenn du auch der Meinung bist, dies könnte unsere letzte Nacht sein, dann gibt es wirklich keine Restriktionen mehr für uns.«

Er zog sie fest an sich heran und spürte ihren warmen

Atem und ihren raschen Herzschlag. »Wenn ich es nur wüßte, Kathy. Morgen kann für uns ein Neubeginn sein oder der Anfang vom Ende. Das sind mittlerweile unsere Aussichten: Untergang oder Neugeburt. Wenn mein Plan fehlschlägt, dreht sich Klorath ungestört weiter und verbirgt die Morde der Liga. Und eines fernen Tages bricht sicher auch die Liga zusammen, wie alles andere auch. Ich habe mein Bestes getan, aber das war leider nicht genug.«

Kathy hob den Kopf und sah ihn an. Ihre Stimme klang fest. »Ich bin stolz darauf, wie du die Probleme angepackt hast, Jason. Wahrscheinlich hätte ich dich nie so kennengelernt wie hier auf Klorath. Und ich habe mich nicht in dir getäuscht. Du hast dich als der Mann erwiesen, den ich in dir zu finden glaubte.«

»Der Kampf gegen die Liga war ein gemütlicher Spaziergang gegen das hier, nicht wahr?« dachte er laut. »Wir waren wie Jugendliche, die dumme Streiche verübten und dann überrascht feststellen mußten, daß die Konsequenzen sich als reale Bedrohungen erwiesen und nichts prickelnd Abenteuerliches mehr an sich hatten.« Jason schob sie sanft von sich, aber nicht weit. »Ich habe immer öfter das Gefühl, etwas übersehen zu haben. Dieser Plan von mir ... Kathy, in ihm sind so viele Löcher, verbergen sich so viele Möglichkeiten eines furchtbaren Fehlschlags. Es ist ein sehr verzweifelter Plan, aber leider auch die einzige Möglichkeit, die uns bleibt.«

»Dann wollen wir ihn angehen und uns keine unnötigen Gedanken mehr darüber machen«, flüsterte sie. »Laß uns lieber die Zeit nutzen, die uns noch verblieben ist. Ach, Jason ...« Sie warf sich an seine Brust. Ihr Körper zitterte. »Die Vorstellung, dich zu verlieren, ist so grauenvoll.«

Er hob ihr Gesicht, bis er sie ansehen konnte, und entdeckte Tränen auf ihren Wangen. Ein merkwürdiges, altes Gefühl wurde in ihm wach, und er hätte am liebsten aufgeschrien. Einmal hatte dieses Gesicht seine Zukunft bedeutet, und jetzt war es zu spät. Niemand war hier, um ihm die richtigen Worte zu sagen, sie ihm zuzuflüstern, sie ihm vorzutragen.

Er führte sie zum Ufer des Flusses. Leichte Wellen glitzerten im Mondlicht und gluckerten sanft. Jason sah zum Mond hinauf und sagte so leise, daß sie ihn kaum verstehen konnte: »Bei allem, was im Universum heilig und geweiht ist, und bei allem, was auf Klorath heilig und geweiht ist ...« Er hielt inne, als ihm die Ungereimtheit seiner Worte bewußt wurde.

Aber Kathy richtete sich an seiner Brust auf und wiederholte die Worte, die sie auf wunderbare Weise verstanden hatte. »Bei allem, was im Universum heilig und geweiht ist ... Ich nehme dich, Jason Tolliver, zu meinem Mann.«

Während die Frauen die Felle zusammennähten, überwachte Jason die Herrichtung des Ritenortes. Sie glätteten in einem Kreis den Boden und rollten große Steine ins Zentrum, um daraus eine Säule zu bauen. Danach schwärmten sie in den Wald aus, um Purnta zu fangen. Das fiel ihnen nicht schwer. Die kleinen Tiere sprangen zutraulich auf jede Schulter, die sich ihnen zeigte. Die Männer trugen die Schutzfelle, und die brennende Säure konnte ihnen nichts anhaben. Zumindest dieser Teil des Plans funktionierte.

Sie brachten die Tiere ins Lager und sperrten sie in das größte Blockhaus. Ein Purnta für jeden Siedler und zusätzlich zehn für den Innenkreis um die Säule. Mehr Tiere hatten sie nicht finden können. Die Mehrzahl der sonst zahllos im Wald herumstreifenden Tiere hatte heute wohl etwas Besseres vor.

Jason trat an den Rand der Lichtung und bewunderte die Arbeit seiner Siedler. Er konnte sich fast schon ihren Ritus vorstellen, wenn die Sonne am Horizont versunken war, die Dunkelheit einkehrte und die Siedler sich mit den Purnta im Kreis versammelt hatten. Aber irgend etwas fehlte noch, die Szene wirkte nicht komplett.

Plötzlich keuchte Jason und schlug sich mit der Faust in die offene Hand. »Die Kugel!« fluchte er laut. »Wir haben das wichtigste Teil vergessen. Die Kugel!«

»Können wir denn nicht ohne auskommen?« fragte Gus ohne nachzudenken.

»Nein, können wir nicht! Die Kugel ist der wichtigste Bestandteil der Zeremonie.« Jason war vor Zorn rot angelaufen, den er vor allem auf sich selbst richtete. »Verdammt, damit ist alles vorbei. Selbst wenn ich wüßte, wo man das Material findet, bliebe uns nicht genug Zeit, um daraus eine Kugel zu schneiden.«

»Damit ist die Sache wohl erledigt.« Frank klang nüchtern, aber er konnte seine Enttäuschung nicht verbergen. »Wir können den Plan nicht ausführen. Ich war ja sowieso von Anfang an dagegen.«

Jason achtete nicht auf seine Beschwerden. Seine Gedanken rasten darum, daß er eine Kugel brauchte, aber keine hatte. Dann machte sich Erleichterung auf seinen Zügen breit. »Nun dann müssen wir eben die von den Eingeborenen klauen.«

Das war selbst Randy zuviel. »So geht es aber wirklich nicht. Sie würden schon über uns herfallen, noch bevor wir die Kugel ins Lager transportiert hätten.«

»Hast du vielleicht eine bessere Idee?« fuhr Jason ihn an.

Randy sah auf den Boden. Er hatte natürlich keine bessere Idee.

»Dann müssen wir sie eben stehlen.« Die Autorität war wieder in seiner Stimme, die die anderen zuhören ließ. »Wir warten bis zur Abenddämmerung. Bis dahin muß hier alles vorbereitet sein, damit wir sofort mit der Zeremonie beginnen können, sobald die Kugel im Lager ist.«

»Aber du kommst doch nicht einmal in die Nähe ihres Dorfs. Sie sind über jeden unserer Schritte unterrichtet«, versuchte Randy freundlich, ihm zu widersprechen.

»Wir kommen ins Dorf.« Jason ließ sich nun durch nichts mehr entmutigen. Er wußte auch keinen Grund mehr, worüber er sich hätte Sorgen machen müssen. Sein Plan war in ein zu wahnwitziges Stadium getreten. Dann dachte er an Kathy, und ihm wurde noch deutlicher klar, wie dringend sie die Kugel brauchten.

Er wählte Randy zu seiner Begleitung aus. Ihm war klar, daß sie nur bluffen konnten. Die Chancen waren weniger als gering, überhaupt unbemerkt an das Dorf heranzukommen. Und selbst, wenn sie das schaffen sollten, befand sich die Kugel immer noch mitten im Dorf. Wie sollten sie bis dorthin vorstoßen? Ihre einzige Möglichkeit lag ohnehin in einer Annäherung von der Waldseite. Dann konnten sie sich vielleicht durch die Hüttenreihen schleichen und in einem Spurt die Säule mit der Kugel erreichen. Ein aberwitziges Vorhaben, aber Jason mußte an das Gelingen glauben.

Die Zeit des Wartens bis zum Sonnenuntergang wurde unerträglich lang. Jason probte mit allen immer wieder das Einnehmen des Platzes und die Sitzstellung. Er erklärte ihnen, wie sie die Augen zu schließen hätten und wie sie die Purnta auf den Schultern halten konnten. Es durfte einfach nichts schiefgehen. Doch er konnte nur hoffen, daß auch ihre Herzen und Seelen bereit waren.

Als die Sonne im Westen versank, gab er die letzten Befehle, um sicherzustellen, daß im Moment ihrer Rückkehr alles bereit sein würde. Er ließ an ihrer Rückkehr keinen Zweifel aufkommen. Sie mußten die Kugel ins Lager bringen, also würde es ihnen auch gelingen.

Zusammen mit Randy stieg er den Hügel hinauf und warf von dort einen letzten Blick auf das Lager. Es sah fremd aus, ohne Lagerfeuer und mit der Säule im Zentrum eines Kreises. Genau zum Sonnenuntergang würde Frank die Tiere herauslassen, und die Siedler würden den angewiesenen Platz einnehmen und warten. Jason hoffte inständig, diesen Anblick zu sehen zu bekommen.

Sie eilten durch den Wald und legten dabei keine Vorsicht an den Tag. Hier brauchten sie noch nicht achtzugeben, und wenn jemand sie sehen sollte, würden sie sich durch übertriebene Vorsicht nur verdächtig machen. Erst als sie die Höhle erreichten, hielten sie inne.

Jason packte Randy am Arm und brachte ihn zum Stehen. »Wir umrunden das Dorf, damit wir von hinten eindringen können. Ich unternehme den ersten Versuch.«

»Was meinst du mit ›erstem Versuch‹?« Jason konnte Randy im vergehenden Licht kaum noch ausmachen.

»Ich möchte, daß du zurückbleibst, während ich mich der Kugel nähere. Sollte ich es nicht schaffen, unternimmst du den zweiten Versuch. Auf diese Weise haben wir eine doppelte Chance.« Er setzte sich wieder in Bewegung. »Wir müssen uns beeilen. Wenn wir das Dorf zu lange nach Sonnenuntergang erreichen, sind alle Eingeborenen dort.«

Jason startete einen mäßigen Dauerlauf, sprang durch das Unterholz und achtete darauf, nicht auf einen Ast zu treten. Er schätzte, daß sie noch gut in der Zeit lagen. Oft hatte er zur Zeit der Dämmerung matt Rufe von der Flußbiegung gehört. Freudenrufe und Gelächter. Einmal, als er näher herangeschlichen war, hatte er sogar das Aufspritzen von Wasser und Planschen vernommen. Wenn seine Vermutung zutraf, versammelten sich die Klorathier zur Abendstunde zum Bad im Fluß. Dieser Zeitpunkt war für ihn und Randy die beste Gelegenheit, ins Dorf einzudringen. Der Spurt über den Dorfplatz war damit immer noch ein Wagnis, aber wenn er sich recht erinnerte, war die Sicht vom Fluß auf die Kugel durch eine Baumreihe versperrt.

Sie rannten, während das Licht immer schwächer

wurde und die Sonne versank. Vögel zwitscherten über ihnen und sangen dem vergehenden Tag ihre letzten Lieder. Jason wurde schneller. Er wußte, daß eigentlich mehr Vorsicht angebracht gewesen wäre, aber darum konnte er sich jetzt nicht mehr kümmern. Sein Plan war eine reine Verzweiflungstat, bei der das Gelingen in den Sternen stand und wo er auf Kleinigkeiten nicht mehr zu achten brauchte.

Sie gelangten ins Tal und überquerten das flachere Land. Jason hatte keine Vorstellung von der Entfernung, die sie zurücklegen mußten oder bereits zurückgelegt hatten. In der Hitze seiner Gedankengänge verschmolzen die Erinnerungen und Entfernungen. Jason trieb sich nur mit dem Gedanken immer weiter voran, daß er das Dorf erreichen mußte.

Jason wäre fast vorbeigelaufen. Er stürmte durch eine Baumreihe und bemerkte erst nach einigen Schritten, daß es keine Bäume, sondern Hütten waren.

Jason blieb ruckartig stehen, duckte sich und wartete auf den ersten Alarmruf. Aber kein Schrei ertönte. Er wartete weiter und ließ wertvolle Sekunden verstreichen, bevor er wieder genug Kraft zum Weitermachen gesammelt hatte.

Ohne Vorwarnung packte er Randy am Arm. »Bete«, zischte er, ging in die Knie und kroch durch die Hüttenreihen. Schweißtropfen rannen ihm in die Augen und störten seine Sicht. Er spitzte die Ohren nach Geräuschen. War das Dorf noch leer, oder war er zu spät gekommen? In den Hütten war alles ruhig, und nirgends ließ sich ein Purnta blicken. Jason hielt das für ein gutes Zeichen. Wenn die Klorathier sich wieder im Dorf eingefunden hätten, wären auch die Purnta bei ihnen.

Vier Hüttenreihen hatte er jetzt hinter sich gebracht. Er holte keuchend Atem und kroch weiter. Die nächste Reihe, und dann noch eine. Dann machte er im Augenwinkel eine Bewegung aus und fuhr, wie von der Tarantel gestochen, hoch. Stocksteif stand er da und wagte kaum zu atmen, um nicht gehört zu werden. Endlich schob er den Kopf vor, um nach der Bewegung zu sehen.

Ein schlankes junges Mädchen mit langem schwarzen Haar trat aus einer der nächsten Hütten. Ihre nackten Füße machten beim Gehen keine Geräusche auf dem festgetretenen Boden, und ihre Hüften schwangen mit jeder graziösen Bewegung. Plötzliches Gelächter umgab Jason, so daß er sich wie in einem Schraubstock vorkam. Ein zweites Mädchen erschien und gesellte sich zum ersten. Sie nahmen einander an der Hand und kicherten. Jason stellte sich vor, wie ihre violetten Augen ihn sahen und Erschrockenheit über seinen Anblick sich auf ihren Zügen breitmachte. Aber sie sahen nie in seine Richtung. Das erste Mädchen griff hinter sich, versetzte dem anderen einen freundlichen Klaps und rannte davon. Das zweite Mädchen lachte und folgte ihr. Die beiden verschwanden in Richtung Fluß.

Jason atmete tief und seufzend aus. Er hatte Angst gehabt, aber nicht so sehr vor der Entdeckung, sondern viel mehr vor den Folgen. Er hätte die Mädchen zum Schweigen bringen müssen – sie vielleicht sogar töten –, und er wußte nicht, ob er dazu fähig gewesen wäre.

Jason kroch weiter. Ruhe herrschte wieder im Dorf, nur aus einiger Entfernung hörte er Rufe und Gelächter. Die Klorathier hatten keine Ahnung, daß ihnen ihr Gott entführt werden sollte.

Jason hatte den Rand des Dorfplatzes erreicht. Die freie Fläche schien sich vor ihm wie eine Höllenebene zu erstrecken. Die Kugel ruhte auf ihrer Säule und schien ihm im Licht der letzten Sonnenstrahlen boshafte Blicke zuzuwerfen. Jason sah sich um. Der Dorfplatz lag verlassen da. Kein Purnta war zu sehen, und die Hütten um den Platz wirkten leer. Es gab nur einen günstigen Augenblick für sein Vorhaben, und der war jetzt gekommen.

Er widerstand der Versuchung weiterzukriechen,

stellte sich aufrcht hin, bog die Schultern zurück und gewann durch die plötzliche Erinnerung an die Ätzwunden in seinem Fleisch neuen Mut. Jason rannte auf die Kugel zu. Jeder einzelne Schritt schien ihn schreiend zu verraten, aber keine Reaktion erfolgte darauf. Endlich erreichte er die Säule und warf sich dahinter in Deckung, um sich vor den Klorathiern am Fluß zu verbergen. Dann fiel ihm ein, daß eine Baumreihe ihn vor ihren Blicken schützte. Das Gelächter und Planschen war nun ziemlich laut.

Jason umfaßte die Kugel, um ihr Gewicht abzuschätzen. Sie war zu schwer. Er mußte sie rollen. Jason biß die Zähne zusammen und stieß die Kugel an. Sie schwang vor und zurück. Er ließ nicht nach und versuchte, den geeigneten Ansatzpunkt zu finden, um sie von der Säule zu stoßen und dann zurück zu den Siedlern zu rollen. Er stemmte sich mit den Schultern dagegen, und endlich schien der Moment gekommen zu sein. Die Kugel schwang noch einmal auf ihn zu, dann stürzte sie nach vorn und landete mit einem dumpfen Aufprall am Boden. In Jasons Ohren hörte es sich an wie ein Donnerschlag. Jason erstarrte und wartete auf eine Bewegung oder Rufe vom Fluß. Die Kugel rollte währenddessen auf die Hütten zu.

Jason eilte ihr nach. Sein Rückzug war alles andere als angenehm. Die Kugel war zu unregelmäßig bearbeitet, um sie auf Kurs zu halten. Er schob sie wie einen riesigen Schneeball vor sich her und mußte feststellen, daß sie erst recht eigene Wege einschlug, wenn er sie zu heftig anstieß. Jason zwang sich zur Ruhe und zu einem stetigen Schieben; ein langsames Vorankommen, das an seinen Nerven zerrte.

Randy tauchte zwischen den Hütten auf und rannte auf ihn zu. Mit den Kräften von zwei Männern ließ sich die Kugel leichter und schneller rollen. Randy blieb auf der rechten Seite und stemmte sich gegen sie, um ihrem Rechtsdrall entgegenzuwirken.

Sie schoben sie zehn Meter in den Wald hinein, als Jason aufgab.

»Komm weiter«, flüsterte Randy. »Wir haben keine Zeit zu verlieren.«

»Ich kann nicht mehr. Roll du alleine weiter. In einer Minute bin ich wieder bei dir.«

Randy zuckte die Achseln und stieß die Kugel weiter. Jason setzte sich auf den Boden. Seine Knie waren wie Butter, und Bleiplatten schienen auf seiner Brust zu liegen. Er brauchte dringend eine Pause, um wieder Kräfte zu sammeln. Aber nicht mehr als eine Minute. Noch hatten sie nicht gewonnen. Die Kugel mußte die Hügel hinauf und hinunter geschoben werden. Und sie mußten das Lager erreichen und dort die Zeremonie abhalten, bevor die Eingeborenen herausgefunden hatten, wie ihre Kugel abhanden gekommen war. Jason rechnete damit, daß das Verschwinden der Kugel zunächst Verwirrung bei ihnen auslösen würde. Wie sollten sie sofort herausfinden, wer sie gestohlen hatte? Wenn ihre Verwirrung lange genug anhielt, hätten die Siedler ihre Chance.

Er erhob sich wieder und folgte Randy. In der Dunkelheit und in den Schatten rings um ihn herum spürte er, wie die Erwartung in ihm drängte. Bald würde er es wissen. Bald hätten sie den Großmächtigen Gott von Klorath in ihrem Tal. Dann würden Füße sich im Kreis um ihn bewegen, um ihm nahe zu sein. Und dann würde Jason wissen, ob sein Plan Erfolg hatte.

Er fragte sich, was in diesem Augenblick geschehen mochte. Der mächtige und beschützende Gott von Klorath. Würde er blasse Menschen mit andersfarbigen Augen akzeptieren?

KAPITEL ZWANZIG

Es schien unglaublich, aber alles war vorbereitet. Die Kugel ruhte auf ihrer neuen Säule, alle hatten ihre Plätze in einem kleinen Kreis eingenommen, und auch die Purnta hatten sich versammelt. Sie konnten frei herumlaufen, blieben jedoch an ihren Plätzen, so als spürten sie das Besondere in der Luft. Jason fragte sich, ob sie die nachgeahmte Zeremonie wiedererkannten.

Die Anspannung machte den Siedlern immer mehr zu schaffen. Die Schutzfelle wurden verteilt. Jason setzte auf jede bedeckte Schulter ein Purnta. Die Siedler setzten sich und warteten. Die übrigen Tiere brachte Jason in den Innenkreis. Er versuchte, so exakt wie möglich die Versammlung nachzuahmen, die er im klorathischen Dorf miterlebt hatte. Schließlich trat Jason zurück und blickte auf sein Werk. Alles war so weit in Ordnung, jetzt mußten sie nur noch die Zeit bezwingen. Andererseits ging etwas Unfertiges von der Szene aus, das seine Bewegungen nachhaltig verlangsamte. Jason kam sich vor wie in einem Spinnennetz, das jeden seiner Schritte behinderte. Es widerstrebte ihm einerseits weiterzumachen, während andererseits das Verlangen in ihm stark war, das Rätsel endlich zu lösen.

Jason griff sich ein Purnta, nahm seinen Platz ein und komplettierte so den Kreis. Das Tier auf seiner Schulter war nicht schwer, und sein weicher Schwanz ringelte sich um seinen Hals. Es schnurrte, schmuste mit Jason und sah mit seinen violetten Augen suchend in das Gesicht des Mannes.

Rings um Jason war ängstliche Erwartung zu erkennen. Die Nacht war nahezu schwarz, es blieb gerade noch genug Licht, um Münder mit zusammengebissenen Zähnen und furchtsames Zusammenzucken zu erkennen. Der große Augenblick war nun gekommen. Die Kugel lag ruhig und unbelebt auf der Steinsäule und reflektierte keinen Lichtstrahl. Jason bekam es jetzt mit der Angst zu tun. Die Kugel war unheimlich und fremd und gehörte einfach nicht hierher auf die Lichtung der Siedler.

»Wir beginnen nun.« Jason hate nicht laut gesprochen, aber dennoch dröhnte seine Stimme – wie fehl am Platz und unnatürlich – durch die Nacht. »Macht alles genau so, wie wir es geprobt haben. Und betet.«

Um ihn herum schlossen sich Augen, hoben sich Köpfe und richteten sich Gesichter auf die Kugel. Leere war in ihren Zügen, und dunkle Vorahnungen beherrschten ihre Gedanken.

Jason vermochte nicht, seine Augen zu schließen. Er glaubte, in den Schatten etwas wahrzunehmen, das sich sofort auf ihn stürzen würde, wenn seine Aufmerksamkeit nur einen Augenblick nachließ. Er konnte es nicht verdrängen. Jason bemühte sich, Klarheit in sein Bewußtsein zu bekommen und sich auf die unheimliche Begegnung vorzubereiten, zu deren Zweck sie sich hier versammelt hatten. Sie konnten nicht länger warten, der große Augenblick war jetzt gekommen.

Die Purnta wurden plötzlich ruhig. Nur noch Stille herrschte auf der Lichtung. Eine flüchtige Berührung traf Jasons Bewußtsein, und dann noch eine. Nichts Bedrohliches ging von ihnen aus, eher etwas Vertrautes. Und dann kam eine und blieb warm und vibrierend. Ohne zu wissen woher, erkannte Jason darin Kathy. Warum Kathy? Woher kam sie?

»Hast du Angst?« fragte ein gehauchtes Murmeln, und Jason erkannte, daß es seine eigene Frage war.

»Nein, jetzt noch nicht.« Die Antwort schien durch die Luft zu fliegen.

»Merkwürdig, nicht wahr?« sagte der neue Schatten. Seine Essenz war stark und lebendig, und von ihm gingen beruhigende und freundliche Strömungen aus.

»Randy«, erkannte ihn Jason. Jetzt spürte er auch die anderen. Helens unsicheres Herumstreifen und Franks verzwickte Gedankengänge, Gus' Bemühungen, alles zu verstehen, und Beths betender Gesang. Sie waren nun auf wunderbare Weise zusammen, wirklich und vollständig vereint, waren gleichzeitig in allen anderen. Vieles davon war ihnen fremd, ebenso viel aber vertraut.

Jason fühlte sich erneuert. Er bewegte sich sicherer in dem neuen Medium, hatte neue Kraft gewonnen, und seine Gedanken wurden aufgenommen, bevor er sie selbst vollständig erfaßt hatte.

Im Zentrum des Kreises erschien ein Glühen. Ein winziger, sehr heller Lichtpunkt, der ständig anwuchs, sich zusammenzog und wieder aufblühte, der sich reckte und danach strebte, die ganze Kugel auszufüllen. Jason sah hin, und Hitze durchflutete seinen Körper, eine Hitze von durcheinanderwirbelnden Gedanken und ineinander verwobenen Gesprächen. Die Gedanken aller waren vor und in ihm, und alle wunderten sich. Ihre Fragen wurden beantwortet, bevor sie sie gestellt hatten, und obwohl sie auseinander saßen, waren sie sich doch näher als je zuvor.

Mit einem gewaltigen, blähenden Puls füllte das Licht endlich die Kugel aus. Etwas fuhr durch Jasons Gesicht, und in dem neuen Licht erkannte er den Schwanz seines Purnta, der im Rhythmus des Lichtes vor ihm hin und her wedelte. Rund um die Kugel bewegten sich fellbesetzte Schwänze unisono, und violette Augen verstrahlten purpurrotes Feuer.

Die Gedanken flossen rascher, purzelten durcheinander und wurden unverständlicher. Zu schnell kamen sie, um noch auseinandergehalten, um überhaupt verstanden zu werden. Ein Geräusch fuhr über die Versammelten hinauf: ein dumpfes, pulsierendes Pochen, ein Druck, der die Gedanken jagte und fing und sie zu einem festen, kleinen Ball bündelte, der ein eigenes Leben entwickelte.

Jason taumelte unter dem Ball, der gleichzeitig Macht und Sanftheit über ihn ergoß. Ein unverständliches, und doch anziehendes Gefühl. Gedanken und Gefühle entströmten Jason, bevor er sie fassen und erkennen konnte. Etwas saugte ihm den Verstand aus und trug ihn fort, während gleichzeitig der angenehme Hauch pulsierender Luft Jasons Körper kühlte.

Etwas stieg aus der Lichtung hoch. Etwas Gewaltiges und Vibrierendes. Es wuchs aus der Kugel und den Purntas, reckte sich weit mit dem Licht, das bereits den Fluß erreichte, und ragte weit darüber hinaus, um mit den Sternen zu pulsieren.

Dann begann ... *Etwas Anderes* zu denken.

Jason saß starr da und hob den Kopf. Er wußte um die Erregung auf seinen Zügen, wußte, daß er nur noch eine leere Hülse seiner selbst darstellte. Irgendwo verborgen in einer winzigen Nische seines Bewußtseins war er immer noch Jason Tolliver. Doch um ihn herum existierte etwas weitaus Größeres. Etwas, das riesenhaft über ihm stand und mit großen Seufzern kühlen Atems auf ihn herab atmete und ihm mit diesen Zügen seine Gedanken nahm, sie zu etwas Neuem formte und in ihn zurückführte.

Sie kamen zu ihm zurück, aber es waren nicht mehr allein seine Gedanken. Sie setzten sich aus Gefühlen, die er nie gehabt, und aus Erfahrungen, die er nie gemacht hatte, zusammen. Doch in allen befand sich ein Stück Jason. Endlich wurden seine Fragen beantwortet. Fragen, auf die er Ewigkeiten lang nach einer Antwort gesucht hatte. Fragen, die er nie klären konnte, solange er allein war. Und mit den Antworten kam das Verstehen. Eine sehr breite Decke von Verstehen dehnte sich zum Himmel und über die Lichtung hinaus und bedachte ihn mit einem Gefühl der Sicherheit und Geborgenheit, die er seit der Zeit der Dunkelheit und liebevollen Wärme im Mutterleib nicht mehr gekannt hatte.

Etwas drängte ihn danach zu fragen, aber er hatte

keine Fragen mehr. Die Flut des einströmenden Verstehens war zu gewaltig. Sie enthielt Freundschaft und streifte Liebe. Das Pochen hatte den Rhythmus seines Herzschlags, und sein Blut rauschte im Takt der undeutlich sichtbaren Purntaschwänze. Und in der winzigen Nische wußte Jason Tolliver, daß alle Rätsel vor der Lösung standen.

Urplötzlich setzte das pulsierende Licht aus. Es zuckte und flatterte und sank dann in sich zusammen. Jason kämpfte sich in die Realität der Klorathnacht zurück. Als seine Augen sich wieder auf etwas konzentrieren konnten, entdeckte er die Kugel. Das Licht in ihr war schon sehr klein, verging mit jedem Pochen und war endlich nur noch ein winziger Punkt. Es erstarb.

Das Purnta auf seiner Schulter schnurrte wieder und rieb seinen flauschigen Körper an Jasons Kopf. Jason griff mit einer vorsichtigen Hand nach ihm und streichelte es. Das Tier machte wohlig einen Buckel und schnurrte noch lauter.

Die Gestalten im Kreis wirkten ermattet. Jason stand auf und sah nach den anderen. Sein Körper war vom langen Sitzen verspannt. Jason kannte die anderen nun viel, viel besser, fast so, als hätte er ihnen in die Seele geschaut.

Kathys Gesicht kam hoch, und ihr Blick traf den seinen. Ein fast zu intimer, zu wissender Blick.

»Was war das?« unterbrach Helen die Stille.

Jason entzündete eine Fackel, um dem Lager natürliches Licht zu geben und das Unheimliche zu verbannen. Er wußte jetzt, welche Frage so in ihm gedrängt hatte. Wenn es ihm nur gelungen wäre, sie zu stellen, hätte er sich viel Zeit und viele Erklärungen erspart. Andererseits wußte er nicht, ob es so, wie es jetzt stand, nicht vielleicht besser für alle war.

»Es war das, was ich erwartet hatte«, antwortete er Helen.

»Du willst doch wohl nicht behaupten, du hättest gewußt, daß es so kommen würde!« Frank konnte es nicht fassen.

»Nein, ein Hellseher bin ich nicht. Ich habe nur vorher schon vermutet, die Eingeborenen könnten Telepathen sein. Doch von dem, was wir eben erlebt haben, ahnte ich natürlich nichts.«

»Aber was war es denn?« fragte Helen wieder. »Wen oder was habe ich da gespürt und erfahren? War es wirklich Gott?«

»Ich begreife es auch nicht«, gab Gus verdrossen zu. »Auf jeden Fall war es unglaublich sonderbar und fremd.«

»Aber es war gut«, sagte Kathy voller Überzeugung.

»Ja, es war gut.« Ein neues, frisches Leuchten ging von Anna Kellers altem Gesicht aus. Sie hatte endlich einen festen Punkt in ihrer ständigen Unsicherheit gefunden.

Alle schwiegen einen Moment und gaben sich der Erinnerung hin. Dann stellte Frank eine Frage, ohne auf das größte Rätsel einzugehen: »Wie kommst du darauf, die Klorathier seien Telepathen?«

»Ihre Reaktionen auf die Purnta brachten mich darauf.« Jason ließ den Schwanz seines Tieres nicht los. »Diese kleinen Wesen dienen als eine Art Medium. Die Wirkung haben wir einige Male gespürt, nur haben wir damals nicht weiter nachgeforscht. Erinnert ihr euch, als wir auf den Feldern Antworten auf ungestellte Fragen erhielten? Stets waren Purnta in der Nähe. Ich glaube sogar, ich brauche jetzt nichts mehr zu sagen, weil ihr ohnehin wißt, was ich denke. Möglicherweise benötigen wir dafür aber noch etwas Übung.«

Nach der Zeremonie paßten so viele Teile im Puzzle ihrer Fragen zusammen. Die merkwürdigen Vorfälle auf den Feldern und das sonderbare Ausbleiben jeglicher Verständigungsprobleme, wenn sie sich mit den Klorathiern unterhielten. »Sie beherrschen unsere Sprache nicht so gut, wie es den Anschein hat«, erklärte Jason sowohl ihnen als auch sich selbst. »Wenn ihnen ein Purnta auf der Schulter sitzt, können sie die Wörter unserer Sprache in unseren Gehirnen finden und sie einsetzen. Als wir ihnen jedoch die Purnta wegnahmen, hatten wir ihnen ihr Übersetzungshilfsmittel genommen; sie konnten uns nicht mehr verstehen.«

Das Problem des Feuers. Dieses Rätsel hatte ihn wochenlang beschäftigt. Alle primitiven Kulturen kennen das Feuer. Die Klorathier hingegen hatten nur Steine. Das konnte nur bedeuten, daß sie zwar kochten, dafür aber kein Feuer benötigten. Auch hier konnte nur eine geistige Fähigkeit die Ursache sein: sie mußten die Fähigkeit haben, einen Gegenstand durch Geisteskraft allein zu erhitzen. Telekinese. Anscheinend dienten hier ebenso die Purnta als Medium.

»Das könnte auch erklären, woher sie stets wußten, wo wir uns gerade aufhielten«, bemerkte Randy, der versuchte, selbst die Puzzleteile in seinem Verstand richtig zu plazieren.

»Da stimme ich dir zu«, sagte Jason. »Wo immer sich ein Purnta befinden mag – ein Eingeborener kann seine Gedanken hinsenden oder über seine Brüder Kontakt aufnehmen ... auf jeden Fall erfährt er, was er wissen will.«

»Ob das auch uns eines Tages möglich sein wird?« fragte Kathy interessiert. Das Unerwartete dieser neuen Möglichkeit schien sie weniger zu kümmern als das Resultat daraus.

»Da wir jetzt mit den Purnta umgehen können, halte ich das durchaus für möglich.« Jason schüttelte den Kopf. »Wir haben eine Menge von ihnen umgebracht. Kein Wunder, daß Xaca so wütend war. Die Purnta sind der *wesentlichste* Bestandteil ihres Lebens, oder wie der Häuptling es ausgedrückt hat, sie *sind* ihr Leben.«

Jason setzte sich wieder hin und gab sich ganz seinen Gedanken hin. Zu viele Fragen waren immer noch offen. Was hatte die Kugel zum Glühen gebracht? Woher kam das Pochen? Und war ihnen bei der Vereinigung wirklich der Große Gott von Klorath begegnet?

Jason erinnerte sich an die riesenhaft aufragende Wesenheit, die die Sterne verdunkelt hatte; an die Schritte, die auch in dieses Tal gekommen waren ... die Schritte eines Giganten. Aber es war kein Riese gewesen, sondern etwas viel Größeres, als er es sich vorstellen konnte. Doch was? Er mußte es herausfinden.

»Wir versuchen es noch einmal«, sagte Jason. »Eine Reihe von Antworten haben wir gefunden, aber nur auf zweitrangige Fragen. Die Haupträtsel bleiben bestehen. Wir müssen es also ein zweites Mal probieren.«

Ohne Widerspruch nahmen sie wieder ihre Plätze ein, schienen sogar von neuem inneren Feuer erfüllt. Jason verstand sie. Seine eigene Seele hatte in diesen kurzen Augenblicken eine Erfüllung gefunden, als das Licht ihn erreicht und das Pochen seinen Körper durchfahren hatte. Ein Gefühl der Vollkommenheit. Gern wollte Jason das noch einmal erleben, um auch sicher zu gehen, daß dieses Gefühl nicht nur einmal kam und dann nie mehr wieder.

Er löschte die Fackel, umfaßte den Schwanz des Purnta und setzte sich in den Kreis. Dieses Mal gelang es ihm sofort, die Augen zu schließen.

Das Erlebnis kam rascher. Das Licht wuchs, das Pochen stellte sich ein, und sein Schlag kam mit einer neuen, besonderen Kraft über sie. Jason wartete ungeduldig auf den Augenblick, an dem die großmächtige Wesenheit sich über den Kreis senken würde. Und dann wollte er die Frage stellen.

Sie kam. Einen Moment lang waren nur ihre eigenen, flüchtigen und ineinander verwobenen Gedanken da, dann kam Das Andere. Ein Geisteswesen, das mit ihnen und in ihnen war, das mit ihnen atmete und das darauf wartete, die Fragen gestellt zu bekommen, die nur Es allein beantworten konnte. Neugierig wartete Jason in der Nische seines Verstands, in der er noch er selbst war. Als die Wesenheit greifbar nahe war, schrie er mit seiner Gedankenstimme die Frage hinaus.

»Wer bist du?«

Ein Seufzen kam von den Sternen. »Ich bin wir.«

Das war Jason nicht genug. Wer war da, um eine Antwort zu geben? Unzweifelhaft war eine Antwort gekommen. Jason setzte zur nächsten Frage an, aber die Seufzerstimme ließ ihm keine Zeit dazu.

Auf dem Höhepunkt des Pochens ertönte sie wieder. »Wir alle zusammen. Wir *alle.* Wir haben mich geschaffen.«

Die goldfarbenen Schwänze bewegten sich rhythmisch, das Licht verebbte und flutete hinaus, und das Seufzen blieb so fremd wie bisher. »Verstand und Verstand und Verstand ergeben zusammen den *Verstand.*«

Wo kam die Stimme her? Jason hielt es vor Ungeduld kaum noch aus. Wer gab hier die Antworten?

Dann durchspülte es ihn, plötzlich und unüberwindlich und sein Geist wurde klar. Er wußte es jetzt. Jason entspannte sich im neuen Wissen, im völligen Verstehen der fremdartigen Vorstellung.

Neun Gehirne, die sich miteinander verbanden, die zusammenschmolzen. Neun Quellen von Erfahrungen und Emotionen. Neun individuelle Wesen, die über den Katalysator kleiner, goldfarbener Wesen eins wurden. Die Verstandeskräfte eins, die Emotionen eins, die Erfahrungen eins. Es erkannte die Gedanken der einzelnen und warf all ihre Fragen in *einen* nebligen Kreis. Es machte Gebrauch von all ihren Erfahrungen und von all ihrem Wissen und formte daraus die Antworten.

Wie eine gigantische Denkmaschine mit lebenden Datenbänken sortierte es Millionen Fakten und fand darin die Antworten. Ein Verstand, der sich auf neun Seelen und neun Gehirne stützte. Sie selbst hatten diesen vereinten Verstand geschaffen, eine neue Macht im Universum, die mächtig und unüberwindlich war, und sie war nicht mehr böse, als Böses in ihren einzelnen Bestandteilen wohnte. Kraft ihrer Unverletzlichkeit konnte sie einen Menschen auf die Knie zwingen, aber sie brachte kein Unheil mit sich.

Jason zog sich aus ihr zurück. Er hatte seine Antwort erhalten und wollte sie erst verarbeiten, bevor er wieder Kontakt mit der Wesenheit aufnahm. Das Pochen erstarb, und die Siedler waren wieder allein in der Dunkelheit.

Er spürte die anderen neben sich, aber er wollte sie nicht sehen. Zusammen hatten sie die Antwort gefunden, er war nur ein Teil davon gewesen. Sie hatten die Samen gespendet, aus denen ein Geistesgeschöpf entstanden war, das Jason als Einzelperson schaudern ließ.

Das war also das Geheimnis von Klorath. Ein Geheimnis, das die Ewigkeit neu gestalten konnte. Mit dem Wissen eines ganzen Volkes im Rücken, das sie nur anzuzapfen und zu verwerten brauchten, standen ihnen ungeheure Möglichkeiten offen. Was sollten sie mit dieser neuen Macht nicht erreichen können?

»Ho-ho-ka!«

Wütende Schreie ertönten am Hügel. Jason sprang auf die Füße. In seiner Ergriffenheit hatte er die Eingeborenen ganz vergessen.

Er griff nach einer Fackel und zündete sie an. Randy tat es ihm nach. Die Kugel war im Licht überdeutlich zu erkennen, und für die Siedler gab es keine Möglichkeit, sich zu verstecken. Die Klorathier hatten das Pochen vernommen. Ihnen oblag die Entscheidung, ob die Siedler ein Sakrileg begangen hatten oder nicht.

Jason sah zu, wie die Krieger den Hügel herunter kamen – es waren mehr als zwanzig –, und er bezweifelte jetzt, daß sie die Tat der Siedler als Gotteslästerung ansehen würden. Diese Menschen, so simple Naturen sie auch sein mochten, wußten um das Geheimnis. Und dieses Wissen machte sie größer als die Siedler, größer als alle Menschen, die hierher deportiert worden waren, denn sie waren Klorath.

Mit Stolz in jedem Zug marschierte Xaca ins Lager. Der Ärger war gerade eben erst aus seinen violetten Augen verschwunden, ein dunkler Schatten erinnerte noch daran. Der Häuptling trat geradewegs zur Kugel, untersuchte sie sorgfältig und sah verwundert auf die Purntas, die auf den empfindlichen Schultern der Siedler hockten. Er ging zu Jason.

»Dies war meine Probe, Xaca«, begrüßte er ihn ohne Umschweife.

»Du hast uns bestohlen«, antwortete der Häuptling, und die Warnung in seiner Stimme war deutlich.

Jason preßte die Hände zusammen. Er hatte sie bestohlen; und er wußte nicht, wie wichtig diese Kugel für das Entstehen einer Vereinigung war. Ging ohne sie gar nichts? Wenn ja, dann hatte er mit seinem Diebstahl etwas getan, was nicht wieder gutzumachen war.

»Ich hatte keine andere Wahl«, gestand er ehrlich ein. »Ich wollte diese Probe auf mich nehmen, und dazu brauchte ich die Kugel.«

»Du findest immer eine Entschuldigung.« Wieder war eine Drohung in seiner Stimme, und Jason bekam eine Gänsehaut, als er die zwanzig Speere aufblitzen sah. Beth war nicht weit von ihm, aber selbst Helens Arme hätten sie nicht schützen können.

»Dann habe ich wohl versagt«, seufzte Jason. Die Anschuldigung, die aus Xacas Augen blitzte, machte ihn ganz niedergeschlagen. »Ihr habt eure Waffen gleich mitgebracht.«

Der Häuptling nahm eine andere Stellung ein, und seine Haltung wirkte nun nicht mehr so unerbittlich, sondern gesprächsbereit. »Speere sind nicht nur zum Töten da.«

Jason fehlten die Worte. Was wollte Xaca damit sagen? Es hörte sich so an, als sei noch nicht alles endgültig verloren, als habe er eine Chance, mit ihm ins Gespräch zu kommen, als suche der Häuptling nur nach einem Weg, seine Würde nicht zu verlieren. Aber wenn Jason sich nun irrte ...

Er sagte sich, daß er es einfach darauf ankommen lassen mußte und daß er vielleicht mit reiner Neugierde die Kluft zwischen ihnen überbrücken konnte. »Wodurch glüht die Kugel, Xaca?«

Die Züge des großen Häuptlings wurden eine Spur freundlicher. »Das weiß ich nicht. Die Kraft, Licht zu schaffen, steckt in jedem Geist.«

»Ich glaube, du bist zu einer freundlicheren Sicht uns gegenüber gekommen.« Jason wagte sich weiter vor. Und er glaubte, zumindest eine Spur von Bewunderung in den violetten Augen aufblitzen zu sehen. »Meine Probe war gut, nicht wahr? Sie beweist, daß wir euch verstehen.«

»Und wie sollte sie das bewiesen haben?« Xaca zog sich wieder etwas zurück. So leicht wollte er sich nicht überreden lassen.

»Ihr habt das Licht gesehen und das Pochen gehört. Wir haben das Geheimnis jetzt aufgedeckt.« Jason trat noch weiter vor. Er mußte ihn jetzt einfach auf seine Seite bekommen. Wenn sich plötzlich alles als vergeblich erweisen würde, nun, wo sie Kraft und Größe gespürt hatten ... »Wir sind gleich, Xaca. Wir alle sind gleich. Wir besitzen die gleichen Seelen. Wir haben euren Gott entdeckt und erkannt. Wenn wir ihn nicht entdeckt hätten, wie hätten wir dann das Licht und das Pochen erzeugen können?«

Xaca wirkte ungerührt. Das Purnta auf seiner Schulter sah sich neugierig um und schnurrte, aber der Klorathier blieb stur.

»Was soll ich denn unternehmen, damit du mir glaubst?« bat Jason.

»Wozu wärst du denn bereit?«

Randy zupfte Jason am Ärmel. »Verlier jetzt bloß nicht die Geduld. Er will dich nur noch etwas zappeln lassen.«

»Das hoffe ich«, flüsterte Jason seinem Freund zu. »Aber vielleicht stellen wir nun eine größere Gefahr für sie dar als zuvor.«

Als hätte er die Worte zufällig mitbekommen, sagte Xaca: »Ich hätte nicht erwartet, eine solche Tat von dir zu erleben, das muß ich unumwunden zugeben. Du sagst also, ihr hättet unseren Gott entdeckt.«

»Laß es mich dir beweisen«, antwortete Jason. »Gib mir die Chance, euch zu *demonstrieren,* was wir gelernt haben.«

»Ich kann dich nicht daran hindern. Deine Frist läuft erst morgen ab. So lautet unsere Vereinbarung.« Xaca war nicht bereit, von seiner Position der Überlegenheit abzuweichen, aber er bot Jason einen Ausweg an. Einen Ausweg, der Xacas Ehre nicht verletzte und gleichzeitig Jason die Möglichkeit gab, sich zu beweisen und ihn zu überzeugen. Was Jason tun würde, blieb allein ihm überlassen, aber die Warnung hing immer noch in der Luft, und ein falscher Schritt konnte die Speere aus den Händen der Krieger lösen.

Jason sah seine Chance und griff danach. Immerhin war es seine letzte. »Sieh uns zu«, sagte er. »Sieh selbst den Beweis.« Er gab den Siedlern ein Zeichen, und sie nahmen mit den Tieren wieder ihre Plätze im Kreis ein, bereit, das Ritual ein drittes Mal durchzuführen. »Wenn wir es dir jetzt vorführen, erkennst du, daß wir von eurer Art sind. Wenn wir eure Gesetze und Regeln gut genug befolgen können, um diese Macht heraufzubeschwören, dann mußt du erkennen, daß wir dieses Wunder begriffen haben und zu euch in ehrlicher Absicht gesprochen haben.«

Als Xaca keine Reaktion zeigte, entschloß Jason sich zu einem neuen Schritt. »Beginnt ohne mich«, befahl er den anderen. Er wollte sie nicht schutzlos vor den Kriegern stehen lassen. Zwanzig Speere hielten die Krieger in der Hand, und die Siedler waren unbewaffnet. Jason mußte zwischen den Siedlern und den Klorathiern bleiben, um Verwicklungen zu vermeiden. Im Moment der ›Vereinigung‹ und der ›Schaffung‹ der Wesenheit waren sie einem Angriff hilflos ausgesetzt.

Die Siedler löschten die Fackel, und die Zeremonie begann wieder. Augen schlossen sich, Körper entspannten sich. Das Licht tauchte klein in der Kugel auf und wuchs rasch. Jason blieb neben Xaca stehen und hörte dem Anschwellen des Pochens zu. Das pulsierende Licht leuchtete auf der goldfarbenen Haut des Häuptlings und tauchte ihn beim Zurückweichen in einen Schatten. Jason konnte sein Gesicht nur undeutlich ausmachen. Ihm blieb nichts anderes übrig, als zu hoffen, daß der Häuptling sich überzeugen ließ.

Jason versuchte, in den Mienen der anderen Klorathier zu lesen, und wartete auf ein Zeichen erwachten Zorns. Er war nur ein schwacher Schutz für seine Gefährten, aber er wollte alles für sie wagen.

Das Purnta auf Xacas Schulter streckte den Kopf vor, und sein Schwanz fiel in den Rhythmus der anderen ein. Es wollte unzweifelhaft an der Zeremonie teilnehmen. Jason spürte, daß sein Purnta den gleichen Wunsch hatte. Diese Wesen schienen den Augenblick der Vereinigung besonders zu genießen.

Xaca regte sich. Jason spannte alle Muskeln an, um zu versuchen, jedem Ausbruch von Gewalt sofort Einhalt zu gebieten. Aber der große Mann mit den violetten Augen marschierte nur zum Rand des Kreises, ließ sich dort nieder und konzentrierte sich auf die Kugel. Er hob seinen Kopf, senkte die Lider, und sein Körper entspannte sich. Die anderen Klorathier folgten seinem Beispiel und formten um den kleinen Kreis der Siedler einen größeren. Jetzt lag es an Jason zu begreifen. Er ließ nicht lange auf sich warten und setzte sich zu ihnen. In seinem Kopf rasten die Fragen.

Dann spürte er es. Es war schon da, als er die erste winzige Möglichkeit hatte, es zu erfahren. Dieses Mal gab es keine Verzögerungen. Er gab sich bereitwillig hin, denn jetzt war die Wesenheit noch neuer für ihn. Erde und Klorath hatten hier zueinander gefunden. Sie hatten sich als Fremde gegenüber gestanden, doch nun lernten sie sich besser kennen, als das normalerweise zwischen Menschen üblich ist. Es gab keine Geheimnisse und keine Mißverständnisse mehr, keine Lügen und keine Tricks. Sie schmolzen zu einem Geist und zu einer Seele zusammen. Eine komplette Übergabe und gleichzeitig ein vollständiger Sieg.

Das Seufzen, das diesmal im Atem des Pochens auf sie herniederging, flüsterte: »Es ist möglich.«

Die Dämmerung kroch über das Land und beleuchtete das Wasser des Flusses. Siedler und Krieger lagen einträchtig nebeneinander. Sie waren erschöpft von den neuen Erkenntnissen in der Nacht, aber sie waren gleichzeitig froh über diese Erschöpfung.

»Wenigstens in diesem einen Punkt hatte ich von Anfang an recht«, erklärte Jason Xaca im Gefühl der neuen Freundschaft. »Auch auf Klorath gibt es nur den *einen* Gott.«

»Ich muß gestehen, deine Fragen über unseren Gott haben mich immer wieder verwirrt«, lächelte Xaca. »Aber die vergangene Nacht hat vieles geklärt und bereinigt. Wenn du nicht so tollkühn gewesen wärst, hätten beide Seiten nie voneinander erfahren.«

»Eins verwundert mich immer noch«, sagte Jason. »Warum hast du nicht einfach in meinen Gedanken gelesen, um zu überprüfen, ob ich lüge oder nicht?«

»So einfach ist das leider nicht. Diese Macht entsteht nur in der geistigen Vereinigung. Was ein Mensch denkt und ob er die Wahrheit spricht, kann man nicht so leicht feststellen. Nur in der Vereinigung kann man die richtigen Antworten finden. Gerade deshalb sind uns ja auch die Purnta so teuer. Ohne sie bliebe uns die große Tür ewig verschlossen.«

»Aber jetzt weißt du, daß ich die Wahrheit gesprochen habe. Wir müssen uns zusammentun, um Klorath gegen die Liga zu verteidigen. Und mit dieser neuen Kraft ... Ich weiß, daß wir siegen werden!«

»Du zweifelst halt zu leicht«, schalt ihn Xaca. Seine Miene strahlte Wärme aus und Stolz auf Jason. Auch Respekt war in ihr und das Versprechen von etwas, das über die Freundschaft hinausging. »Von unserem Sieg bin ich auch überzeugt. Mit dir an unserer Seite, der du soviel mehr vollbracht hast als alle, die vor dir kamen. Nun tut es mir leid, daß so viele Menschen sterben mußten. Sie hätten leben sollen.«

Rosaviolette Wolken trieben über den goldfarbenen Himmel, und die Luft war warm. Jason atmete tief ein. Zum ersten Mal seit etlichen Wochen konnte er frei und unbeschwert atmen. Immerhin hatte er zum Schluß doch gesiegt. Klorath war für ihn kein Rätsel mehr. Er warf einen Blick auf Kathy. Ihr Zusammenleben konnte von nun an eine ganz neue Qualität gewinnen.

Ein donnerndes Geräusch vom Hügel riß ihn unsanft aus seinen selbstgefälligen Betrachtungen. Es toste über die Lichtung und besaß eine unheimliche fremde Macht. Jason verfluchte sich dafür, zu früh seinen Sieg gefeiert zu haben. Er sprang auf und rannte los, um nachzusehen.

Xaca hingegen blieb ruhig. Er stand gemächlich auf und schien sich zu amüsieren. »Bereiten deine eigenen Leute dir eine solche Angst?«

Jason hielt verwirrt inne und schwanke zwischen innerer Anspannung und Erleichterung.

Xaca streichelte sein Purnta und nahm dann aus Jasons Gehirn den richtigen Begriff. »Das Shuttle. Ich dachte mir schon, daß es bald wieder an der Zeit sein müßte.«

Von einer Sekunde zur anderen begriff Jason. Er schrie es den anderen zu, rannte den Hügel hinauf und riß Kathy an der Hand mit. »Das Shuttle!« rief er immer wieder. »Wir müssen die Neuen empfangen!«

Sein Hirn und sein Herz lachten, als er an die Liga und ihre schurkischen Pläne dachte. Endlich – zum ersten Mal – *existierte* auf Klorath eine menschliche Siedlung. Die Kinder der Neuen würden ihre Paradieswelt vorfinden.

Eine ungeordnete, fröhliche und lachende Prozession zog über den weiten Weg zur Landestelle. Siedler und Eingeborene zogen zusammen, zwei Völker mit einer Zukunft. Die Luft im Wald war würzig; Rot und Gelb lockerten immer wieder das Grün auf.

Der Spätnachmittag verlängerte die Schatten, als sie am Landeplatz des Shuttles ankamen. Sie begannen zu laufen, waren begierig, etwas von der Erde zu hören, und wollten die Neuen willkommen heißen. Nur Jason blieb zurück. Kathy wußte den Grund dafür und ging mit ihm am Waldrand entlang bis zu dem Steinhaufen, wo sie ihren ersten, entmutigenden Willkommensgruß erhalten hatten.

Jason blieb vor den Knochen stehen und lächelte den Schädel an, der auf der Stange steckte. Die Botschaft, die er enthielt, war nun nicht mehr richtig. Jason nahm den Schädel herunter und legte ihn vorsichtig zu den anderen. Jetzt war er endlich zufrieden.

Er sah nach oben und lachte in den Himmel – in den Himmel, der nun seiner war, der sich über seine Welt spannte. Er hatte es geschafft. Die Siedlung konnte gedeihen. Nun konnte er sich von den Toten verabschieden, stolz und ehrlich.

HEYNE BÜCHER

ISAAC ASIMOV

Drei Romane aus dem legendären Roboter- und Foundation-Zyklus.

01/6401 – DM 12,80

01/6579 - DM 12,80

01/6607 - DM 12,80

Drei Romane, in denen Roboter, Computer und geheimnisvolle außerirdische Wesen Herr über Raum und Zeit sind.

Wilhelm Heyne Verlag
München